"Il pleut même en été."
Bams, Hémisphère du Nord, dérèglement climatique

"Toutes ces eaux, toutes ces eaux!...La diablesse, mes amis,
nous attaqua dans l'eau!"
Patrice Chamoiseau, Biblique des derniers gestes.

1. Auflage Juli 2016

Alle Texte © Nataly Ritzel, Freiburg, Germany
www.nataly-ritzel.de
Satz & Layout: Chris Langohr Design
www.chrislangohr-design.de

Herstellung und Verlag: BoD - Books on Demand, Norderstedt.

ISBN 978-3-8423-3692-6

Chanson du fleuve.

Neue DEUTSCHE Landsleuten singen Deutschland Deutschland über alles. Fussballhymnen von Spielern gesungen oder so. Das Sprachgemurmel im TRAUM. Monsieur Ndo, la bave a coulé sur la joue, puis le menton, spricht im Traum cultivation, beginning, *na duted'z onoV ab naten" o bebaedi*, ich dachte von Anfang an darüber nach, *bèbaisedi* 8 {balse) das -Fragen, die Frage; question, interrogation; questioning, question; *eyemban a b-* Fragezeichen; point d'interrogation; question-mark.*b- bsygs be nde nje e* Was hast du zu fragen?

Schnitt.

Dicht neben ihr versucht der Herr Ndo der Deutschen, der Mourante, etwas über die Stille in der Stadt zu erzählen, nach der Ermordung des Rudolf Duala Manga Bell. Hinter ihm und ihr, vielmehr um sie herum, verhindert schräg lautes Gitarrenheulen hang on trauerndes Gewimmer, das sich stereotyp wiederholt, gleichzeitig aber aus der anderen Wand zu kommen scheint, ein besser akzentuiertes Sprechen, nüchternd aber doch emotional überzeugend, eine Überlagerung von Blech und Lärm und tiefem Wissen.

Der Ort wo das Radio steht, ist nicht der Ort an dem die Diskussionsrunde ausgetragen wird (für deutsche Gemüter schwer verständlich, ist sozusagen einundderselbe Ort).

Zoom verwackelt. Man sieht – im Dschungel zunächst, glaubt man, den Amerikaner ... oder jemand anderes von oben aus gesehen, gehend, oder stehend, dann öffnet sich der Blick jedoch auf eine Hotelveranda mit Blick auf: Wasser. Der Amerikaner hält eine Photographie in der Hand, die er studiert, während er sich einen Bericht über ein beschossenes Headquarter eines kongolesischen Oppositionsführers anhört, über die Einmischungen von unbekannter Seite, um nicht zu sagen aus Ruanda. Und plötzlich Namibische Streitkräfte, die irgendwie in diesem Sektor auftauchen. Den Nebenschauplatz. Der gottverdammte unwichtige Nebenschauplatz, der Kamerun ist ja schliesslich nicht die Schweiz Afrikas.

Kameraöffnung
Immernoch Hotelveranda (mit Blick auf Bucht). Grand Plan. Man sieht nicht nur den Amerikaner, man sieht La Mourante in leichter fraulicher Kleidung (wehend).

Schnitt
Hotel, Reception. Der Fernseher läuft. Auszug einer nigerianischen Seifenoper.
„Il va bientôt venir"
„Faut l'appeler"
„Cette fille, tu sais, elle ne pouvait plus, elle étouffais, j'étais mort de rire, au moins, je m'efforçait de ne pas le faire, tellement c'était bon.." Die Vulgarität des Musikers verstummt, verschlägt, verhallt in der schattigen Langsamkeit, zu heiss, sagt der Mann an der Rezeption 5 Minuten später. Auch das Warten ist, afrikanisch, nicht länger oder kürzer als .. Endlos.
Das Wasser, festgehalten. Das Lied: „Unsere Neuen deutschen Landsleute" versäuselt, vermurmelt im TRAUM.
Der Fernseher läuft. Die nigerianische Kitschszene zieht sich in die Länge, sie weint. Man sieht eine rote Tapete und ein braunes

Ledersofa, Coach müsste man sagen, im Fernseher. Ein Gecko läuft über die Wand.

Der Amerikaner liest.

„Duala, Bonanjo, den 21. Januar 1913
Unter dem 15. dieses Monats hat der Unterzeichnende namens sâmt-licher.Duala-Häuptlinge ein dringendes, an den Reichstag in Berlin gerichtetes sehr wichtiges T e l e g r a m m bei dem hiesigen Postam-te aufgegeben. Am 18. dieses Monats fragte ich telegraphisch beim Reichstag unter PCD-Telegramm an, an welchem Tage und in welcher Stunde das Telegramm vom 15. dieses Monats dort eingegangen ist ...“
«Ein schmutziges Rinnsal, der Fluss,» sagt langsam der Amerikaner.
«Der Wouri? Du übertreibst,» sagt die Mourante, blitzartig langsam den Kopf drehend, zur Scharfzüngigkeit ansetzend, stattdessen verfällt sie in ein übertreiben liebenswürdigen Ton. « Ich suche den Ngondo und hab nur eine unverständliche Information darüber.» Der Amerikaner fügt hinzu, dass er in Berlin gewesen, wie er versucht habe, Mohrenstrasse und Sanssouci in hope to find out the biography of an musician in Berlin ......The military jazz-singers of Kurfürst Wilhelm … The prussians had the most modern army… and of course they had a black musician company … you even can read that kind of stuff on the net … official site of the german ambassy.
In der Hotelbar empfängt ein Franzose die ankommenden Musiker, enfin, Paris, vue et vecue hier, juste comme ca, enfin, juste bon, dann, ohne Übergang, krittelt er bereits herum, während die Jungs noch durchatmen. Un râleur beim Enregistrieren.
Der Deutsche lacht. Hätt mich nicht interessiert. Neindoch, interessiert mich natürlich auch. Der Deutsche lacht wieder.

Vom Türrahmen stösst sich ein Musiker ab. Langsam, zielstrebig in den Raum treiben die ihm nachfolgenden Bandmitglieder hinterher, noch erhitzt und schlagartig abgekühlt, enerviert nach den Flughafenkontrollen, und dem staubigen Weg durch 18 Kilometer zerrüttetes Stadtterrain. T'as bien vu, hein..

An ihm vorbei schiebt sich der blonde, dickliche, junge Mann in die Hotelrezeption. Der Deutsche versucht, jemand anzurufen. Gibt die Nummer durch, an der Rezeption, zeigt ein Fax. Der Hotelmensch sagt Ist no goooud. Pas bon, ça croyez-moi, pas bon du tout. Your faxnumber is not available. Vous devrais l'appeler, your friend ..

He is not my friend.

But you should.

Während der Deutsche kramt, sucht, wählt verliest Der Portier das Fax : Ca commence bien ça.

DEMANDE DE TRANSACTION COMMUNE.

Je sais que cette lettre viendra à vous comme une surprise, pour le fait que nous ne nous sommes jamais rencontré. soyez rassuré que ce sont de bonnes intensions. Je suis Mme. XAVIERE BOGA YAO , Directrice du département d'audit d'une BANQUE à Abidjan. Pendant nos recherches à la banque vers la fin de l'année dernière 2005, j'ai trouvé un montant énorme de neuf millions de dollars (US9M) qui a été déposé dans le compte bloqué depuis 1995. A partir d'une recherche approfondie, les résultats ont montré que le fond a été déposé par un Étranger qui est actuellement décédé, au cours d'un accident d'avion en 1999.

Die Musiker kommen langsam die Treppe herunter, einer nach dem anderen tritt hinzu. Embolo.

Ça fait du bien tous ces cousins ici

Der Hotelmensch lacht. Si vous êtes prêt et intéressé par cette affaire avec moi, vous pouvez me contacter par fax sous le numéro suivant:… „Mais c'est cette numéro -là, que vous devriez appeller!" Das beginnende, aber abrupt abbrechende Lied, das von der Radiosendung unterbrochen wird, die nun eindeutig von rechts ertönt, weckt Herrn Ndo …. In leichter Umdrehung, sieht man ihn allein, am Boden kauernd, an der nackten unverputzten Wand angelehnt wie er sich mit einem gelbbedruckten Tuch Schweiss und Schlaf und Erklärung aus den Augen wischt, den Mundwinkeln.

« Aber alle geben dir ihre Informationen. Es gibt kaum Leute die bereitwilliger über sich und ihre Sitten reden, wie die Dualas. » Wendet sie sich wieder um oder spricht an die Scheibe eingerissen eines gewissen raffiniert gebauten Wasistdas in sechsfacher Ausführung.

Schnitt. Paris. Rue Doudeauville. Sieben Uhr abends. Ein alter Peugeot parkt schräg auf dem Trottoir vor dem CEDEC. Die Zeit vergeht langsam im Wageninnern. Im Rückspiegel beobachtet ein Auge ein junges Mädchen, das von der Rue Custine um die Ecke gebogen die Strasse überquert. Sie trägt einen gutsitzenden Minirock, als plötzlich aus einer Einfahrt neben der CIM, der école de Jazz, ein Stein durch die Luft fliegt, der das junge Mädchen leicht am Kopf trifft. Die Frau im Wagen öffnet ihre Handtasche.

Schnitt. Berlin Mitte. Alte Schönhauser Allee. Im Nebenraum flimmern zwei Galgenstricke..über eine riesige Projektionsfläche. Ansonsten ist der Raum leer bis auf einen Wasserspender. Der brummt.

Das Hängen von zwei schwarzn, grossen, aber unscheinbaren Männern in hellblauer Dunkelheit wiederholt sich lautlos alle 5 Minuten.

Ein film-noir an Schemenhaftigkeit. Der das Weiss der Augen in dunkle Gesichter drückt, unbeteiligt und doch irgendwie Zukurz-gekommen schauen nun den wieder leeren Strick ans, der dient als Transition-Bindeglied, das den Raum kurz grau wirken lässt. Es ist der weisse Strich, wie mit dem Messer geschnitten in den Augen zweier, vielmehr vier senegalesischer Söldner, Haussa-Leute genannt, die mit starrem Blick einen Strick lösen, ihn umsichtig vom Hals einer weissen, blonden Siedlerin entfernen, die heulend doch beglückt, erleichtert dem deutschen und ebenso weissen Hauptmann um den Hals fällt. DEUTSCHES Vorabendfernsehen ad his best - das zwischendrin aufleuchtet: Dann zappeln die Dunklen Männer wieder. Zwischendrin in HD Qualität nicht das Traumhotel auf Mozambique, aber vergleich-bares.Doch es sieht niemand hin und wackelig betritt die Kamera von hinten den viel helleren, unruhig weiten Konferenzraum.

„Grossartige Idee, einen Film über die Entstehung der Kolonien mit der Leere zu beginnen. Begrüsse ich." Sagt laut gerade der Produzent. His name is a rotten piece of shit. „Die Leere des bürgerlichen Raums... der leeren bürgerlichen Innerlichkeit. Das ist eine sehr zeitgemässe Konzeption, recht philosophisch, aber genau betrachtet will es doch nicht viel besagen..."

Eightyhanderteightythree eigtyhandredeithyeight was Edison... and his...incrédible...INVENTURE

Whasn' hie doing this first firstfirst ..filmmaking ?

„Zeitgleich", sagt eine andere Stimme," Die Entstehung des Films, ja mehr als nur die Erfindung des Films zeitgleich mit den Deutschen Kolonien anzusiedeln, nicht, schon das Wortspiel schafft und schöpft deutschen Sinn...

„Veronika.....Sie did it already."

Schnitt. St. Mandé oder jedenfalls kurz um die Ecke davon. Vielleicht auch St. Maur. Sie werdens nicht verfehlen.
Da gibt's ein gutes afrikanisches Restaurant. Meistens voll und es ist besser, wenn Sie den Bassisten, den Sie gerade kennen, vorher bitten, einen Tisch zu reservieren. Man steht viel auf, zwischen den Tischen, meine ich, nicht drauf und begrüsst mit Handschlag und viel H, sorry, Herzensüberschwung den nächsten, die am übernächsten Tisch ..jener könnte eine neue Release feiern..Der hier ist bald fertig – doch Bescheidenheit cela prime... und die hübschen Nanas.. sagte er, der Bassist, den wir hier kennen, setzt sich wieder und erzählt den Witz, den vom nicht gespielten Song...

Schnitt. Kamerun. Unbestimmt. Vor einer weiss getünchten Wand. Schwirren quälend laute Gitarrenriffs auf und abwimmernd durch die nach wenigen Sekunden übersättigte Zeit. Die karg verputzte Wand gibt den Blick frei auf eine weisse ältere Frau, in lange bunt durchwirkte Gewänder und Bodenstaub gehüllt. Dicht neben ihr versucht Der Herr Ndo der Deutschen, der Mourante etwas über die Stille in der Stadt zu erzählen, nach der Ermordung des Rudolf Duala Manga Bell. Hinter ihm und ihr um sie herum verhindert schräg lautes Gitarrenheulen hang on trauerndes Gewimmer, das sich stereotyp wiederholt gleichzeitig aber aus der anderen Wand zu kommen scheint, ein besser akzentuiertes

Sprechen; ein Trauerfall, scheint es, hat sich drüben eingenistet. Draussen regnet es. Wie durch die kleinen Fenster sieht man unzählig viele, bunte oder hektisch hektografierten Flyer herumliegen, von Kostümièren, Fotografen, Stimmbändigern, und Lebenslauferstellern, von Vor-und HinterderKamera Arbeitsuchenden, von Kabarettisten und Moderatoren, von Werbeträgern und Copyshops, die in der kleinen Gasse sich spiegeln, die auf die grosse Avenue des Flandres zuläuft, die armselige 19 Arrondissment Prachtstrasse mit 90% Immigrantenanteil, grau und schwarz verhüllt von drohend geschwungenen 30stöckigen Tulip-Tulpenbauten bewacht... Der grosse junge Mann hievt sich einen Ordner vom Regal, hinten im Katalograum de la maison du film court. Es herrscht eifriges Kommen und Gehen, eifriges Stöbern et schweigsame Professionalität. Im kleinen Hotel vorne an der Ecke wartet amn auf das Eintreffen der grossen...Namen. Es herrscht trotzdem grosse Stille

„Binyô Duala bia ná Edima yena e ta e songamè oteten'a Bakala na mindo, e buledi sèngè!"

Drunter hingemalt und krumm-kindhaft die zwei hängenden Fusspaare. Steht vorne dran auf dem Classeur, den er jetzt fast wieder zuklappt, was in fremder Sprache - ein Ausruf.

Schönhauser Allee. Schön gemacht. Renoviert, meine ich. Wenn man bedenkt, wie das hier kurz nach der Wende aussah. Die Geburt einer Nation. J'apprécie l'idée de faire un film sur la naissance des colonies ...Der Produkteur, nach ganz in seine Notizen vertieft, während irgendjemand schon den Ton angibt, reden vorne links noch zwei schräg über den Konferenztisch gezogen, wischt sich hintend er Mann die Haare aus der Stirn. Namen sind unwichtig in diesem europäische-amerikanischen Desaster. - „Des colonies à partir" ..des colonies à reconstruire...De colonies à rebâtir...à partir du VIDE, d'un vide …..LE VIDE de l'espace bourgeois.. le creux intérieur bourgeois...le vide même de la monarchie allemande...C'est une conception trrès à la mode, contemporaine, très philosophique. … Mais, objection, ça ne veut rien dire...Sagt fest und überzeugend ein Mann von den Antillen. His name will be the one you have to keep in mind..sauf dans ce moment précis.. In this moment he hasn't a profile, his nose covering ducketing.. down in the sunlight reflected from..

„L'empereur et Le sauvage." C'est un titre criant. Il faut jouer le jeu „plus nuancé, je pense, plus subtil. Faut mélanger l'éducation, les coutûmes à l'intérieur de la petit-e bourgeoisie allemand-e", übersetzt quasi ins Stegreif eine hübsche Brünette, nein, aus dem, aus dem Stegreif. „Ich sehe das Ausgangsbild noch nicht.. Dieses ganze Händeschütteln; Federhelmrauschen, Sich Verbeugen... All diese Filmchen über Kaiser Wilhelm..." Das gibt ja nichts her. Das ist leer...

„Ja", erwidert ein anderer, „die haben die Marketingsstrategien der Zeit gut erkannt, aber eben noch nicht echt zu nutzen gewusst. Wenn man sich all diese Paraden anschaut, das hinterlässt ein Gefühl der Leere und doch rennt der Kaiser ja durch ein ewiges Gedrängle, Aufgestelltsein, Schreien, Winken..Übervoll war das und immer das Gleiche." Die Leere des Berliner Schlossplatzes heute.. Gähnend langweilig 2007..2008...die gähnende Leere eines kaiserlichen Kinderzimmers. Hat jemand eine Idee, wie wir an die Ausstattung des Zimmers kommen?

Ohne mütterliche Wärme.

Das war doch der innere Verknüpfungspunkt. From the belly of a mothers warmth. Ins Licht gerissen.

Kamerazoom hell, Auf den Eingang, dunkel, ..., Türfüllung blendend hell, grau und dann weiss, blendend weiss,

Rachels Stuff.
RDMB est un très beau garçon. Gutaussehend. „Qu'est-ce que ça voulait dire, guttawsssä-änd ???"
Beschreibungen suchend sie, hm, a-e- au téléphone,
„fallait donner l'explication, pourquoi exactement RDMB
et ensuite pourquoi, exactement, elle defenderait RDMB, et
en quoi exactement sa défense, son soutien à elle, a-e-mm."
Ich hab noch nicht rausgefunden, was „a-eh" auf Kamerunisch
heisst; klingt aber wie: „Ja schon, aber"; und auch: „Hallo guten
Tag, bin leider noch busy, aber höre Ihnen bereits mit einem Ohr
zu", meine Konzentration s'achemine vers vous...wenn Sie verstehen
, a-e-; daaaaas „E" liegt eine Tonlage (In Moll höher als das a-a)
und dieses ist kein halbvollhalbleeres a wie in salaam aleikuum

oder das russische a... et puisqu'elle était venue avec son fils. Et puis, en quoi exactement son fils... fallait être précis. Précise. „Pardon". Une grosse tête, mmm. Sie lacht: „Et c'est au sens figuratif et au sens prop..." wieder unterbricht sie das Lachen: propre. Eine Kopfgeburt. Aber wie soll man über kulturellen Kolonialismus arbeiten, wenn die Leute noch nicht mal in der Lage sind, die Tatsache auszuhalten,geschweige denn zu verstehen, dass sie in einem Satz drei Worte nicht verstehen; nicht dechiffrieren können. Auf einer Seite zwei Drittel in einem EUROPÄISCHEN NACHBARDIALEKT nicht lesen können. Disqualifiziert. Sie lacht. Abschätzig. A-a. (hihi).

Dann ein lang, länglich sichtbar blauweisser Schatten, es riecht, sieht man aber nicht, neben der Hotelbar, Hinterhof, Mülltonnen, da stehen der Amerikaner und der Deutsche, einer von beiden, beide rauchen. Der Deutsche hat, ganz offensichtlich, Probleme im Stehen, Probleme im Geradestehen, selbst im Stehen wirkt er zusammengeklappt wie ein Messer, ein Schweizer Messer, aber dieser Hinweis verwirrt den Leser, selbst ein deutscher Blauhelmsoldat hat nicht mehr viel mit einem Albert Schweitzer -Ideal gemein, ZUSAMMEN-gehalten, mühsam stehend, wirkt er wie ein zerbrechlich zerbrochenes Stück Palmenrinde, das noch nicht zu einem Pagne verarbeitet wurde.
Wie er sich grad hochrüttelt, ist von hinten, von weitem, zu hören das Lied vom Hasen und von der Schildkröte. Das ähnelt dem vom Igel, der Igel, der bat seine Frau....der Hase aber, der lief.
„Natürlich lernt man von den Erfahrungen der anderen, wir haben übrigens geprobt, geübt sagen wir mal, mit israelischen und amerikanischen Foltermethoden, natürlich nur in einer sanften

bereinigten Version ... mit diesen also umzugehen." Stimme 2... macht einige unbedeutende Sprünge und Muckser, fällt dann in sich komplett zusammen.

Es folgt eine kurze Zusammenfassung des Gesprächs: Der Deutsche spricht über einen Fortbildungsseminar im KZ Neuengamme. Einem Seminar darüber : wie können traumatisierte Bundeswehrsoldaten von den Fehlern des Dritten Reiches lernen, eigentlich dachten die, von den KZ-Häftlingen, glaub ich, das war so gedacht, meine ich.

Nun, so schnell ging das ja nicht, waren wir doch gerade noch bei der Ausbildung bevor die ausgewählten Soldaten in den Feineinsatz entlassen wurden. Stimmt natürlich nicht, war ja nur der Friedenseinsatz, der Polizeieinsatz.

Sehen Sie, das Problem ist nicht, wie in Afghanistan, über eine Mine zu fahren, das Problem ist hier ganz anders, ist, in eine Menschenmenge zu geraten und die versucht, das Fahrzeug umzuwerfen ..."Damit muss man fertig werden..hm, (er hustet) ..." Pause im Gespräch. Der Amerikaner sieht ihn an und antwortet nicht.

Wilhelm und der Wilde. Das geht gar nicht. Is wie dieses Boulevardblatt BILD. Ist zu reisserisch. Dies subtile....... Verweben von .. Erziehungsstilen, Gebräuchen ...Gebrechen? Ein Krüppel. Brutale Methoden, das UNGESUNDE das UNNATÜRLICHE zu zähmen...

„Zwei, drei Minuten sind eine lange Zeit, wenn man damit rechnen muss, andauernd in die Luft gesprengt zu werden."

Der Black sagt, hinter seinen Brillengläsern: „That is not exactly germany, right here ... Der Deutsche Soldat lächelt und stimmt übereifrig zu. Ich warte auf meinen Anschlussflug – in Douala. Der junge Deutsche erzählt von den Auszügen aus einer Gewinnspanne. Mail-offerten. Mailofferierten. 8 MillionenDollar-Fund in verwaisten Koffern. Drum er hergekommen sei.

Hotelrezeption, am Schlüsselschrank. Der Hotelmensch singt, erzählt im Dauerloop des DVDplayers wie erstarrt stehengeblieben, sein geöffneter Mund trägt nicht vor; artikuliert nicht mehr trotz der gut sichtbaren Muskulatur, aus seinem geôffneten Mund strömt dennoch wie in einem Bild des ....nicht Bottticelli...Den Brüsten der Madonna das Wort. Ein Textausschnitt, gegebenenfalls leicht abgewandert, des Historikers Adalbert Owona

„Vers 1850, la ville de Douala se divisa en quatre principaux quartiers: Bell, Akwa et Deïdo sur la rive gauche du Wouri, et Bonabéri sur la rive droite. Après des disputes internes, des Malnégotiations claniques, si j'ose dire ça comme ça, des négotioations internes, les clans fondèrent le Ngondo et ils appellaient La Grande Bretagne comme arbitre.."
34. Notons par exemple, l'accord du 29 mars 1883 entre les clans Bell et Akwa. L'alinéa 1 de cet accord précise en effet que « tout différend entre les deux parties devra à l'avenir, s'il ne peut être aplani par les rois eux- mêmes, ou par eux et leurs chefs réunis en conseil, être soumis pour arbitrage au Consul de sa Majesté britannique, dont le jugement sera final et contraignant pour les deux parties ». Cf. Ntonè Kouo (Martin), Aspects des relations entre les Douala et les Européens au XIX' siècle, m Africa Zamani (revue d'Histoire africaine), Yaoundé, avril 1974, p. 147. Voir aussi Brutsch (J.R), les Traités camerounais, m études camerounaises, n° 47-48, mars-juin 1955, Institut français d'Afrique noire, pp. 9-44.

Das Pariser Vorortviertel. Carrefour rue du Centre et rue des bu-
issons. (Der französische Kameraman, im Begriff aus der Agence
Capa rauszufliegen, streunt durch die Strassen, auf der Suche nach
einem überzeugenden Sound-Feature einer Fingerübung wie er es
nennt, er hält kurz inne an der Biegung des langen Fussgängerkor-
ridors, drückt auf irgendwelche Knöpfe in seiner Tasche, nestelt,
reibt sich die Nase das gelbschmutzige gekachelte Echo wirft aber
nur einen einzigen schmächtigen Schatten, der sich sichtbar unter
der Erde biegt und krümmt im Ausgangskorridor der Ligne 8 (von
da an geradeaus), nestelt an seinen Taschen herum, steigt dann
die Treppe hoch, wendet sich um, geht über den Péripehrique auf
diesen und seinen Vormittagsstau hinuntersehend, nach Creteil
hinüber), biegt im kurze Kurven zwischen schmutzigen sauberen
Hinterhöfen Waschbetonbauten, stösst eine zerbrochene Tür auf
steigt sechs Treppen hoch, klopft an eine verschlossene TÛR
OHNE NAMEN, die Tür öffnet sich
„Tu veux bien écouter un truc" sagt

Tonüberblendung. In einem Flieger. Der Ami nestelt im Flugzeug/
Inlandflug von nach ..... nach...in seinen Papieren rum, die vor
ihm auf seinen Knienliegen und unter seinem Sitz gerutscht sind.
ORGANISATION MILITAIRE ET ADMINISTRATIVE. —
DETERMINATION DES ZONES ANGLAISE ET FRANCAISE.
— JE SUIS NOMME COMMISSAIRE DU GOUVERNEMENT
AU CAMEROUN. (Hier Einblendung :eine neutrale Stimme sagt:
Description de Douala fait par le général Aymerich)
La ville de Douala occupe, au fond de l'estuaire du Wouri, une
étendue de huit kilomètres, et comprend trois quartiers bien distincts,
séparés entre eux par des ravins profonds. Au sud se trouvent le palais
du gouverneur général, les bureaux de l'administration centrale, les

habitations des hauts fonctionnaires, le port avec son êmbarcadère,
les magasins et une bonne partie des maisons de commerce. C'est le
quartier de Bei, ainsi appele du nom du grand chef indigene (le roi
du pays) qui a ete pendu devant sä maison, au debut de la guerre,
soupconné, à tort ou à raison, de Sympathie pour les allies.

Die Mourante flüstert dem Herrn Ndo, noch neben ihr ins Ohr:
"Ich dachte, dass ihr das von Anfang an erzählen würdet. Und
ich glaubte, ihr würdet was über die Ankunft der Deutschen
vorlesen. Das da ist ein Text über die Ankunft der Franzosen.
Was soll ich davon halten ?"
La mourante dit: J' ai cru que vous allez raconter ça dès le début.
Et je croyais que vous allez lire quelque chose sur l'arrivée des al-
lemands. Là, vous melisez quelque chose sur l'arrivée des français.
Qu'est-ce que je suis censée d'en penser?
„Mais Le début est vu et interprété par la fin", dit Mr. Ndo.
C'est tout à fait possible. Au lieu de commencer avec le château de
Berlin et le soldat, le mandataire qui quitte sa majesté pour partir
aussitôt à la conquête du Cameroun
Nous commençons par les rues vides et désertées de deutsch
Douala-town.

Action
Silence...On continue...Go ahead

Coupure
Devant un mur blanc. Mr Ndo essaie très proche d'elle, à côté
d'elle de lui expliquer à l'allemande, La Mourante, comment se
faisait-il, le silence dans la ville
Après la mort de Rudolf Duala manga Bell. Derrière lui, on entend

très fort le crissement d'une guitare electrique
Crissement qui se repète machinalement, mais qui semble de venir
en même temps de l'autre côté de la chambre comme une diction
mieux adapté, sobre mais convaincant émotionellement parlant
comme une surexposition de bruit et de connaissance

Vor einer weiss getünchten Wand schwirren quälend laute Gitarrenriffs auf und abwimmernd durch die nach wenigen Sekunden
übersättigte Zeit. Die karg verputzte Wand, gibt den Blick frei auf
eine weisse âltere Frau, in lange bunt durchwirkte Gewänder und
Bodenstaub gehüllt. Dicht neben ihr versucht Der Herr Ndo der
Deutschen, der Mourante, etwas über die Stille in der Stadt zu
erzählen nach der Ermordung des Rudolf Duala Manga. Hinter
ihm und ihr um sie herum vielmehr verhindert schräg lautes Gitarrenheulen Hang on trauerndes Gewimmer, das sich stereotyp
wiederholt gleichzeitig aber aus der anderen Wand zu kommen
scheint ein besser akzentuiertes Sprechen. Man darf,
so schreit das Radio dem Totenwächter zu, 7 Wochen lang NICHT
SCHLAFEN. NIE SCHLAFEN. NIE..

Schnitt. Zoom Villa Wand weissgekalkt, richtig weiss gekalkt.
Von der Wand dem Wandrandbodenstück der Welt auf eine ge-
diegene alte Regalwand, über die Geckos laufen oben ungeschützt.
Die Mourante in ihrem Bungalow in der Bibliothek, liest
In ihrer Bibliothek sind die Bücher traurige tropen und traumati-
sche Tropen, Duala Handbücher und französisceh Initiationsriten.
In ihrer Bibliothek sind alle Bücher, die gesucht werden für das
Stück, so auch der Bericht des Generals Aymerich- la description,
faite par le général Aymerich.

Coupure / Cut /Schiiett. Gros plan sur les ombres de la ville.
Les membres de l'équipe ont du mal à élaborer: (zu diesig heute)
Le clivage…que les chantiers gigantesques installent dans le pays.
En dehors du champ de la caméras.
On essaie de retracer la ligne de démarcation. Dans une sorte
de silence visuel, qui n'est rien que le gros plan de Douala, un
travelling de gauche à droit sans que l'on puisse dire …
exactement où se trouve l'embochure de la caméra.
On voit l'ombre de la ville ….
et pourquoi elle, la caméra bouge… la ville, elle, est

Stimme 1: Hausmannienne ?

Stimme 2: Wie kann man eine Metropole, das Prinzip einer
WELTSTADT wiedergeben, die auf dem Gesichtspunkt der
Rassentrennung aufgebaut ist..man braucht Ghettos, die Umge-
hungsstrassen, die Zugangswege der Sklavenarbeiter …aussenrum…
Schnellstrassen..

Stimme 4: Ici le vide …..LE VIDE de l'espace bourgeois de
l'homme européene c'est impressionnant, ça ne donne rien… Ici
sur place, ça te donne immédiatement une autre idée de largeur
de l'espace, du mystère
Comment est-ce qu'on peut faire ca: faire sentir le sentiment d'être
enfermé dans un trou - quand t'a tellement de la place autour de
toi: L'étroit d'un vieux château allemand, cette stérilité majestrale
et incrusté dedans le piége..the trap, isn't it. THE GAP.....

Stimme 3 und Stimme 5 reden fast gleichzeitig, doch Mister 5
verstummt fast augenblicklich: „In einem faschistischen Systeme

darf der Blick eines Domestiken nicht einfach so herumwandern."
„Si on peut parler d'un domestique..." Et ici ... ici c'est le grand
vide... Le problème c'est que les traces de l'oppression disparaissent
si facilement... Et aucun regard ne balaiera ici les dalles poussie-
reuses du vieux château de Berlin à Douala. Aucun regard d'un
domestique rentrera dans la chambre interdite.
On discute la naissance de la ville coloniale depuis le creux intérieur du Berliner Schloss ? dit lamourante et rit. „Ici les regards
ont traversé la ligne de la demarcation. Et ça depuis longtemps."
Seit langem....Its a very long time since the eyes had passed through
the barbed wire.."

„Musiker in Paris" - Ortbezeichnung. Rachel sitzt in einem Restaurant. singt nicht, noch nicht, sinnt nach, sinnend über den
Variationen, den variablen Innenleben eines Restaurants an einem
Abend, an mehreren Abenden in Folge. In einem Restaurant,
zwischen den « normalen », den in-Paris-normalen Bistrotisch-
chen, entsteht im Träumen, im Ungeduldigsein zwischen den
Auftritten, eine Atmosphäre der WIEDERAUFERSTEHUNG
der alten Postkarten.

Appel/ Ruf / call
Va chercher

Appel /Ruf / call
No assieds-toi

Appel /Ruf / call
Je viens vers toi

Appel /Ruf / call
T'as entendu ce qu'ils ont dit

Appel /Ruf / call
Va dans la cuisine

Appel /Ruf / call
Ma tante est dans la cuisine elle va le ramener

Appel /Ruf / call
Va chercher quandmême

Appel /Ruf / call
Va chercher du ... pain!

Appel /Ruf / call
A machin-là faut encore

Appel /Ruf / call
Il a mal terminé là

Appel
Il pense toujours à autre chose

Voix/Voice/Stimme
Laisse tomber..
Un titre d'un mauvais livre ?
Dans une démocratie on ne parle plus / on parle mal de la noblesse
Quelqu'un dit:

Le Crabe dans le coeur. Résistants avant l'heure.....
L'idée de la noblesse a disparu ? La noblesse, dans une démocratie
? C'est quoi ça ?
Refrain

C'est quelle connerie ça.

La chanson BUNIA – ist zu hören. (Playback, zwischendrin, während alles anderen essen, der dritte Set wird später angegangen).
Das ist der Tisch der « Künstler » sagt einer, kein Platz hier für normale Gäste. Das löst Wortspiele aus über den Sinn und Wortlaut von : « laisse tomber ... »

Schnitt

das Bild bleibt recht dunkel und verschwommen
Der Amerikaner spricht allein in die Kamera

Es folgt eine grobe Zusammenfassung aus verschiedenen Textpartien zum Amerikaner – der ja die verschiedenen Erzählperspektiven dieser Geschichte zusammenhält, und vorallem darlegt, warum er, neben seiner sehr bestimmten, wohl sehr wichtigen Mission im Norden Kameruns (hm): „History has been so whitened by the white man that even the black professors have known little more than the most ignorant black man about the talents and rich civilizations" ,nebenher Geschichtsforschung betreibt, warum er, im Leerlauf sich die mühsamen Telegramme des Rudolf Bell zu

Gemüte führt -
Ich dachte, es sei ein leichtes, daraus einen Monolg zu zimmern,
der seine Geschichtsauffassung beinhaltet, aber er wollte nicht.
Kein Statement vor der Kamera.

...

Do you like Lynch, David Lynch ?

Rascher Bildwechsel. Paris: Innenleben der Agence CAPA . Jemand zeigt in Avantpremiere seinen Moyen métrage"Die letzten
Stunden des Mobutu Sese Seko": Des Leoparden und den Einmarsch, den unerwarteten Sieg des Laurent Kabila. Kollegen und
Techniker sind eingeladen, gemeinsam im bescheiden geräumigen
Amphitheater den Film als erste zu entdecken.Danach Small Talk
unter Journalisten und Kameramänner, der Gechasste versuchte
schnelle Witzchen, draussen auf dem Innenhof.
Du solltest es versuchen, spricht der apart Blonde, sein Jackett
über die Schultern werfend, während sein Blick irgendwo tief
etwas in der poitrine seines Gegenübers : Nichts hindert Dich.
„Je sais, mais ...." sagt verzückt-gequält der eben noch gechasste
Toningenieur, der weiss, der noch nicht oder immer noch nicht
weiss, dass er nicht viel Zeit hat, um vom Toningenieur zum Ka-
meramann aufzusteigen, „Je ne sais pas encore comment trouver
le lien Die Idee hab ich, aber dann.. Grosstadtambiente, tu sais,
depuis des années je veux travailler sur la sonorité de la ville,en
descendant la grille du métro encore audessus tu sais, commencer

avec cette fameuse image de Marilyne et puis descendre dans les couloirs du métro. Et resortir, étudier les sorties du métro vers la banelieue .. là où il te semble être au plus près de ... l...où on ne sais plus où aller car tout est détour ..autoroute vers LA VILLE... Et là recemment j'ai trouvé un longue article sur les TOWN-Ships. Comme à Nanterre, les bidonvilles, j'ai un copain qui a véçu làbas , qui a grandi làbas..La pauvreté des pieds noirs.. Pour nous, l'architecture du passé, celle qu'on concue pour l'indigénat que est devenue un modèle d'exportation pour les grandes villes d'Europe. Et j'ai commencé de me promener dans les bouches du métro banelieusardes, ces entrées et sorties où on se croit presque arrivé en Europe là-bas j'ai trouvé des copines, c'est toujours important d'avoir des copines,

Bref ....Für einen Toningenieur redet er zuviel.

Ums kurz zu machen, sagt er, er habe eine Kamerunerin gefunden, die ihm von einem alten Projekt der Deutschen erzählt habe, die die erste deutsche APARTHEID Stadt hatten bauen wollen. Die Architektur einer Modellstadt dismal weit entfernt von des Umsiedlungsprojekten in Algerien, Gropius Modellbausätze in Casablanca... personne ne connaît ce truc aujourd'hui.

C'est oublié FORGOTTEN VERSCHESSEN en allemand je crois

Mais là je me suis dit: je tiens mon truc ...

Beschreibung der Stadt Duala, angefertigt vom General der französische Streitkräfte Aymerich bei seinem Eintritt in die von Deutschen befreiten Stadt.

Au centre - Im Zentreum, sur un plateau legerement ondulé, auf einem Platte, die leicht hügelig, entre la gare du chemin de fer de l'Est, et le ravin de l'usine des eaux, zwischen dem Bahnhof im

Osten und :..ravinmachinravin...der Wasseraufbereitung? s'etend
le quartier populeux d'Akoua, dont le nom est egalement celui
d'un chef indigène, vivant celui-là. Erstreckt sich das volkreiche
Viertel von Akwa, was auch geleichzeitig der Name eines Ein-
gebornenenhäuptlings ist, (wohingegen) der aber lebendig ist.
Mon etat-major est installe ä Akoua, dans les bätiments d'une
importante mission protestante, la «Baptist Mission »•
Weiter im Norden findet man eine grosse Ansammlung von Häusern -agglomération- Ansammlung , nein? Der Eingeborenen,
DEIDO genannt; davon nicht weit..... trennt Deido von Akwa,
befindet sich eine   non loin des premières maisons, au fond
d'un ravin encaisse qui sépare Deido d'Akoua, se trouve l'usine
d'epuration et de refoulement des eaux qui, au moyen de canali-
sations souterraines,distribue l'eau potable ä toute la ville. Sur les
quais de Deido en bordure du Wouri, on trouve encore quelques
maisons de commerce, des hangars, une scierie mecanique, une
...Ravin...was war rahvin nochmal...eine Wasseraufbereitungsan-
lage und eine Trinkwasser ....

briqueterie.Ziegelei.

SCHNITT
Szenenwechsel
STRASSE ZWISCHEN
In einem klimatisierten Jeep jagen
Zu schnell sagt
Der Deutsche namens Clemens Dieter Rocco
ne t'inquiète pas
Der Deutsche beugt sich nach vorne, versucht, ein bisschen den
Hintern freizubekommen die Nierengegend zu lösen, von dem

ihm um die Schulter gelegten Arm - und der Spannung, sich davon ein wenig unberührt und unbefangen leicht zu halten, so als sitze er allein - hier

„Hab ich", sagt gegen das Wagenfenster gelehnt geschüttelt ....wer ?
„Hier, vor den ehemaligen Besitzungen der Society de Bois von dem Umgekommenen erzählt? Mir blieb das Herz stehen als ..."

Voix / Voice / Stimme
You shouldn't talk about that!

Voix / Voice /Stimme
Gab eine Menge böses Blut.

(Lacht) You remember

Voix / Voice /Stimme
Legeremment...

Voix / Voice /Stimme 2
The old man..... round the corner .... You know that, come on, tell me... The old man...

Voix / Voice /Stimme 4
Träumt. Die Geschichte von dem, den man „anderswohin" geschickt hat / he/ den man verkauft hat.
Der Passive Träumer, der Unaufmerksame und Ungeschickte.

Voix / Voice /Stimme
Arbeitsschutzgesetze nicht beachtet.

Voix / Voice /Stimme
Come on you know thats not true

Voix / Voice /Stimme
Der deutsche Vorarbeiter hat ...... na klar die Gesetze nicht beachtet
Voix / Voice /Stimme
Das war doch schon danach Die Deutschen waren doch schon
längst abgehauen .... War doch alles schon abgeholzt

Voix / Voice /Stimme
Man bindet den Toten dem Schuldigen auf den Rücken: Er soll
den Leichnam zurückbringen.
„Wieso das denn ?", fragt der Deutsche, nun wach.

Voix / Voice /Stimme
Wohin?

Um den Lebenden wieder herschaffen. Aber man sagt auch, dass
ein Träumer ein Woandersgestorbener ist. Vielleicht ist er zurückgegangen. Zurückgegangen dorthin, wo er herkam.
Dies löst Rück- oder Vorwärtserinnerung aus, des Deutschen und
er fragt sich müde und wach und benommen: „Wie kann man einen
toten Mann einem Lebenden auf den Rücken binden?" Fragt sich
und sein müde bleich aufspringendes Spiegelbild im Blätterwald,
der am Jeep reisst und gegens Fenster klatscht.
Rückblende.
Vergangenheit nach dem Zufallsprinzip.
Der Deutsche aus Afghanistan kommend am Flughafen.
Es folgt die Darstellung des Düsseldorfer Flughafens (genauer ein
Bild des Düsseldorfer Terminals, dann ein Bild der Anzeigentafel,

die sich sonst auf Ebene 3 befindet neben den dortigen Toiletten, diese Ortsangabe lässt sich aber mit einem Doppelklick auf den Link des Düsseldorfer Flughafens nachprüfen).

Schnitt.

Der grüne Platz.Winzige Bewegung des Autos im Bild, dafür wirbelnde rote Staubwolken, die sich, wie man sagt, verziehen vor der imposanten Statur eines alten Mannes neben dem ein Jüngerer steht in Uniform, doch des Dienstgrads unkundig – scheint dem Erzähler die Bedeutung nicht klar. Dahinter jemand, den man als gut gekleideten Städter ansprechen möchte, der aber wie sich herausstellen sollte

Der Amerikaner vor der Hütte stehend, beginnt ein Gespräch.

Stimme 4 sagt

Das Chateau - comment peut-on appeler ça comme ça. Dem riesigen unfertigen Bau, dem die Stahlträger in den dunstigen Himmel ragen, fehlt die Dachabschlusskosntruktion...

Die Gruppe übernachtet in einer Villa.

Eingeladen.

Die Diskussion wird draussen und drinnen geführt...

Aus allen Türöffnungen, Rufen hört man, drinnen, draussen.

Come!

Setzt sich der Fuss in Das Thema der Abgetretenen Souveränität.

Qu'est-ce qu'on a vu là ?

Ouioui c'est un bâtiment allemang, bien fait,

bien construit, ça ne se casse pas...

On peut tout y enlever, le reste tient debout.

Ouioui, mais ce n'est pas ma question. je voudrais savoir:

Ca appartient à qui ?

Der Grund und Boden auf dem die Deutschen standen, war das deutsches Eigentum oder an Besitztum gebundnes Land ?
Fragen nach Enteignungen. Ist deutscher Grund und Boden Privateigentum in Deutschland nicht doch auch nationales Eigentum. Fragen sozusagen, die nach Grund und Boden zielen, eines Staatsvertrages, aber ein Schutzmachtvertrag ist ja doch wohl etwas anderes...
Fragen des Deutschen nach dem speziellen Grund der deutschen Gesellschaft, an der sie vorbeifuhren. Den Kolonialbauten.
Das sind keine Kolonialbauten, deutsch, certes, aber nach fünfundvierzig entstanden, oui oui ca a l'air d'être solide, fait pour des siècles mais c'est tout recent ......
Inwieweit wurden Arbeitsschutzgesetze nicht beachtet ? Da der Krach von drüben stärker wird, gehen die Antwortsteller ins Haus, es sind zumeist junge Männer, die sich irgendetwas erhoffen, die alten bleiben weit zurück. Nebenan findet eine Totenwache statt. Der
verstorbene Nachbar wohnte eigentlich an der Côte d'Azur.
Und der Grundbesitz dieses verstorbenen Nachbarn in Europa, das sollte eigentlich überleiten zu einem SPIEGEL –Redakteur, der befriedigt, seinen Artikel ablegt, das Spiegelspecial zum Immobilienfonds Africa ist eben raus

Zehntes Arrondissment.
Rachel, die Chor-Sängerin, im Studio, sie hat NOCH Pause, irgendjemand war noch nicht wieder zurück oder irgendein Mix war nicht rübergeschickt worden, ach auf einem Fernseher in der Ecke laufen CNN Nachrichten.
In einem Studio neben dem blue morning new morning Rue du

chateau rue de l'écureil rue du paradies rue ....
Gegenüber sieht man das schäbige Café, in dem die Pakistaner ver-
kehren, bevor sie ....alle die Mosqué schluckt und wieder ausspukt.
Es regnet in Paris. Der Regen fliesst auch im Fernseher über New
Orleans. Drunter, In dem grossen Stadium voller schwarzer Menschen, die nichts zu trinken haben. Kopfschüttelnd sieht sie auf
ein von der

„C'est quand même incroyable" „Regarde-moi ça !" „Regarde-ce
qu'ils ont fait" „Tu veux dire ce qu'ils n'ont pas fait" „Bien-sûr!"
„Mais quelle honte!"

Paris. Rue Doudeauville. On stage. There isn't even a theatre.
Rue Doudeauville. It is a location, a workingplace ..... for rehearsals.
Gospelsingers. Dancers. Castings. Voudou-childs.... Comedians
figuring out „darkness" und im Halbdunkeln sagt Der Schauspieler
nocheinmal, man beginne mit der letzten Amtshandlungen der
deutschen Kolonialmacht,

„Gouverneur Ebermeyer richtet sich an die einheimische Bevölkerung"

Aber irgendwie klappt der Einstieg nicht, die Szene erfordert noch
eine weitere Szenen davor, die Amtshandlung des Gouverneurs
EBERMAYER will sich nicht allein tragen, es fehlt die Musik und
das ist das Stichwort. Es ist eine Probe. Im dunklen, stinkenden,
mit einem teppichartigem Schaumbelag verkleideten Probenraum
sitzen die anderen missmutig an der Wand und warten. Nach dem

Lärm zu schliessen, der durch die schmierigen filzverkleideten niedrigen Deckenwände dringt, förmlich durch die Wände trieft, findet nebendran eine Voudoumesse statt.

Die Stille, sagt der Chasseur du son... Soundjäger in seine kleine Filmkamera, die er wie eine Art Dictaphon benutzt, sist seine Tagebuchaufzeichnung – die Beschäftigung mit dem eigenen ICH kann absonderliche Züge tragen, die fast besessen zu nennen... man könnte sich fragen, wann er die Zeit zur Auswertung all der unendlichen Aufzeichnungen haben wird, die trotzdem nicht den Anspruch auf eine lückenlosen Selbstdarstellung besitzen, sondern gezielt segmentierte Abschnitte der Darstellung eines kontinuierlichen Interesses an der Aussenwelt sind. Die Stille hatte er gesagt und dann versonnen über den Rand seines kleinen aufklappbaren Bildschirms geblickt, aber dann war das Nachdenken mit dem kleinen Dreiklangston der Kamera verstummt, die sich plötzlich von selbst – wie es schien – ausgeschaltet hatte.

Schwarz. Douala...Duala. NICHT DUBAI.
Off: Ich weiss, dass Sie jetzt an DOUBAI dachten. Wir brauchen eine athmosphärische Komposition über die Stadt Douala (dehnbar auf 20 Minuten), aber durchaus repetitif: Eine Art musikalischer Stadtplan.
Dahinter New Orléans. Zerstört von Kathrina.

Rue Doudeauville. Die Strasse von -Häh? Dem Süssen Wasser? Schmerzhaft tief unten in der teppichbehangenen Modrigkeit. Von drüben dringt Kreischen und unmittelbar dahinter, danach exaltierte Männerstimmen herüber. Langsam gähnend in der dumpfen Luft, liest ein unsichtbar bleibendes Gesicht eine Bekanntmachung vor:

Kaiserliches Bezirksamt
Duala
V. 341/1913
Duala, den 4. August 1915

„Verfügung
Im Auftrage des Kaiserlichen Gouverneurs von Kamerun
wird
Oberhäuptling Dualla Manga aus Bonanjo
für die Zeit des Enteignungsverfahrens und die Zeit der Ver-
legung der Dualas aus der Altstadt in die Neustadt mit Wirkung
von heute des Amtes als Oberhäuptling
enthoben.
Der Kaiserliche Bezirksamtmann
Röhm

An
Dualla Manga
Bonanjo.."

Im Blättern, Stöhnen, der Leser sieht wohl schlecht, seine Augen befummelten förmlich die Worte und die Tagebucheintragung von Herrn... :
„7. August 1914. Unter dem Vorsitz des Assessor Niedermeier hat heute Nachmittag der Prozess wegen Hochverrat gegen den Duala

Manga und den Ngosso Din begonnen. Pflichtverteidiger Doktor
Echtheit. Das Gericht sprach die Todesstrafe aus. Am 8.August, von
12 Uhr bis halb eins bin ich von neuem beim Gouverneur, aus dem
gleichen Grund wie gestern. Eine Deportation des Oberhäuptlings
ist, aufgrund der aktuellen politischen Lage, unmöglich. Gegen 5 Uhr
werden beide durch den Strang hingerichtet. Möge Gott sich ihrer
Seele erbarmen. Das war sicherlich mein schwerster Tag im Kamerun."

Schnitt.

„Ne me regarde pas en face" , kreischt Rachel ihren Tunichtsgut an,
„Tu baisses la tête quand "...(Pause)....." Effronté Ehonté...mais
non, Tu vois le monsieur..tu le vois, je te parle !?!"
„Tu le vois le garçon, comme il se tient...Franchement..La honte....
L'important c'est ce que tu dis face à la caméra et cette fois tu y
regardes..tu la regardes..."
Basin' street....
Das hätten Sie gerne, ça tient chaud au coeur
YAMAKUZI der basin'street
Die Nacht gehört den JUNGS in Frankreich. Das Couvrefeu, die
Ausgangssperre, die die Strassengangs den Mädchen auferlegen,
stört den nicht, der nachts ausgehen kann. Das Couvrefeu stört
auch den nicht, dem es auferlegt wurde.
Dann ist die Strasse eben das Treppenhaus. Cela dépend. All
die abgewarteten vertanen Stunden beim Wändestützen. Haus-
wandabstützen. Die Welt wird ganz einfach und, am Ende der
Horizont, wird weitergegeben.
Touchä pas Mang maniok
Das Wasser plopft aus dem Wasserhahn. Gestern noch hatte es
geheissen, das Wassser in der Küche wäre abgestellt. Es stinkt, was
da tropfend durch den Abend dröhnt. Die heutige Überbelegung

kommt herein, nickt mit dem Kopf, kaum verwundert, einen Fremden im Foyer zu finden. Sist, erinnert sich der stämmige weisse Mann in der afrikanischen Wohnung, der Nichtencousin, der mit seiner Tante hier irgendwo auf dem Fussboden wohnt.

Basin' street
Oh sweet
Lettre au Prési

Schnitt
Ein .... entkommenene Roi und Revolutionär...? Fragt sich der Toningenieur. In einem französischen Schulhoffilm kämen jetzt Basketballkörbe ins Bild neben dem schäbigen Supermarkt, dem centre commercial. Neben dem petit terrain de foot, weiter hinten die Regionalbahn,...
Basin' Street hatte offenbar ne Tram wie die in ....
Na die an ....Die alte Periph'bahn..
Die zur Stille kam

Drinnen im Haus. Kannmannochnichtsagen.WO. Das GPS zeigt Leere.
Neben dem Fussball dem Fernseher, der manchmal an ist, sitzt der junge Mann und wartet, bestellt und nicht abgeholt, hin und wieder kommt einer ins Wohnzimmer geschlurft, setzt sich dazu, geht aber wieder, sobald der Strom weg ist. Aber er geht auch, wenn das Spiel weiterläuft weitergeht langsam ausser Puste die Spieler die Fäuste in die Seiten stemmen - wie die Philosophie eines kulturellen Austausch - so schwitzend und stickend. Wie in der Tageshitze geräucherter Fisch, verbrennendes Plastik.

Es spricht ein zufällig anwesender Rechtsanwalt und der Blick springt hoch, von der riesigen Tischplatte, die in einem Stück aus einem Baum geschnitten, „I've been in Bade-Württemberg ... for studies ... Recht zu studieren. I've been in Stuttgart .... I've even been in Münsingen, visiting
Stimme Nummer 4 sagt:
Das ist ja DIE Tiefste Provinz in Deutschland !

„Provinz in Africa ...."
Einige der Zuhörer lachen.

Ich war auch in Münsingen, ein furchtbares Kaff. Aber wir sind da nie geblieben, am Wochenende gings heim. Aber gholfen hats nix, sie haben uns selbst in das Loch gekarrt, das da
BUTTENHAUSEN HIESS
NICHT BÜTTE WIE BÜTTENREDNER.
Zu einer Fortbildungs - und Lehrveranstaltung der Bundeswehr.

Schnitt.
Hier ist der Text Fragment geblieben. Ein zerbröckelndes Stück Portrait.
Man könnte es auf dem Dachboden abgestellt haben wie ein ausrangierte Tür, deren Fehlen nun Durchzug ermöglicht.
Ein Portät des Deutschen Zentrumspolitiker
immer noch Buttenhausen
immernoch Erzberger
Doch HIER eine Schlagzeile über den MINISTER der Weimarer Republik.
Man konnt sich fragen, wie es kommt, dass ein späterer Minis-

ter in einem winzigen ....Viertel der schwäbischen Alb zur Welt
kommt. Sibirien kann kaum weiter weg sein. Wenigstens in unse-
ren demokratischen Fortbildungskursen wurde immer das letztere
versichert, aber als Christ und Katholik in einem Judengeviert
auf der schwäbischen Alb geboren worden zu sein, SCHLIMM
ISTS SCHON
unn später der schärfste Kritiker der Kolonialreverwaltung wurde,
der Minister wurde und -
Der den Versailler Vertrag unterzeichnete für Deutschland.
Am Arsch der Welt
Tiefste Provinz
Buttenhausen
I don' t believe it
Erzberger

Der Rechtsanwalt, der sich noch nicht namentlich vorgestellt hat,
spricht ins Fernsehen, in den Fussball hinein.
Gedankenvoll und bestimmt sagt der Anwalt nochmal, er habe
in Freiburg studiert. Spricht über den Opportunismus des Herrn
Erzberger sans classe sans style politique Kolonialbefürworter, aber
Misstände im Kolonialsystem deutsch anprangernd. Man sagte
ihm, man schrie ihm Bauernschläue nach und schlecht angezogen
zu sein, ungehobelt redend, unsauber und die schlechte Aussprache
dickeutriger Sauperlen, Hauer vollert grammatikalischer Fehler,
und drin schwelgend, Rhetourkutschen praktizierend. Die Vulgarität des Herrn Erzbergers was notorious in the german higher
noble society
Aber war er denn wirklich dafür, dass das Deutsche Reich die
Kolonien an die Alliierten abtrat ? J'en doute ....

Le Reich n'avait pas le choix .... You know, the ..
„Africans" hilft eine hilfreiche Hand aus
„Africains, The clans, the Douala people hatten die Schwierigkeiten Journalisten, Zentrumspolitiker ausfindig zu machen for
the Bellfaction in Berlin they had to find people.

Voix / voice / Stimme
Es ist unglaublich wie sie, die Weissen, über sich selber reden,

„What exactly means afterkultur?" asked a sweet, low speaking
 female voice. From left, hm, / behind the table.
„In fact he wasn't part of the german Establishment..."
„Who?"
Erzberger.
„He came out of nowhere"
„Waren sie schockiert, dort und damals in Deutschland, dass wir
so waren wie sie?", sagt eine weiche weibliche Stimme. „Oder von
ihnen lernen wollten?"
„Mais on ne parle pas de nous, on discute la classe politique en
Allemagne..."

Man muss sich von Bauernsöhnen verteidigen lassen ...
Es ist doch eher die Ambivalenz des Herrn Erzbergers gewesen.
I don't know that, never heard from.

Was? Du kennst Rechtsanwälte nicht?
Wirst noch welche brauchen ...
Der Anwalt lacht.
Keine Angst, Erzberger ist schon lange tot.

Draussen gehen elegant gekleidete Damen durch den Garten. Sie nehmen die Abkürzung, sagt eine Frau.

Lucky you are, sie würden sonst nicht mal mit dir reden.

Mais c'est incroable quandmême, que les voisins ne voient pas qu'ils ne sont plus chez eux, sur leur terrain..

Que notre jardin n'est pas un raccourci.... Aber heute ists besser als gestern; gestern liefen die Damen durch unser Haus....Stellen Sie sich das mal vor, wir sitzen beim Abendessen, als sie reinkamen und quer durch den Salon latschten, sie sagten, sie wollten den Bus nehmen, der in die Stadt fährt, und wir hatten kaum Zeit, (den Mund über den Teller gebeugt) ihnen den Gruss zu erwidern als es schon Zeit für sie war, den Aperitif zu nehmen, einen kleinen Vorhappen ..wirklich, sind wir eine Bushaltestelle ?

RDMB Today

On his side .....Martin Sampa...
Utopians impossible mission
Rückblende.
Unerwartet taucht der Toningenieur nochmal in der Wohnung
auf, zumindest solange er weiss, dass die Mutter nicht da ist, er
kann ja immer sagen, er habe was vergessen.
Er habe sein Mikrokoffer vergessen, dabei stand er, der Koffer,
doch völlig sichtbar direkt neben der Tür.

Rudolf Douala était un gosse de riche, n'est-ce pas?
Könnte der Toningenieur sagen, der ebenfalls nur grinst, über-
heblicher, als wollte er sagen, ich weiss schon, eure korrupten
verdorbenen kleinen Stratageme, die muss ich garnicht kennen,
deren Resultate,die seh ich jeden Abend in den den Nachrichten.
Toi, mon vieux, t'es le Superhéro RDMB...n'est-pas ? mes féli-
citations... En fait, comment était-il venu en France, ce Rudolf ?

Er korrigiert sich natürlich sofort, als der andere laut zu kichern beginnt und sich zum Fenster umdreht (fast so als hätte er dort draussen etwas umwerfend Erheiterndes gesehen, einen ausgezeichneten Fallrückzieher zum Beispiel.

En fond de cale ? Ou en première classe ?

Schnitt
Es klingelt.
Das Telefon: Wir hören natürlich das durchdringende Schrillen. Der sich zum Telefon bewegende, der jedoch zurückweicht und nicht hingreift. Schliesslich greift der junge Mann ruckartig hin, es ist Rachel, die Sängerin am Telephon, jemand soll sie da abholen. An der Assemblee générale, am Bau der Nationalversammlung steht sie. Bescheidener geht's nicht

Schnitt.
Wiederholung.
Der Telephonanruf.
In der leeren Wohnung der Sängerin.
„Die Lichterjungen", sagt Rachel, als sie wieder im Auto sitzt, „das hatte ich vergessen." Und vermutlich vergisst sies auch gleich wieder, denn sie kanns nicht aufschreiben und darüber ärgert sie sich im dunklen Auto, weil der Sohnemann wieder zu dumm war, an Papier zu denken. Stift und Papier ihr einzustecken.
Made some mistakes
Und wie Mottenmänner fliegen die Lichterjungen über die Windschutzscheibe, unwichtige, verhuschte Existenzen, über die das Nachdenken nicht guttut. Denen das Nachdenken nicht guttut. Assemblée générale, nachts. Rachel, toute seule. A-ha.
On l'a bien vu arriver. De loin même. Und dass sein Vater da

mitmacht, ist eine unglaubliche...wirklich. L'amour paternel.
Il n'y pas un mot pour le décrire. JUSTEMENT. Wie kann man
nur so - ach. Grausam sein.

Parking Auchan. Direkt an der Tür gesprochen. Ou au Cameroun.
C'est très important.Vor einer Verkaufsfläche soll sich der Junge
präsentieren, was wir hier machen ist Quatsch... Auf der grossen
Parkplatz bei Auchan, meinetwegen, da ....
Mais laissez-les faire...ils vont voir que ça ne sert à rien; Le garçon
doit se présenter devant un garage d'un local commercial ou sur
un parking, moi personellement je préfère le parking du centre
commercial de Creteil.

Schnitt
Off. Eine fremde helle Stimme sagt:
Ich sehe den Knaben Rudolf, der einen Aufsatz im Gymnasium zu
Ulm oder Aalen verfasst. Über die Alpenüberquerung Hannibals,
es ist Lateinstunde, man sieht den dunklen Kopf über das Papier
gebeugt , diesmal weiss er, wovon er schreibt, aber das Latein
will sich nicht der Kraft seiner Gedanken beugen,hinter ihm die
hellen Bubenschädel, dies auch nicht besser wissen, aber feixen ...

Wir sollten einen Knaben nehmen. Beauftragt jemanden,der... Bespricht das bitte jemand mit dem Casting agenten .?

Daneben schneiden wir die Reihe händchen-haltender Schulkinder. Immer Zwei und Zwee.Eingeschnürt in die Uniform der.... Sie gehen an der Kocher entlang ... ich stelle mir das Flüsschen klein und gradlinig vor, wie einen Kanal, mit Pappeln .... Die entlaubten Bâume wirken durch den weissen hässlich belaubten Schnee grau, kleinkrämerisch bedeckt. Man könnte daneben die Schneeflocken setzen, auf die Wangen des kleinen Paul Sampa.

Der in einer Kaserne geschliffen wird. Zum Latrinendienst. Zum Kartoffelschälen zum Stiefelputzen verdammt. Eine tiefe, tiefere Stimme brummt: „Er soll vor einer Garage in Frankreich spielen, oder einem parking eines centre commercial... das von Creteil gefällt mir gut...."
„Da den Rudolf. Nicht im Kamerun, nicht in Douala und schon garnicht in Eseka an der Strassenecke.."
„EBEN. GENAU SO."
„Aber NICHT DER. Der guckt einen ja garnicht an. Viel zu verschlossen. Rudolf ist nicht verschlossen. Diese halbherunterhängenden Augen... kriegt der die irgendwann mal auf?

Filmausschnitt.
Konventähnlich brütet die Stadt Aalen über die Niedrigkeit von Welt und Wald, wie sie von oben, von den kleinen engen unschönen Schulterhügeln aus, unmutig und bigott den Kramladen bewacht, was heisst bewacht, den unwichtigen Kram einer Knaben Realschule. Einer Jesuitenschule.

„Lieber Herr
Ich habe Ihre Anfrage nach Informationen zu dem Schüler Rudolf
Duala Manga Bell unserer hiesigen ProRealschule erhalten und mich
mit grossem Interesse an die Suche gemacht und unsere pensionierten
Kollegen befragt, die, wie Sie sich denken können, längst verstorben
und im Ruhestand sind. Dennoch habe ich einiges in Erfahrung
bringen können:
Dem Brief eines Ulmer Gymnasiallehrers habe ich entnommen, dass
der Schüler Rudolf Bell eine stattliche Summe Schulden zurückgelassen
hat, die heute noch auf Begleichung wartet.
Die Noten «Mangelhaft bis Schlecht» in den Fremdsprachen, das
gänzliche Fehlen an Kenntnissen des Griechischen. Aber wenigstens
in den Fächern Latein und Mathematik kam er mit."

Gegenvorschlag, sagt einer: Statt humanistischem Latein und
die dunkel vertäfelten engen hohen Räume statt amerikanischem
College steht der junge Affe in der Ecke.... Hannibal als Affe. Ein
Fürst mit einem Papierschwanz und aufgemalter weisser Schnauze.
Die Kreide staubt noch übern Kragen. Stundenlang muss Rudolf
Strafestehen in der Ecke. Die anderen werfen ihm Dinge an den
Kopf. Ihr Johlen und Gekreisch ist ohrenbetäubend. „Initiation
und Antilopentod" dichtet noch ein bessergesinnter Idiot.
Rudolf laufen Tränen über die Backen. Aber er hat keine Wahl.
Hanibal war ein Held. Ein grosser, ein tragischer, das mussten
auch vom DEUTSCHEN HASS und seinem Geschrei grotesk
aufgeblähten Klassenkameraden anerkennen. HANIBAL ANTE
PORTAS.

Das Skriptgirl (whusthrname-) vergisst den anderen zu sagen,
dass sie....

Hannibal in der Rue Doudeauville.
Das Casting für den Kinderstar, den angehenden.
Man will wissen, ob die Kinder Chopin spielen können ..., ob sie überhaupt Klavierspielen können. Oder: Eine klassische Musikausbildung haben ...?

Die Stille. (Das Grundlegende an dem Verfahren, das voice over genannt wird, ist doch eigentlich das der Stille, der Grad an dem eine sprechende Stimme „still" gemacht wird, während sie weiterspricht). Betont der Toningenieur, in diesem Moment nun, die Glastür aufstossend

Schnitt. EineHauswand, die rot - dient als leuchtender Trennungsstreifen.
Könnte man nicht einen Film über die Dekolonialisierung machen und mit der Stille beginnen ? Statt der eingeblendeten Bananenstauden rauschen, dem Schlachten der Schweine
statt
was heisst hier statt:
Ja rausgehen und die Leute bitten: Hier einen auf Afrika zu machen
Hier draussen einen Stier zu kastrieren ? Ziegen meckern lassen
...?.Einem blinden Griot....

Shitt. Asphalt.
Man könnte doch, sagt der Toningenieur.
Ein ganz kleines Soundfeature in den Strassen der Goutte d'Or machen... Mit zwei drei Afrikanern, nur muss man aufpassen, dort, in live. auf der Strasse zudrehen ist heiss, Ca va être difficile.
Là-bas, ca craint. Will heissen, kann brenzlich werden.
Nicht dass die Jungs in der Goutte d'Or mit dir Ramadan feiern.

Schnitt. Paris. Rue Doudeauville. Im Hintergrund eines dunklen, nach Schimmel und Moder riechenden Proberaums murmelt einer leise:

> *„Le Crabe dans le coeur*
> *Résistants avant l'heure"*

> Refrain
> *„C'est quelle connerie ça."*

Schnitt.
Ein grosser Classeur, ein Ordner fällt zu.
Handgeschriebenes abgelesen fasst eine leise Stimme das Wesentliche zusammen. George sucht... Kontaktperson George stellt eine kleine Equipe zusammen. Sucht : Nach Chief-operatoren, Lichtplaner, Chasseur du son /Tonmeister / 2end Camera unit / Eine erste Montage equipe, sozusagen. Das Sujet ist
Wilhelm ?
Einer der Suchenden notiert: guillaume (und macht sich Zeichen, dass er erstmal googlen muss dazu).
Zweitens *die Entstehung der „kolonialen" Stadt*. Aus jedermanns Sicht. Aus allen Perspektiven. Mitraillée par des caméras.
Draussen, vor dem maison du film court, briselts.

Schnitt. Das Berliner Schloss. Ein langer leerer Korridor. Man könnte einen american tapewriter hören, schwach undeutlich, ein rhytmisches, fremdes fernes Rattern. Aus den Zimmern der Wöchnerin dringt kein Laut. Plötzlich Türenschlagen, Kanonschüsse.

Eine junge Frau mit panisch entsetztem Gesicht läuft in die Tiefe dieses leeren Korridors. Rauscht ihr Kleid oder rauschen die gedämpften WÄnde?

The birth of a nation.

Die Nasenwinkel des Herrn neben dem Lichtbildvorfüher beben heftig, als die Herrenprofile sich wieder umdrehen.
Das Berliner Schlosses als Toter Winkel, warum nicht.

Einer Hebamme gerötetes Gesicht hebt sich, sie schlägt kräftig, tüchtig mit einem nassen Handtuch zu.

Schnitt. „Das Gesicht des Rudolf Douala Manga Bell war ein sehr vornehm Anzusehendes. Der Kopf des Rudolf Douala Manga Bell war wohlgeformt, gerundet. Kurz: „Gutaussehend".
Premier Statement.

Die deutsche Siedlerin und die deutsche Hebamme

Das Bild der Hebamme überblendet sich mit dem einer deutschen Siedlerin, vielleicht hat sie ein Schwester unten, die Assoziation ist aber ne andere, der Überblendungsfocus liegt auf den garuen Augen, die nach oben, ins Weite ins Licht oder besorgt nach unten das blondes Haar in einen struppigen Zopf geflochten

Out of Africa Traum ....keine fiese deutsche Braut, die später die KZs unsicher gemacht hätte, noch als deutsches Flintenweib auf den polnischen Bauernhöfen gewütet...
Pflichtbewusst und rennend über den kleiner werdenden Bildschirm.

Na duted'z onoV ab naten"
o bebaedi ich dachte von Anfang an darüber nach
dès le début j'ai réfléchi sur cette question

Schnitt. Quelle connerie......Beim Casting einen aufgeweckten Eindruck zu machen, klar und freundlich den Leuten INS GESICHT zu sehen und nicht bloss mit ner Lätsche teilzunehmen, reisst sie ihren Burschen noch mal zu sich her; er hatte es gewagt, gelangweilt nach hinten zu sehen, seine Unbotmässigkeit erträgt sie heute nicht, schliesslich waren sie wieder 40 Minuten zu spät gekommen und trotzdem drei Stunden zu früh dran.

Es war zwar noch nicht klar, ob dieses unreife Bürschchen irgendeine Befähigung hatte, insbesodnere die, einen afrikanischen Führer zu verkörpern, aber bereits die Tatsache, dass man sich endlich diesem Thema widmete, Zeit und Geld verplemperte, versprach einiges was die Mühe wert sein sollte.

> *„La flotte qu'on craignait, dans ce fleuve entrée,*
> *croit surprendre la ville et piller la contrée.*
> *Les Maures vont descendre, et le flux et la nuit*
> *Dans une heure à nos murs les amènent sans bruit"*

Lyrics, unvermittelt. Von jemand anderem in der Schlange, der sich bemüht, diesmal keinen deutschen Text sauber aufzusagen, damit er nachher punkten kann, deutsch ist von Vorteil, sagt er, wer ?, aber manchmal mag man nicht, mag einfach nicht, all die Personen zu SEHEN, zu benennen, die kaum ins Gesichtsfeld unserer Protagonisten fallen, so sehr von deren innerer Welt verdrängt, aber doch da sind, irgendwie, jedenfalls so, als könnte man sie kurz hinmalen (umrisshaft und dann ausmalen, wie es ein Kind tut..zumindest nach den ausgestanzten Vorlagen, die man in Tankstellen kaufen, um nicht zu sagen: ERSTEHEN kann, damit sich die Gören hinten im Wagen nicht langweilen). Wie man Stunden durch die Mangroven schippert. Auf und ab getragen. Wie im Cid der Mohr. Vielleicht waren sie auch zu dicht dran, obwohl das ja Vorteile hatte, sie kannten die Geschichte, wie sollten sie sie dann nicht spielen können, wär ja noch schöner, einer aus Mali und gar dem Senegal wollten JETZT so tun als ob sie eine Ahnung hätten? Die Senegalesen hatten schon genug Unheil angerichtet.

Tief in ihrer Brust sieht sie bereits den blonden Mann. Unsauber rasiert, aber immerhin, er hatte sich nicht selbstkritisch genug angesehen, zu sehr mit der fremden Luft um ihn herum beschäftigt. Schaut Dominik versonnen ins unter ihm dümpelnde Wasser: Die Mangrovensümpfe beherrschen stundenlang die Stille. Und dann plötzlich MEINE neuen deutschen Landsleute. Eine tiefer Seufzer nach so langer Reise.   Nach so ewiglanger Einfahrt in den Wouri, nun in Anspannung und Furcht dümpeln sie zwischen Mangrovenbäume, als wärns himmlische zwischen Himmel und Wasser der Baum. Eigentlich rue Doudeauville, im Stehen, im Schwitzen, in diesem dunklen nach Moder stinkenden gefängnisgleichen viereckigen Treppenhausfluren, die abwärts an Knast denken lassen, im Hinaufgehen aber ans ATMEN, ans ERSTICKEN

Schnitt.
Langsame Schritte am Monbijou-Kanal. Es dröhnen von oben drüben die abgedroschenen Stimmen der Guides (frz) guides (engl) die mit konstant nassforscher Fröhlichkeit Daten und Messtechniken, Jahreszahlen und die Höhe der Stahlbrücken miteinanderverbinden. Touristen

Schnitt
Palaver.

Wir brauchen zu Beginn, sagt der Produzent, THE GERMANS entering the scene Dominik, the bad and ugly..
Puttkamers IDEA von der Nutzbarmachung Afrikas . De la rentabilité de l'Afrique, de tirer profit de l'Afrique .. Je ne sais pas si vous comprenez… And of course ! Start with european culture

in Africa even before a german missionairy set his feet on the ground of doulatown. Der Soldat kommt an oder ist schon dort before man noch sprecken kann von deutscher Kultur. Nein, die Kaufmanns waren zuerst da. Der alte Grossvater, der in England in der Schule gewesen. Nackt, aber zivilisiert waren die dort, sagt Missionar. Aber das ist nicht der Punkt. Henne oder Ei ?

Filmsequenz eins. „Der Supermarkt von ....."
Auf dem Supermarktparkplatz haben die Afrikaner eine Idee und beschliessen, nach Europa auszuwandern. Man sieht drei ältere Herren, aber in merkwürdigen Gewänder gewickelt und heben die linke Hand.
Filmsequenz N°zwei „Auf dem Supermarktparkplatz in Douala" (das nichts anderes als eine einzige Wellblechhütte ist, vor deren Türleere steht der 4X4 mit dem französischen Para, dem Fremdenlegionâr, von dem man nicht weiss, ob er immer noch im Dienst ist oder nie mehr, oder ein Leben lang... drinnen und dem Ami daneben. Der Para drückt auf die Hupe)
Filmsequenz 3
Der Entwurf einer Supermarktkette und Kaiser Wilhelm Dominik geht drinnen flanieren...

Schnitt. Tschuldigung, sagt eine leise Stimme.

Am Flughafen. Der enge Gang zu den gewarteten Maschinen. Man geht getrennte .....Wege..... Flugsteige, heisst das. Fast schon Apartheid kichert Crewmitglied, das zur weissen truppe gehört, macht sich antürlich keinen Kopf, warum die anderen zurückbleiben, nicht eine Sekunde denkt der nochkichernde aberschon Verschwitzte mit dem dicken Nackenwulst daran, dass unter den

unauffällig Zurückbleibenden vielleicht der eine oder die andre
eine Scheu hätten, den Sakandal vermeiden möchten, für den
Fall, dass die Papiere...

Stop. Sagt Rachel. Ist vorbei. Dennoch merkt man ihr eine gewisse
straffe Nervosität an, eine Nervosität, die ihr Gesicht straff macht,
steif den, ja nicht..
Schrecklich diese Filmzitate..
Als sie den Gang hinuntergeht auf die

Auchan. Parking.....

Der Schnöselige, schnakgewachsene 16-Jährige, dessen unbeteiligtes Profil zwischen ausdruckslos und cool, beiläufig wechseln kann, kommentarlos seriös sein und mit einer Kopfbewegung ironisch aggressiv...macht eine Drehbewegung auf die Glastüren zu, in case someone who matters
die von der Busschleife überm Parking is watching aus der Tiefe des leeren Parkplatz xbeliebig jeder RiesenWalmart Parkplatz tuts auch - in den AluminimumverglastenPlastikschalenAnbaubetonbunkerdie zu den Chinois Restaurants führen, wo der Rest der Crew rumlungert.... Back to Africa back to BERLIN ...back to Auchan.

He is the jumper ...au moins pour ceux qui comptent et non pas dans les yeux de sa mére. Il faut respecter sa mére mais il faut aussi savoir se taire. Man muss seine Mutter respektieren - aber man muss auch wissen, wann Worte zu lang werden. Wenn sich kein Mensch mehr drauf konzentrieren kann, macht es keinen Sinn, weiter zuzuhören.

mission impossible... t'as déjà vu un gar qui fait la liaison entre ciel et terre?
Dans tes rêves.... mais un gar qui fait pont entre deux ....races... ils s'appellent ca race... la rage...
tu peux pas pas possible faire le lien entre deux races...

un jumper qui s"est trompé und alle gucken zu. Bistne Berühmtheit aber kein Zwitterwesen.

Welches Arsch glaubt wirklich dass Weisse DICH akzeptieren?
Das Prinzip des SPONSORS unterlaufen, maman a cru, maman
a dit, que...
Oui, c#est tout...que...le reste on s'en fout.

J'ai pris sa voiture.
Et alors, je l'ai encastré..
Oú ? Dans un mur?
Non ou oui. mainetnant je l'interêt á trouver une sorte de sortie.

Schnitt
Rasen. Sie erinnern sich. Draussen flirrendes Grün, Drinnen
Ventilatoren.
Ein riesiger Tisch, über den die Zeit läuft, aus einem
Stück Baum geschnitten, das ist Quatsch, kannmansonichtsa-
gen, ein Stück Querschnitt. Oh my goodness, was fehlt wohl
diesem Tisch, in dieser Zeit, dieser Ewigkeit, als Dauer gedacht.
Hinter den Stimmen hinter den Köpfen, den pausenreich Reden-
den sitzen einige ältere Männer verlegen breitbreinig in den alten
Ledersesseln. An den Wänden hängen vergilbte Fotographien,
nur wenige Jahrzehnte alte fast weiss gewaschen von Staub und
Hüttendämmmrigkeit.
Familiengenealogien im leeren Haus. Derer nach Frankreich ausgewanderten .... Nachkommenschaft. (Jener geht in der französischen Banlieue zur Schule, dieser in Geneve auf die Universität).
Die afrikanische Genealogie, sagt verträumt der Deutsche, erinnert mich an was, an ..... Hab ich doch im Fernsehen gesehen...
Während die alte Frau Zitronenmelisse Tee holen geht, riesige
Wassergläser voll, hängen an den Wanden die Fotos der Ausge-
wanderten.

Streckt sich ein Arm in die Höhe , der Anwalt zeigt dem Deutschen
Das ist .... der Banker, das ist ... Und dreht dann den Kopf zur Tür.

Postkarte
Postsache
An den Oberhäuptling Rudolf Bell
                                   Hier
Kaiserliches Postamt   *Duala, den 21. Januar 1913*

Zum Schreiben von heute
Ihre Telegramme vom 15. und 18;d.Mts. sind, da ein ordnungsge-
mässer, gerichtlicher Beschlagnahmebeschluss vorlag, z.ZT. dem K.
Bezirksamt ausgehändigt und von diesem erst am 20.Januar früh
freigegeben worden.

Gez. Peglow

Schnitt. Im Nebenzimmer, vertieft, deutlich und heimlich, eindringlich und selbstbewusst, fast beschwörend spricht der Anwalt
auf den alten Mann ein, im Gespräch mit dem Chief, dem Fami-
lienoberhaupt der Anwalt sagt,die Anwesenheit eines Weissen als
….. sei prozessförderlich. Positive Einflüsse bei der Gewichtung
eines Verfahrens seien zu erwarten. Der Deutsche,..(what's his
name?)....(Schultern zucken), der kann als juristischer Beistand
herhalten. (Hm).
Der weiss nur noch nichts von seinem Glück.

Voix / Voice / Stimme:
„Man könnte ihm anbieten..? "

Auf dem Tisch liegt die Vorladung für den angeklagten Clan-
chef .... vor dem ....vor dem Kameruner Gericht wegen
Veruntreuung und Unterschlagung. Aus dem Off wird textuell
nachgeschoben:
Der Familienchef / Clanchef .... der General, der versucht hatte,
das von Deutschen oder Franzosen schamlos angeeignete Land,
für sich für sein Dorf für seinen Volksgruppe umzuarbeiten ....
Der Anwalt spricht über seine Bemühungen, Schadenersatz aus
Deutschland zu bekommen, die ehemalige auf diesem Grund und
Boden angesiedelte Deutsche Firma um Erklärungen zu bitten,
Schon seit Ende letzten Jahres Unterstützung zu bekommen. Sowie
über die Resultate – keine - dieser Bemühungen...

Einer grossen Gruppe von Leuten trifft ein, draussen vor dem Haus
Man hört, der Anwalt hört durch die geschlossene Tür den Lärm
draussen der Wagen, der Stimmen, Hupen, Bremsen..Hunde

Schnitt. Skizzen eines Musicalentwurfs. . Die Musiker diskutieren die Linien des Massenaufmarsches während der Ankunft der
Häuptlinge Bell und Akwa samt einigem Gefolge in Berlin. 1902.
Hauptstadtszenen, nachgestellt. Sie besichtigen den Reichstag –
gleich gegenüber vom Adlon.

A blue note skyskraping in the faked night. Skizzen eines Musicalentwurfs. Fishy ideas in german language..Selbst wir wissen,
wie man eine völlig sinnlose Saxophonline einsetzt.

Das Porträt des Jungen Mannes auf einem Parkplatz.

RDMB
Als deutscher Arier
Acculturation forcé

A famous person
Eine Berühmte Person verhindert.
Untersagt

„Of course I'm NOT talking about my situation...personally.."
Sagt der Bodyguard der Pressesprecher an dessen Stelle...
„You are supposed to, I mean, you should, you know – let me
explain it, hrm, let me say this: what you should learn is HOW
to INACT and how to describe RDMB in a traditional way.
THIS is...,listen, please, THIS IS NOT the correct way
This is not about being self-confident
There is no RDMB on YOUR scene. NO WAY.
There is nobody.
Because WE DON'T WANT to see him this way..
This is a white suprematist conception, you know...
There are original ways to represent RDMB, especially in an african
way.. You are stealing the whole stuff from them. Thats the point
And we will not tolerate this...
There should be an african led crew, there should be african pro-
ducers... And lokk...this is Creteil...it is a commercial area...And
you are bothering those people... it is a parking it is a mall a
commercial area... Did anybody asked them if they would agree

participating ..or even be part of...even to be here?"

RDMB the JUMPER

ending up in Neuf Brisach
Middle and interior blackhole at the End of Europe
Shit or chocolate...just the same...
Psycho-analist bullshit

Sugar. Pure choclate poison
Fair trade coffee
Un carnage.
George is loosing a teeth..;George is an old man, but not trans-
gender. Nor does he like wearing woman clothes
A transgender playing roles willingly provoking nasty awkward...
reactions. He is willing to answer seious questions..

A ministry for accultural censorship
In Neuf Brisach
Or NEARby..... university circles of bystanders
George's short laugh through his –ah - new third degree hole in
his face.... Tetsing testing this new feeling.
Unfortunately he forgets the Power and neglecting the ambiton
of the Caribbean .... directorsambitian..
It not about first degree of cultural comparison Is about sugar.
And being poisoned.
Hinter dem alten Mann gähnt eine ebenso harmlose wie sinnlose
Riebnwihr- Ssssscheune, eine Colmar renaissance...nichts. Es gähnt
Leere. Kein biologusches Laboratorium in mathematischen Un-
endlichkeitsberechnungen zwischen DIN Normen eiens Erbgutes.
Keine Jistbirnen Oder Stackheldingsbums. Nothing the end of
europe... In theh middle Im Herzen Europas. Und wartet auf den
jungen Hauptdarsteller. Der aber nicht kommen kann. RDMB
kann nicht in Neuf Brisach gespielt werden. Punkt. Aus. Mister
George erwartet eine öffentliche Hinrichtung? Aber das weiss er
zum Glück nicht. Noch nicht.
Der junge Mann KANN RdmB nicht in neuf brisach spielen,
noch kann irgendjemand so tun als sei Berlin um 1902 etwas
vergleichbares, so etwas mit Neuf Brisach - Vergleichbares gewesen.
Das würde den feinen Sinn des Berliners beleidigen, die Baustelle
des Berliner Doms herabwürdigen.
Und Berlin im Herzen kränken, in der ..mindmap.. eines Touristen.
Berlin war IMMER Berlin..Berlin war immer mehr Berlin als
New York Berlin war, immmer mehr Honkong als Berlin. Berlin
war Berlin.

Sometimes ‚I hate afroamericans says Rachel. „Sometimes really I do." This arrogant way to deal with others. And their complex of inferiority...I don't feel that way. I don't feel bad. Because I feel discriminated.
Nobody of me people were slaves never we felt bad because , really je te le jure, never ever anyone from my family were slaves.. never.
Why should we feel inferior?

Neuf Brisach. Als Grenzposten.
Welches Arsch, sagt Rachel, will in Neuf Brisach begraben sein, geschweige denn filmen?
Mathematische Berechenbarkeit am ARSCH der Welt.
Militärische Berechenbarkeit,verbessert sie George.

Schnitt. Da Monsieurlefils in engere Berührung und tiefe Erklärungsnot gegenüber dem Herrn Fonctionaire kommt, rutscht der alte Mann unbewusst und unwillkürlich in den Hintergrund. Ein ausladendes Scheunentor, lässt anstandslos
George in einen Neuf-Brisacher Hinterhof treten, gleiten..
In Neuf Brisach   entsteht NICHT die Idee
Eines mathematisch zu berechnenden NETZWERKES

Der Sozialen DEKONTAMINATION
Das ist das Scheunentor gross wie ein Arsch

Cinema Louxor. Baustelle. Ruine. Jumping...
Das junge Mädchen.. en fait, ce n'était pas elle qui
Pas celle qu'on croyait

Die Waffenkäufe des Herreos, der sich erst 1896 ausstellen läst und
Die Waffenkäufe in einem Schaustellerzelt... son Blödsinn.
Muss sich mal vorstellen, da stehen die guten Leute sich den
ganzen Tag halbnackt die Beine in den Bauch und versuchen,
möglichst dumm dreinzuschauen und abends gehen sie Knarren
kaufen. Von welchem Geld denn.

George steht unterm Torbogenschatten und lauscht, sein altes
Kinn zittert. Vielleicht wars ne Lektion für den Kleinen. Vielleicht
der entscheidende Kick.

Filmausschnitt
Darstellung der Jagden ... des Kaisers ...ein heiterer Herr gibt
bekannt, dass man 65 Hirsche heute geschossen. Alles kapitale
Böcke....zu wieteren Fragen sich Herr.....bereit finden.......hinter
ihm die lange Reihe des Beutegutes.

Filmausscnitt
Eulenburg streitet ab, irgendwelche Schmutzereien...
Man löscht diese Sequenzen,
ganz einfach.

Bistro Boulevard Sebastopol. Paris. Hereros klauen Gewehre und Munition.aus schlecht bewachten Scheunen, Arsenals, Gendarmenposten in Deutschsüdwestafrika.
Sagte George und guckte auf die Dogge runter, die neben ihm sass. Deren Besitzer schien n bisschen stoned. War er aber nicht; er hörte zu. In einem der grün schäbigen Wettbürobistros am Boulevard Sebastopol. Dem soll man nich zuviel Bedeutung beimessen, sagte sich George und trank seinen Kir aus. Es blieb unklar, ob er Sebastopol meinte, oder die Dogge, oder seine Idee von den Waffenkäufen.

Sein Vater würds für ne blöde Idee halten, das mit Neuf-Brisach. Und eher überrascht sein, wenn er von dem kleinen Trip erführe. Wars ja auch. Ne blöde Idee.
Aber welchen beschisseneren Grenzposten hätte man – mitten in Europa – finden können ? Der sosehr deutsch UND sosehr französisch war, dass er für sich allein bereits 1870 bis 1913 bedeuten konnte...? Hier gings nicht um Waffenkäufe, das wusste George wohl, hier gins um grossen Beschiss.
Die Resistance sieht heute so aus.

Skizzen eines Musikalentwurfs.
Die Musiker diskutieren die Linien des Massenaufmarsches während der Ankunft während der Ankunft der Häuptlinge Bell und Akwa samt einigem Gefolge in Berlin. Berlin 1912 Hauptstadtszenen nachgestellt. Sie besichtigen den Reichstag, gleich gegenüber

vom Adlon, wo sie abgestiegen sind. Die Musiker entwerfen den swing für das Hofzeremoniell.

Arie: Die Delegation der Bonanjo, die NEUNZEHNHUNDERT-ZWEI den anderen vorausgereist war !!! Rüstet sich für ihren Empfang am Preussischen Hof, man flüstert man schwärmt von den preussischen Paraden, die man GLEICH SOFORT
Bass: Hotel Adlon. Teilungszerbombt Hochglanzpapier. Sehen wir lichtglänzend New Africa in a new edition Its amazing, sagt Graf Krolow, but he is not, because he is not real. It is amazing the Hotel Adlon but it is not the Berliner Schloss.
Chor: Beschreibungen der Spaziergangsszenen. Sie flanieren durch das Brandenburger Tor Gehen in den grossen Park, grad dahinter.

Rezitando: **Schnitt**. Draussen im weiten Hof. Schieben sich der Deutsche und der Amerikaner durch die Menge vor dem Haus, durch die Strassen. Durch die Ankunft eines Leichenwagens auf dem Nachbargrundstück, wird die Musik noch lauter, die von übernebenan herüberschallt.

Schnitt. Man versucht in wilden Läufen den akustischen Rahmen für den grossen Platz zu schaffen vor dem Reichstag Im Tiergarten, dem die Tiere fehlen, die gezähmten Löwen, Geparden. Der Menschenauflauf deutscher Glotzer schliesst hinten an. Der Berliner Kleinbürger aus Neukölln und Wedding der Kaufmann aus Moabit und Mitte, der Patriziersohn und sein fräulein Verlobte. Stellen Reflexionen an zum Vergleich von Reichstag und N'gondo unter Zuhilfenahme unlogischer narrativer Techniken. Man sieht das Halbrund gegenüber einer Rednertribüne, das Pult Man sieht geheimnisvoller Weise einen schwarzen Fürsten die

Stufen zum Reichstag hinaufschreiten.

Es könnte aber auch das Traumbilder des Comiclesers SEIN, DER als hätte er auf Stillstand, auf still motion, auf „Pause" am DVD-Player gedrückt, nun den Rücken vorsichsieht, den hoch aufgerichteteten, und drüben in einer Sprechblase die Worte „und dann ...."

Rückblende in sichtbare und unsichtbare institutionelle Macht-strukturen. Der Ngondo. Die Hofkamarilla.

„Machtstrukturen", so erinnert sich der Regschie, habe er doch früh genug angesprochen, WIE FILME ICH Machtstrukturen...

In jener Discussion im April zweitausend und dreizehn oder acht-zehn -....Berlin, als ICH SAGTE: „BUT I NEED a description WHY the africans decided to head for Europe."

„Juste l'inverse", wispert wieder drüber die kleine Assistentin. „Il a dit le contraire. Il voulait, car il lui faut un ... il veux le con-raire de ce qu'on a fait jusqu'ici.. Il veut montrer „Les africains".. Tschuldigung!" sagt sie, denn sie ist zu laut geworden, „qui sont partis vers L'Europe."

THE RDMB Vision of the ... economic utilisation of german mental space......der Nutzbarmachung der Deutschen...in the sense of costs-effectiveness

Voix / voice / Stimme:
Qui a commencé ...?

Voix / voice / Stimme:
Les allemands...

Das Palaverhaus...sagt sich kopfschüttelnd Dominik. Man muss die Naivität verstehen können. Dann kann man ihr auch gewisse Dinge erklären.

Das Palaverhaus, das eigentlich der Regierungssitz ist, leidet noch unter dem Beschuss bzw den Einschusslöchern, die so schnell nicht, nicht schnell genug vor Dominiks Einzug behoben werden können. Die Hyäne hatte sich Mühe geben müssen: Unzählige Schüsse, deren IMPAKT man überall noch sah, waren vom dem kleinen Kanonenboot aus auf den deutschen Amtssitz abgegeben worden, der in die Hände der Aufständischen geraten war.

Voix /voice / Stimme:
Pour ce qui concerne le Ngondo, je pourrais vous lire un truc... là, tout de suite...attendez, c'est à la page : "*Vers 1850, la ville de Douala se divisa en quatre principaux quartiers : Bell, Akwa et Deïdo sur la rive gauche du Wouri, et Bonabéri sur la rive droite....* Pourtant,...il a été dit un peu plus bas....... Was den Ngondo angeht, da könnt ich was vorlesen: ...Sofort, Moment, es ist Seite... ..."*Um 1850 teilte sich die Stadt Douala in hauptsachlich vier Quartiere: Bell, Akwa und Deido auf der linken Uferseite des Wouri und Bonbéri auf der rechten*". Since there is no AFTERLIFE, the hell is in obeying laws and debasing yourself before authority and its prominent figures.
Schnitt. Monate früher, wie gesagt. „I need TOO and even in the first line. I need a picture about the decisionmakers who sended the little boy to Europe",,ER braucht ein Bild von den Entscheidungsträgern, die den kleinen Jungen nach Europa schickten..."
„Il écoute même pas ?: *Der Ngondo war in folgendem Sinn eingerichtet worden: Traditionelle Versammlung der Chefs und der würdenträger der vier Stadtviertel, die zum Ziele hatte auf friedlichem*

Wege die häufigen Konflikte und endlosen Palaver zu schlichten, die die einen gegen die anderen aufhetzten...."

„Il n'écoute même pas. Le Ngondo avait été institué dans ce sens : Assemblée traditionnelle des chefs et des notables des quatre quartiers de la ville, elle avait pour but de régler pacifiquement les conflits fréquents et les palabres sans fin qui dressaient les uns contre les autres"

Schnitt Gross und dunkel beugt sich nun Häring tief ins Bild. Die Dahomeys wollten aber das Palaverhaus nicht räumen.

Duala. Das Kino „WOURI" dient als Headquarter, Arbeitstsätte, Probenraum. Das Kino „Wouri" ads seit alngem keine neuen Filme mehr zeigt udn sienes Umbaus ...harrt.... Das Wouri ist fast so schön wie das LOUXOR vor seiner Neueröffnung. Die Jungs sind an der Arbeit. Die Musiker entwerfen den Swing für das Hofzeremonial.

Die Delegation 1902, der Bonanjo, die den anderen vorweggereist warr üstet sich für ihren Empfang am Preussischen Hofe, man spricht man schwärmt von preussischen Paraden...

„On devrais trouver un truc" sagt der Musiker "Seulement imiter tu sais, la marche militaire c'est un peu idiot. "

„On utilise la trompette ou le sax pour le rêve, ca c'est idiot aussi."

Der Traum von der Privataudienz. Auch ich hatte, sagt der Kaiser im Traum , eine britische Ausbildung. Wie Ihr Herr Vater ...

„C'est vraiment idiot au lieu de remplir l'espace avec des orchestre symphoniques. On devrais souligner la menace la solitude,"

Le moment insolite de leur présenace à Berlin

L'espace ouatté de l'Hôtel

Le silence qui regna dans la ville. Quand les Princes blacks sortent de l'immeuble ...
Ils vont quand-même se promener ... c'est vide ... c'est aussi vide Ton einer Trompete.

Der Apparat mit den Leuchtdioden, tu sais, ce truc-là, très ancien Oui, mais tu peux écrire « mentalement » dans la tête des gens, ca existe, tu sais, inconsciemment on le.... Im KOPF schreiben, du kannst doch Tonlinien weiterführen
„ARIA de Numbé plus impatient que les autres"
Man sollte , wir sollten das anders machn On devrait trouver un truc, sagt der Musiker Seulement , seulement imiter la marche militairene me plaît pas. KUNO KüNOOO Marsch rum Immer dieses 1234, einszweidreivier, das ist doch deprimierend.... C'est comme si on utilisait la trompette ou le sax pour le rêve, les emotions, c'est idiot...

Schnitt.
„Tu sais", sagt die Cousine der Ministerin, die mit deren Leibwächter nach hinten, zu Rachel in die Garderobe, gekommen war. „Tu sais, à la reception du machin-là"
La soiréee du ....
À l'Unesco.
Quand ils ont ..et pusille l'embargo... La morale, il faut que tu souligen ca...
La morale.... vraiment.
Comment, croient-ils qu'on a réussi de nous sortir de cette merde?
Comment vont faire les gens quand ils n'ont rien à bouffer?
N'importe quoi, vraiment.
A-eh, macht Rachel. Mit den Gedanken woanders.

Der Unterschied eines « fondu »..
der Transition..
Ton der Trompete
von weitem Klänge eines Kuno Moltke-Marsches

C'est clair, on dit qu'ils sont allés à Berlin pour protester contre
le très mauvais traitement, ils sont allés chez les oppresseurs pour
dénoncer le dérapage du système colonial.
Aus dem Off, brausend....: Le roi est mort vive le roi.

Schnitt. Das Gewaltenmonopol. Sagt sich der Amerikaner und
kratzt sich kurz am Hals. Streicht sich dann über den Kopf. Sei
es, dass es gewisse Schichten gibt, Leute, die eine gewisse Macht
unn' ainh gewisses Waffenpotential haben, nenn sie - Leutnants.
Solche Leute, die einen Chef stützen und dafür belohnt werden.
Der hingegen...This one..that means something else ...Manch-
mal wird er ihnen eine Belohnung, eine Vergünstigung wieder
entziehen. Das ist ein Punkt, der interessant ist. „Warum ?" Die
Massaker, sagte der Herr von Trotha." Die der Staatsentstehung
dienen." Soso. Diese Gestapokonzeption des NORMATIVEN
Staates, genetisch vererbter Blödsinn. Stop.
Das Problem ist, dass unser guter Oberst nicht als Allegorie für
„Massaker" (wie der „normative Staat", den es nur in den Köpfen
von Professoren gibt) herhalten sollte, sondern einen Hinweis
auf Machtverschiebungen. .....geben sollte. Eine Belohnung,
ein Privileg, das nicht mehr gilt. Macht - ein sehr lebendiger
energetischer Prozess. Aber es isss' nicht schwul..wie...hm Herr
Hmm behauptet...Nicht schwul. Franzosen, unglaublich, was
fürn Blödsinn denen manchmal einfällt. Homosexuelle Praktiken

der INi...shit. Ein Ethnologe sage mal was in der Richtung...Es ist wichtig, die Ohren offenzuhalten für diese disharmonischen Töne, die kleinen Misstöne, die Unstimmigkeiten, die....Einen loyalen Anhänger treffen, ein Unheil, das also einen der Leute trifft, die für die Macht sind (überhaupt Die Macht, das ist wieder so eine blödsinnige Abstraktion und Allegorie) die dem Baobab das Wachstum erlaubten und sich plötzlich als Betrogene wiederfinden.

Schnitt. Das Bild der gehängten Mätresse findet sich in Berliner Schlagzeilen. Die Kreischblättern machen mit einem dunklen Fleck auf. Wie aber kommt es dahin... Ist es ein Priester, ein kleiner subversiver ‚Geistlicher', ist es ein kleiner subalterner Regierungsrat, der die Geschichte weiterleitet... Wer macht denn da wem Meldung davon ..? Wenn sie schon alle so korrupt sind ? Und wer macht denn den Doualas die Tür auf, um den Skandal nach draussen zu tragen - Frage ?

Schnitt. Das Gewaltenmonopol. Sagt sich der Amerikaner und kratzt sich kurz am Hals. Streicht sich dann über den Kopf. Es sei denn, denkt er, dass es gewisse Schichten gibt, Leute, die eine gewisse Macht unn' ein gewisses Waffenpotential haben, nenn sie ..... Behind him, behind his mind. Eine Einblendung aus dem Reichstag: Erbprinz zu Hohenlohe-Langenstein, Vertreter des Direktors der Kolonialabteilung im Auswärtigen Amt, Bevollmächtigter zum Bundesrat, hat das Wort:

„Meine Herren, ich möchte zu einigen tatsächlichen Punkten das Wort nehmen. Der Herr Vorredner hat gesagt, ich hätte gestern gesagt, es sei auf Grund einer privaten Beschwerde der Marineoffiziere mit Bezug auf die sogenannte Frau von Eckardstein zwischen diesen und Herrn Gouverneur von Puttkamer zu einer Auseinandersetzung gekommen."

(Lärmen von hinten- mittig- rechts).

„Ruhe bitte..."

"Die Beschwerde soll, wenn ich recht verstanden habe, hierher gerichtet worden sein, so dass die Kolonialabteilung davon hätte Kenntnis haben müssen. Ich möchte hier feststellen, was ich schon gestern konstatiert habe, dass eine amtliche Beschwerde nicht erfolgt ist, dass ich aber auch von einer privaten Beschwerde nicht gesprochen, sondern lediglich erklärt habe: Es hat eine mündliche Aussprache zwischen den Herren und Herrn von Puttkamer an Ort und Stelle stattgefunden. Herr von Puttkamer hat sich entschuldigt und damit wurde die Sache beigelegt."

Filmausschnitt. Prinz Mpundo Cousin Akwa (zweite Reihe 4. von links) verlässt das vergilbte Familienphoto und klopft an einer Bürotür. Die bleibt ihm verschlossen. Man sieht eine ganze Reihe von Türen. Schliesslich öffnet er die Tür eines Boudoirs. Filmausschnitt zwei. Prinz Mpundo, der in Hamburg und Düsseldorf ein ....Tun treibt, aber irgendwie damit beschäftigt ist, Reichstagsabgeordnete für die Kameruner „Probleme" zu interessieren, zieht seine Hosenniggerhose hoch. Sie ist gestreift, so hat es der Cartonist dargestellt, doch das scheint den Prinzen zu irritieren.

Während er noch drüber nachdenkt, vertrödelt er seine Zeit im...
Dass die Einblendung aus dem Jahre 1906 stammt, scheint im
übertragenen Sinne für den Monteur unwichtig.

Den Manipulationen um die angeblichen Aussschweifungen
der Prinzen (sagt die Mourante undeutlich, denn in Gedanken,
sie sucht, (die personifizierte Geschichtskontinuität die sie nun
mal selber ist), die man doch wirklich mit einem anderen Wort
besser treffen könnte: Smoking oder... Champagner.. Hosennig-
ger... wirklich, man muss nicht alles ... Herr Dikwa Akwa, Herr
Mpundo Dika nervt. Sagt ein Bürovorsteher in die Kamera. Sein
rosarasiertes Kinn bemüht so sachlich deutsch und vernünftig leise
daherzureden dass es selbst hundert Jahre später dem Zuschauer
angenehm sein wird. Korrekt sitzt seine runde Brille und korrekt
wird er sie gerade rücken. Man sollte seinen Vater in die Verban-
nung schicken. „Herr Mpundo läuft rum und feiert. Er versaut
uns unsere Frauen", könnte er hinzufügen, aber sein Kinn zittert.
Schnitt. Die Eingabe des Offiziers P. an seine überübergeordnete
Dienststelle in Berlin. Offizier P. protestiert gegen die Vermischung
militärischer und administrativer Belange.

Herr Mundo Dikwa Akwa wird zur Tür hinaus gewiesen. **Schnitt.**
Erzberger rückt seine kleine Brille zurecht. Der Stallgeruch des
Hinterwäldlers, des nahe am Judenghetto Aufgewachsenen, legt
sich über die Akten. Selbst der Bürohengst, der sie hochträgt, wird
drüber mit seinen Naseflügeln flüstern.

Bonn, ein Café mit Blick auf die betont linksrheinische Seite.
Der afrikanische Cousin vertrödelt weiter seine Zeit mit Galan-
terien, lässt sich jedoch - wer weiss wie - ein auf Pressekontakte.
Vermutlich nutzt er raffiniert ein recht farbiges Porträt mit den
Schilderungen seiner Unzähligen Affären als Möglichkeit, zum
Gegenangriff überzugehen: Er bittet um die Möglichkeit einer

Gegendarstellung im Rheinischen Kurier. Doch dies ist nur eine Hypothese.Eine unter vielen Vorläufern, die letztendlich zur Abberufung Puttkamers führten, durch unnachgiebigen Druck auf Journalisten und Zentrumsleuten und

Schnitt. Der Amerikaner und das exogen durchgesetzte Gewaltmonopol. Im Helikopter, der ihn nach... bringen soll. Zu Beginn liest er etwas über die Minen im Süden..dann das andere im Norden Kameruns....die andere im Süden des Kongo. Den berühmten Congo-river wird er nicht hinauffahren müssen. Die Minen von Shinkolobwe, Katanga. Katanga. Endlich. Ein grosser unheilvoller Klang. (Zumindest grauenvoller als Buea oder Mveng). Die Provinz von Katanga muss man wie ein Unternehmen führen; nach Rentabilitätsgesichtspunkten, sagt ihr Gouverneur, der noch.... Da rutscht das Papier wieder über des Lesers Knie.

Shinkolobwe, einer der reichsten Minen der Welt, hat Uranium gefördert, das für die HiroshimaBombe verwendet wurde. Und tut das aber jetzt nicht mehr. Laut sämtlichen zugänglichen Dossiers wird im Kongo kein Körnchen Uranium mehr gefördert. „Nice", sagt sich der Amerikaner und wischt sich den Mund ab. Hiroshima. Der Kern der staatlichen Ordnung, das Gewaltmonopol beginnt mit einem Massaker. Plural. Mit Massakers. Klingt nicht korrekt, aber besser. Manchmal machen Politologie Soziologie politische Soziologieprofessoren ihn furchtbar sauer. Martin Sheen hatte da was Nachdenkliches. Grüblerisches; er kriegt Lust zum Kotzen.

„Stop", unterbricht ihn dicht am Bild eine Frau, „Der Parlamentarismus macht doch alle sauer, Bebel, Bebel, wie war das noch, Rosa Luxembourg..?" Porträt Lamourante über die Prinzen ... Sie sucht ihr Buchzitat. Die Hände sind zittrig. Ein Glas Gin... Tonic..Chinin... Und die Parlamentarische Ablehnung 1992 (par exaampl) der Wiedergutmachung (5 Minuten später, die Brille sitzt ihr noch auf der Nase, sie sieht verhalten, aber erbittert aus).

Ich fins' jetzt nicht, aber so ungefähr wahs.

Schnitt.

Im Bus morgens vom Hotel wieder in das Kino. Im Bus Charlie Parker hatts besser, sagt der grosse dickliche Mann, der sich neben Rachel setzt, Wasnlos..... Die juristischen Studien des Rudolf in BONN. He did't have .....sagte die Lamourante gerade eben noch, vor 5 Minuten, zittrig, heute, ausnahmslos. He hadn't got the necessary latin stu ...BUT He STUDIED ..brüllte dann darauf das Megaphon.

"C'est ca la justice?", fragt die Sängerin mit merklich sarkastischem Unterton. Sisss' nicht bewiesen, dass er es schaffte, Jura zu studieren, na, wenn er kein Latein konnte ...?
In this moment she gets a call. Precisely.
Qui l'eut cru.... denkt sie Sekunden später, als hätt ers gewusst. Als hätts Gott gewusst.

Das gibt Ärger.

Rudolf Duala Manga Bell besucht also auf dem Papier juristische Vorlesungen. Während er sich mit seinem Cousin streitet, der ein Vermögen ausgibt, um auf Frauen in seidenen Roben Komplimente zu sagen. Ex machina fliegen sozialistische Abgeordneten ein, die prüde und ernsthaft all die Eingaben, all die ganze Berichte lesen, und ihren Kneifer kaum noch aus dem Auge kriegen, um all den Unfug, der da unten, Südwestafrika begangen wird, zu verstehen, anzuprangern....

Non, ce n'était pas moi, en tout cas, je n'ai rien fait, je te jure." Nuschelt sie verstört in ihr mobile phone. Licht blinkt.
„But thats not true.... Oh my god", sagt Rachel.
„Ne t'en fais pas", sagt die Cousine vom Minister.

Wait, sagt der Amerikaner, der Heli taucht weg, das dünne, rissige Papier fliegt wie eine ockerfarbenerZellophanrispe einen kleinen Umweg..waitwaitwait...zwei drei mit noch mehr knitternden Rissen... there was a detail.. disappearing through a hole in his mind slipping through the fencebuilding idea... Angenommen, die Kids würden in Paris nach dem Londoner Muster Läden plündern, Wohnungen aufbrechen. bloss um einen EINEN EINZIGEN - Farbfernseher von der Nachbarin zu klauen, die aus guten, aus humanistische Gründen, finanzieller Engpässen halber ins Problemviertel gezogen war. Okay.. thats not clever... Once everyone started smashing shops the temptation gets to you and you think: „Oh, e it," and you just go it and take what you want ... We were looking at all stu people
was coming out the shops with ... and I was like, there was some trainers I wanted to buy from [a shop], some white ones, yeah ... so I just went inside and got them. Then once you do it and nothing's happened, yeah, you're like: „Oh my gosh!' and you're like: „ is is a once in a lifetime thing," you're going to get everything you want for free. And for me, yeah, I'm trying not to slip into the tracks of my family and try to be successful and not end up in prison like most of my family ... My mum did [find out]. She was giving me a big lecture about it, was like: „Shall I tell the police?" Wir

hassen das System, aber wir lieben das Land Wir hassen die Leute, die uns nicht arbeiten lassen... Mais à Neuf-Brisach terroriser la population quand on est un jeune noir seul. Die angezündeten Häuser. Ein Deus ex machina.

Schnitt. Die fahle Rauchbombe dreht sich langsam knatternd vor der schiefen kleinen Stufe des „Bistros" de la ville ... aus der Hubschrauberperspektive durch die Luft,wie ein müder Kranich, knattert, mit knochigen Flügeln, die weithin tragende Stimme des Kardinals .... „Judas was a tough guy." „Et son frére aussi" And his brother was tough, too..durch das dunkles Rauschen bilderloser Elektrizität. ..

Schnitt. Hans D. Rocco wandert ziellos vergnügt zwischen der anscheinend ewig währenden Party dieser Mitternachtsmesse-HöchstenMittagsbeerdigung...auf dem Nachbargrundstück, zwischen den vielen Unbekannten herum. Hier Hinterzimmer. Hier ist das Schlafzimmer. Das Zimmer ist immer da, wo niemand sich aufhält. Das Zimmer wandert sozusagen, von Küche zu Flur, mit. Dann wieder zurück in die Küche. In der man nichts trinken darf, weil die Plastikflaschen mehrfach benutzt werdenwurdensind, weil ein Verdacht auf Vergiftungsversuche besteht, ist einer doch nie sicher, sagt man vernehmlich hinter ihm, dass kein böser Wille da ist und wo ein Wille ist, ist auch ein Weg, man darf nur das weggeschlossene Trinkwasser benutzen, das im Kühlschrank gelagerte... SONST.

Aber was ist mit den Stromausfällen ? So what? Isn't the door still closed then? Der Deutsche fragt.

Nach den Prozesskosten, der Amerikaner fragt, sone Frage um vier Uhr morgens, nach all den Kosten. Na, sagt er, die Kosten all der Prozesse. Alle Prozesse wegen Verleumdung, hundert Jahre über, das geht ganz schön ins Geld...?

Sone Frage ins braune Dämmerlicht auf schäbigen Ledersesseln. **Schnitt**. Der Amerikaner sitzt in der Villa am Küchentisch. Bei der alten Frau, Zeitzeugen suchend (der Amerikaner versucht zu erfahren, wie es denn ist, wenn man Grosse Bekannte hat in Europa, wie der ganze Familienzweig aufgewertet wird und wie man mit den Schulden umgeht

derer, die da in Europa sind

die Schulden derer Bell Akwa

Einer der Chaffeure kommt der alten Frau zu Hilfe: „Ey don't have them .." They send money power, ideas, culture, know-how. „What kind of influ." Fargt der dunkle Mann nach, durch ncihst aus der Ruhe zu brinden. „A very important person, the sister of the chief?" Darauf nickt und kichert und beginnt die alte Frau und erzählt von dem jungen Charles Atangana, der zum König aufstieg. „Oh yes....sister!" assistiert ihr der Chauffeur, den Schemel an den Tisch rückend und seine grosse Augen signalisierend, dass der Zuhörer in ihm erwacht ist. Wer fertigt die Übersetzung an, von Atanganas Taten unn' Ruhm? Welche Übersetzung und Übersetzung von wem ? Der jungen Mann neben ihr ? Die alte Frau spricht kein Englisch. Frage ? Sie ist in der francophonen Besatzungszone grossgeworden...Vielleicht ihr Enkel ? Enkel ! Dagegen nicht. Und warum ... Warum man hier Kindern gegenüber so streng ist.. Strenge ist nicht das richtige Wort: hart... Definitif ... ferme... C'est ça: ferme. On est ferme... Est-ce que ça

arrive qu'un de ses fils chasse son père ..?
Qui osera de chasser son propre pére?
C'est quelle question ca? Faut mwême pas penser ca...
Schliesslich sagt einer im ruhigen Ton: „Pourquoi alors on le
met dehors ?»

Das einsame Haus liegt still. Der Kirchenchor draussen, der, zwischen den Schritten, all den wilden Stimmen der Geschäftigkeit und dem Grillenzirpen auf dem braunen Rasen aufmarschiert, fast als bemühe man sich das Gras vor dem Haus zu bevölkern.

Das Harmonium setzt ein mit dem Vortrag des Kirchenchores ...

Im Salon des villenartigen Landhauses, das auch eine halbverfallenenunausgebaute Baracke ist oder eine moderne Villa, deren sanitäre Einrichtungen leider in den letzten zehn Jahren nicht fertig gestellt werden konnten, fehlen die Stühle.

Schnitt. Der Vorraum. Sagt Carl Schmitt. Eines Tribunals wird genannt eune salle des pas perdue. Der verlorenen Schritte...

Der kleine postkoloniale Bau des Tribunals öffnet sich ein Stück von der Strasse abgesetzt. Sieht immer noch aus wie das deutsche Kolonialtribunal, natürlich hiess das nicht so. Der Ort ist auch nicht Lolodorf. Vom Bahnhof her kommend, nicht unweit gelegen, fast sieht es wie eine geduckte Lagerhalle aus, aber dieses Gebäude wird nicht zu filmen ein. Amtssitze sind tabu. Selbst ein Nachbau wird schwierig sich gestalten. Ein deutsches Gefängnis nachbauen? Mit solchen Dingen muss man vorsichtig sein. Der Vorraum des Tribunals, der liesse sich doch rekonstruieren. Den Vorraum könne man nie von aussen erkennen, nur selbstredend, wer ein (habitué) solcher (lieux) solcher Orte sei....

In dem schmalen Raum drücken sich mit wichtigen – Unpassenden Gesichtern, würde der Erzbischof entrüstet rufen, dürfte er aus dem Off weiterreden – mit wichtigen Mienen zwei Burschen herum und sprechen in ihr Ohrgeklipse, das streng funktionale Headset. Nein, keine Chance, den Deutschen heute vorzuladen, vielleicht heute garnicht, vielleicht morgen.

Die Nacht und schwerer Geruch Rauch und verdorrte Blumen. Ein Handy piepst, jemand soll zurückrufen, „Das ist das Zeichen", sagt der neben ihm sitzende und stupft ihn an can coolll far ye der Mann in Neuf Brisach hat Schwierigkeiten Der FILM, ist er versucht zu sagen, ist das Tribunal der Weltgeschichte. Die Verwendung des Artikels. Das Wort „Der" verursacht ihm Unbehagen. Wiederaufarbeitung kann nur mit filmischen Mitteln. Er überlegt und wie um ihn nicht zu stören gleitet der Blick auf seine Unterarme, weiss und behaart, auf eine Karte ein seiner linken, kindisch wirkenden Hand.

Filmausschnitt

Man nimmt ein grob gekörntes Bild wahr, das sich als Postcarte erweist ... Postcarten visualisert. „Die Züchtigung der Arbeiter" Der Postkartencharakter wird deutlich durch die deutsche Unterschrift „ viele Grüsse von Deinerm Dich Liebenden" enthält auf der Vorderseite eine penible Darstellung einer Züchtigung. Daneben was heisst daneben ? - schreibt Puttkamer (er scheint, was er sagt gleichzeitig aufzuschreiben und wieder durchzustreichen): „Dominik hatte heute beschlossen, ein starkes Zeichen zu setzen. Ich trat aus meinen neu angelegten Büreau heraus, wo noch einige Kisten auf mich warteten, schliesslich"

Franz von Heine sitzt und raucht, sein schweres Gesicht, rosig und weisshaarig, the director sitzt in der Küche an einem blau-weiss-karierten Plastiktuch... welches neu ... Erklärt in die Kamera des making-O (die ihm jemand albern kichernd hinhält), warum ER weiss, dass er nicht unverdächtig ist. ER habe Frantz Fanon gelesen;

„Als sie dort ein schreiendes Bündel heranschleiften. Die Mütter natürlich hinten dran...Schreiend zogen sie dort....." O ... oder so in das Gegenlicht der Kamera gesprochen, dass der Sprecher unklar bleibt. Der Sprecher ist aber der deutsche Soldat, der nun in Uniform ein Statement Puttkamers zum Eisenbahnbau verliest. You should do it in your mind ... Dominiks Kopf oder Hände sammeln....Hier das Statement Puttkamers über den Fortschritt des Eisenbahnbaus. Als Erweiterung. Die Strasse, von der Kamera in die Kurve verfolgt.

Wird.

Der Transportweg. Platzhalter. Der Dialogschreiber ist mit dem Text noch nicht da. Es muß noch poliert werden, sagt live Puttkamer, jetzt ein fast jugendlicher Mann, freundlich.

„Puttkamer kommt gleich." Jemand ruft in die Kamera was von: „Präfaschistisch-imperialem Transportwesen". Schlangengleich starr krachen polternd braune Eisenringe zu Boden und bleiben an dürren Füssen hängen. Sklaven- ketten. Die Reihe der Zwangsarbeiter verdeckt in ihrem müden Blick, ein Massensterben. Knie wie gebogene geknickte Eisenstangen scheinen sich am Wegrand zu verheddern. Hände wie Äste und beiseite geworfenes Tuch. Puttkamer freut sich der Fortschritten am Kamerunberg, der nun kultiviert. Das Weiss des Herrn Puttkamer schreitet weiter ins Bild, verdeckt Ungenaues. Zur Besichtigung von Eisenbahntrassen, verfallenen. You should keep it in your mind ... Dominiks Kopf oder Hände ....

Louxor.

Filmausschnitt

Berlin fünf Uhr morgens, hinausgetreten in die frische Luft
Berlin fünf Uhr morgens müde hinausgetreten in die kalte Luft,
nach dem hoffnungsvoll vertanen Abend.

Hinter dem Berliner Schloss knapp neben den Marställen, am
Uferquai Richtung Jannowitz Richtung Alex steht
Rudolf immer noch zwischen den dampfenden Gäulen. Vor ihm
das graue Pflaster.

Eigentlich könnten sie gleich hinüber gehen, in ihrem festlichen
Aufzug, zu fünft ...

Wenn sie es denn finden ...

Sagt einer...

Den Ort der Zuständigkeit. Den Ort und den Mann, der für sie
zuständig ist.

Alexander Ndumbé, schön und stattlich zieht sich die Handschuhe
an und sagt mit dem weissen Hauch vor dem Mund

Mr Doberitzer ? Doberitzer... ? Hinter ihnen die graue Wüste
Wand des Marstalls, der Kanal zu ihren Füssen bringt Kühle und
Kloakengeruch. Unschlüssig über die einzuschlagende Richtung
orientieren sie sich nach links.

Schnitt. Handyklingeln irgendwo. Eine ruckartige Bewegung
verrät räumliche Enge. Gelber Fleck im Hintergrund, der verschwimmt nun im strahlenden Lachen einer Blondine, die aber
so falsch wie nur ein dunkles Mädchen...

Il veut aller en Allemagne. Sagt die Tante ins Telephon.

Quoi?

Ton fils veut y aller seul.

Mit einem Peitschenhieb versträhnen sich die festenglatten Haare
an Mund und Zähnen. Rachel hat einen wilden Blick.

"Grandfather is dead. DO you hear me? Do you HEAR what I've said? hey, I'm saying YOUR..." Kreischt Lamourante schluckt und redet stur rotkoöpfig weiter, enerviert aber ruhiger werdend. "Die lügen dich doch alle an!

Ils te mentent tous... Ils vont te dire qu'ils ne sont au courant de rien.. A quoi de vouloir creer un truc ensemble..

Sit 'as la chance ils vont t'expliquer qu'il est à la retraite

Cèst tout Faut pas croire quìls vont raconter en plus. Du musst ihenn agrnicht galuebn. Die sinn sowas von kapputt...

Pulluant/ Stickig ist..Mir is schlecht, manchmal, wenn ichs eh, woher die Scehisse hier kommt. manchmal, wünscht ich, ich würde in new York leben, innem hochklimatisierten septisch saueberen hochaus. Nix mehr hier...

Polluant///

C'zt la question de la verité..

Polluant finalement-----Yu ,'y arrives a rien.

Schnitt

Monsieur le fils ist bereits in der Vaubanallee.

Es wirkt unheimlich. Das Museum. Vor ihm. Die Strasse hinter ihm. Der Fluchtpunkt linkerhand. Er steht im Profil vor Häuser- und Autoreihen. Ordentlich stehen die Autos zu seiner Linken und Rechten. Tonlos rollt die kleinkarierte Stadtlandschlaft um ihn herum ab, als sei sie an unsichtbaren Ketten gezogen.

Elle n'est pas au courant. Sagt sich der junge Mann. Er hat die gleiche Nase wie seine Maman, aber das sieht ja jetzt niemand.

Qu'est-ce qu'il fout ici...Soll er in diesen dunkle Toreinfahrt treten, die nach ins schiefe Holz gerostetem Eisen riecht, nach vermoderten alten Ställen, nicht zu aufdringlich, denn die Stâlle sind leer, wenn es denn Stâlle sind und nicht Arrestzellen für all die verlorengegangenen Elsâsser hier, die sich in diesem Niemandsland verlaufen haben, die zwangsweise eingesammelt werden, zwischengestapelt, bevor sie dann wieder in ihre Wohnungen verbracht werden, die man für sie angemietet hat.
Denn freiwillig hier zu wohnen ist schwer vorstellbar.
Das muss man bezahlt kriegen.

Vielleicht sollte er sich an den alten Mann wenden, der dort drüben alleine vor einem Bistro sitzt, das so hoffnungslos demodé veraltet wirkt wie ein Museumsstück. Vielleicht ist ja sogar der Kaffee staubig, denn sie ihm serviert haben.
Der alte Mann sieht ihn an und steckt sich murmelnd ein trockenes Stück Tartine in den Mund.
Ein leeres Stück weisser Mensch.

Filmausschnitt
Der Kanal beim Schloss. Die Herrengruppe strebt drauf zu. Die elegante Gruppe dunkler Herren schreitet zügig voran.
Sie umkreisen zuerst den Apothekenflügel und lassen ihn dann hinter sich (sieht zu unscheinbar aus) und gehen Richtung Nordosten Eine Gardine weht aus einem hässlichen, recht merkwürdgen Anbau am Schloss.

Drinnen. Als wärs die Erde von Gergovie, in die Vercingetorix'
tapferes Blut fliesst, statt in München, erschiesst sich
Pettenkofer in seiner Berliner Hofapothekerwohnung. Der mäch-
tige Schädel, in den es mit einem gewaltigen Schlag hineinfuhr,
verläuft unter dunklen braunen roten Strâhnen, über dem weiss-
lichen Kinn der gewaltige aufklappende Mund ist der Mund von
Jemand, der aussieht wie jemand, aber es möglicherweise nicht ist.
Verzeihen Sie, die Tautologie. Die ist wichtig.
Der Schuss querschlägert. Die fûnf Herren oder sieben oder acht
gehen ein wenig aufgeschreckt wie die Tauben schnell dran vorbei.
Unangenehmene Souvenirs kommen hoch.
Im Taubenrauschen erklârt Herr Pettenkofer, waum er keinen
Selbstmord hätte begehen sollen.
Seine Stimme, die nun sich selbst erlöst hat, stellt aus dem Off
Betrachtungen über die räumlichen... Bedingungen des ... Erzäh-
lens.. des Wahrheitsgehaltes an... Wie es überhaupt möglich sei,
wissenschaftlich an die Sache heranzugehn..
So erklärt Herr Pettenkofer, wie das so ist mit den lokalistischen
Ursachen der Cholera.

Aus der Agence CAPA rauszufliegen - ist ein Unglück. Aber andersrum dort gewesen zu sein, ist überall anderswo ein gutes Empfehlungsschreiben. Wie der Dead King... Das **Wilhelm** Sprachlos - Problem:

„Sie lügen doch alle," sagt Lamourante. „Frag sie irgendwas, sie werden so tun als ob sie nichts verstünden und sagen, mit einem langangehaltenen Ah...ja, doch davon hätte man ihnen erzählt, aber sie – sie selbst wüssten nichts davon.
Und" – setzt sie wütend hinzu – „Es ist IMMER die gleiche Antwort. Ils en ont entendu parler c'est tout, mais quoi exactement ils ne savent pas dire."

Einem alten Mann die Leiche eines Jungen auf den Rücken zu binden. Pour qu'iil ramène le mort chez lui. Sagt sie wütend zu Mr Ndo.., der an der Wand lang ausweicht. Aber hinter ihm schlägt seine Frau die Pfannen durch die Küche, dass es scheint ein Wüstenwind von witchcraft....Ein Wüster Wind der bösen Zungen hätte sich ihrer heissen Macht bedient. Quoi? Einem alten Kadaver einem jungen Mann auf den Rücken zu binden, wär ja schlimm genug, aber so wenig Respekt vor dem Alter zu haben wär doch noch viel schlimmer.

Schnitt
Eine Beerdigung das will geübt sein.
Repetition rehearsal d'un enterrement..
Onn répèpete la ceremonie de la mort..
....la perfection, bon pour rien.

Schnitt. Ruckartig setzt die Kamera auf dem kleinen Tisch auf und klirrt ein bischen am sinnlos leeren Aschenbecher.

Ihr dämlichunintellligenter Autofocus ist auf einen alten Mann gerichtet, vielmehr dessen verkleckerten Hemdsärmel.

Im Hinüberfallen, im Gedankensprung blättert sich das kleine Notizbuch um, dass der Mann noch vor sich hinhâlt.

Stechender graukörnig im Sonnenlicht kann der magische Realismus der langsamen Zeit kaum sein.

Neuf Brisach

Abrahamlincolnlefils setzt sich an den anderen freien Tisch. Aber niemand bringt ihm einen Kaffee oder fragt nach

seinen Wünschen. Also legt er die Füsse auf den anderen Stuhl.

Das Warten wird schon seine Zeit dauern.

Die 30 Gradtheorie und Neuf-Brisach. Könnte da stehen. Aber das Gekritzel ist schwer lesbar. Vielleicht steht was anderes da.

Das Vaubanding, das Octogone versechszehnfacht.

Muss man sich militärstrategisch mal vorstellen. Die Annulierung des toten Winkels.

Die Assymptote totaler Darstellbarkeit zieht die Leere des Nichtdarstellbaren nach sich in die absolute Allwissenheit....

Ja, erklärt das mal nem Abrahamwashingtonmonsieurlefils de Cameroun.

Je n'aime pas être ici, sagt und denkt er. Er denkt es so offensichtlich, dass ein bisschen mehr Schattenkühle sich auf das spiegelnde Metall des Bistrotischchens legt.

Fractals.

In african art...Now adapted by Mr.Vauban's genius on the middle european soil. Hein?

Fraktals,
si tu comprends mieux l'explication suivante...?"

Ndabò Hütte

Ndàì Binse ... man gebraucht das Binsenmark als Droge
Ndàì Kost für Arbeiter
Ndàki Auftrag
Ndàkisàn Vertrauen

Bild: Der Schlamm, hochspritzend.
Unter den Rauchwolken, sehr gering gehalten, unauffällig, damit
die Asbestbelastung der Berliner Luft möglichst gering gehalten
werde, zerfällt eine Wand nach der anderen.
Der Palast der Republik wird abgerissen.

Zoom. Mr Le Parachutiste grinst und sagt was zu seinen Söhnen.
Storytelling ins Beiläufig Weite in einer mittel- afrikanischen
Dunstbusch- Mission.
En fait ein starker weisser Arm schlängelt sich einen einen kranken
alten schwarzhäutigen Obristen. Obersten.
SousOfficier.
Saint Cyr will noch was heissen in Neuf Brisach.

Il l'a su. Monsieur le fils.
Kasernengeruch. Aber irgendwie fand er das uninteressant.

FilmSchnitt. Die Bonamangafamiliy dreht verzweifelte Schleifen durch das Scheunenviertel. Ihre teurenSchuhe stolpern, sie
schupsen sich und die ersten Arbeiter fangen an, laut zu lachen.
Schliesslich hat einer, Onkel Häuptling Oke den guten Einfall,
seine Schuhe auszuzuiehen und barfuss, mit hochgekrempelten
Hosen durch den Abfall zu waten.
Als sie an einer ihnen erstaunt entgegensehenden Gruppe vorbei-
kommen, wischt dem jungen RDMB

der Handstrich des syphilitischen Mädchens flüchtig über die Backe. Comicstripartig weist man den Bonamangas den falschen Weg.
Und das Grinsen der Umstehenden spricht...

Emotion

Gekonnt wippt die Kleine ihren drahtigen Hintern vor und zurück
Es ist nicht besonders gut, aber für hiesige, für Berliner Verhâltnisse sehr provokant. Nüchtern betrachtet allerdings ungewöhnlich.
Dann springt ein Drahtiger vor, mit vier oder fünf Zâhnen in dem Mund, doch grienend macht er den Gang nach, übertrieben nach hinten gelehnt, den Dandy-Gang. Der Hosennigga. Agnhä
Zwischen den kleinen Ganoven und den schwarzen Herren entsteht in winzigen Sekunden ein winzigBattlefield.

Von allen verdeckt ruht in der Tiefe des Bildes der alte Onkel, Häuptling von .... Sein Kopf überragt den von Chief Akwa und den noch von Alexander. In dem tiefdunklen Gesicht funkelt es wütend, so scharf sieht er sich ein Mâdchen an.
Häutling A muss hell auflachen, so albern ist das Geschehen.
Zwei Frauen springen vor und schütteln ihre Brüste.
Unverständnis. Mit dem der Jugendliche die Mädchen ansieht.
So verfault wie ihre Häuser- Lichterwechsel stechendgrell rufts rüber: von der andren Strassenseite:
„Die afrikanischen Herrschaften, die zum Schloss zurückwollen, sind hier nicht am richtigen Ort."
Trillerpfeifen.

An der Garnisonskirche schlagen die Glocken.

Is nich, Pö pas dire que c'est une surprise royale.

„Das ist das Problem derer, die kein richtige Hausnummer haben."

Kônnte der Herr Pettenkofer aus der Luft herunterrufen, aber er ist ja kein .... Pettenkofre, das sind sozusagen wildgewordene Farben, die ineinanderlaufen.

Von der roten Garnisonskirche verstärkt sich das gerüttelte Brummen. Es sind, dies ist sicher. Nicht die Kühe, noch Pisseimertransporteure, die schwitzend sich anstrengen, rostige LKWs aus Schlaglöchern und an Barackenschrott vorbeizubugsieren, die nur mit Gaspedal und wilddrehenden Reifen versuchen, den Müll über tiefgefurchte Gehwegsrouten aus der Stadt ins staubig- rotgebrannten Land zu bringen, über dem das Grün des Urwalds wartet.

Gefakt unschuldig diese Müllwagen, die sich drohend drehen, malmend, alles sehr malmend mit diesem miefig scheussliche Geruch aus Wärme

Ein Müllwagen, der so überdimensioniert gross erscheint, dass man fürchtet, riesige Rotorplätter Schiffschrauben seien in seinem Inneren bei der grausigen Arbeit . Allein war das Ding, das um die Ecke bog.. An langweiligen, verriegelten Scheunen und Hofeinfahrten vorbei. Und während sich das Brummen drehte, schrumpfte dieses Stadt der Gendarmerie in nullachtfünfzig auf den Nullpunkt ihrer Vergangenheit zusammen.

Französischer Kolonialzeit, was soll man dazu sagen….

Schnitt. Der Müllwagen dreht sich, Monsieurlefils dreht säumig hilflos
eine Zigarette zwischen d en Fingern.
Qu'est-ce que je fous ici..

Die Affekte, nuschelt der alte Mann am Nebentisch, die ...EMO-
TIONEN reinpumpen...wer hatte das noch gesagt, das war son
sechziger Tonfall, die Emo reinpuschen, Mädchen, Affekte eines
Films, die verschwinden dann, die werden höheren
Montageprinzipien geopfert..
Schon mal was von d em Typen gehört, der den Wahlkampf
finanzieren sollte, mit Hilfe von Jungs aus den kleinen Arbeits-
losenghettos, die in der Nationalversammlung ein Dingsbums

Et alors ?

NATIONALVERSAMMLUNG...

Schnitt. CONDE auf Tele 5 lässt sich angeheitert über die Frage
aus, warum es sich der Kameruner Prâsident erlauben kann, seinen
Ministerrat sechs Monate lang nicht einzuberufen.. Wozu braucht
ein Präsident Minister...? Weil ... Hm ..?
Ces députés qui aiment bien la jeunesse africaine et soutiennent la
à faire ses premiers pas. Er lacht, das Bild rauscht und bis er sich
wieder eingekriegt hat, sehen wir uns das Bürschelchen vor dem
Schaufenster an. Was gehen solche Dinge ein sechszehnjähriges
Bürschchen an, das noch dazu sein Praktikum in der französischen Nationalversammlung in den Wind geschlagen hat für ein
obscures Casting ..?

Un qui ne vaut rien, qui emmerde tout le monde.
Was geht uns der Ministerrat an, das Wahlkampfkomite. Junge
Männer, die eien Ausbildung, eine demokratische Formation
erhalten sollten und dann plötzlich ABSCHMIEREN, hast du
schon mal von Jungs gehört die im Team OBAMA VERARSCHT
wurden ..? Oder in einem aus dem ....?
Der Alte kichert mit eingeklemmten Doppelkinn und fusselt sich
ein paar Krümel von der Hose.
„Findest du wirklich, dass das hier das Böse repräsentiert ?
Dieses verschlafene kleine Provinzstädtchen...?"
Ein Brösel will nicht. Hartnäckig sitzt er fest und der alte Mann
gibt drüberstreichend auf. „Hässliches verschwindet von ganz
allein, da muss man sich keine Sorgen drum machen, das Böse löst
sich auf, das ist das Merkwürdige, zurückbleibt eine Art Museum
und, wenn du unbedingt willst : übrig bleibt die gemeine Fassade.
Sieht vielleicht hässlich aus und spiessig – so what.. Alle wissen,
dass da nix mehr dahinter ist."

Der Alte sagt nichts, aber in seinem Bart. über diesem widerlich
vorgewölbten Kinn zittert etwas, drückt sich was aus
Von transgression.

ON YOUR OWN!

We openly renounce and reject the entrenched academic snob-
bery which erected a monumentum to LAZINESS known as
„structuralism" LEGIMITIZING EVERY MINDLESS MA-
NIFESTATION OF SLOPPY MOVIE MAKING undertaken
by a generation of misled film students emulating the failures of
profoundly undeserving NON-Talents

Eigentlich könnte man die Suche nach RUDOLF DOUALLA MANGA BELL nur als ROADmovie erfahren, öde wie eine Sandpiste Paris – Dakar, nur weiter noch, tiefer, weiter und tiefer in die Absurdität hinein. Vom Tod des Protagonisten angelockt, wie es ein Roadmovie erfordert, ganz hinten, am Ende der Piste.

Mögen sie krepieren, wenigstens ansatzweise..

Laut sagt er, schaut wie gegen finstere Wolken und blitzendes Sonnenlicht in dunkelblaugrüne Fernen, die weit hinter dem Grand Ballon stehen,
„Eine RedOne ist'n verdammt teures Ding für jemand, der kein Geld hat. Ich hoffe, Du weißt das Vertrauen zu schätzen, dass wir in dich setzen. VERTRAUEN ok ?"
Für all die hungrigen Independentfilmer, stellvertretend...
Denkt er, undeserving talents..HE thought.

Wieviel dieser Kinder aus den Ghettos und Vorstädten lassen wir dumm und talentlos auf den ewigen Gängen der Arbeitsämter und Sozialarbeiter verblöden.

Dieser ganzen TALENTLOSIGKEIT ein Opfer bringen...Müsste man selbst den jungen Mann ans Kreuz schlagen.

„Haste mal den Film ... jetzt fällt mir der Titel nicht ein... gesehen.. Sone Waffenscheibergeschichte... der Waffenschieber hatte einen coolen TRICK, UM DURCH DEN ZOLL ZU KOMMEN MIT SEINER HEISSEN WARE.
Genauso verschwindet die deutsche prä-faschitische Gendarmeriemacht und löst sich in NICHTS auf..

Und weißt du wie? Wie sich Tonnen von Waffen und Munition
auflösen..? Vor aller Augen.. In Windeseile..?
Kleine rennende, hektisch agierende
Afrikaner machen das für den Waffenhândler, über Nacht und
in Ameiseneile demontieren sie alles
Selbst einen Airbus würden sie kleinkriegen, fünf Hubschrauber
auseinandernehmen, die Munitionskisten ziehen sie, schleifen sie
in den Busch verhökern sie dort, verteilen sie, zerlegen sie, was
weiss ich noch alles und siehe da,
plötzlich ist kein Gegenstand des Ärgerns und der Strafverfolgung
mehr da.

Schnitt
Ein schmaler Streifen gelben Lichts wandert über rund und eng-
gemauerte nasse Quadersteine, viel Beton dazwischen scheint dem
glitschigen öligen Licht, das über schlammige Widerlichkeiten
springt.
Hinüberzugehen in die RICHTIGE Unterwelt schien viel einfacher. Eine kleine Führung unternehmen zu dem Luftschutzkellern,
die die Nazis anlegen liessen, um vor den Alliierten Bombardierungen sicher zu sein..
Aber dies hier war eine Private Tour. Drum kann er den vor ihm
Gehenden nicht zeigen, manches muss anonym bleiben.
Selbst für ein Radiofeauture, doch das hierw ar mehr YOUTUBE
alltäglicher WAHNSINN.
Berliner Unterwelten Ein Phantomsightseeing, nur damit er eine
Ahnung davon bekommt, wie sich Unterwelten und Kanalisation

als Doppelwelt versteht...

Die Phosphorschatten der Vergangenheit, die kann man ja nicht mehr hörbar machen, nur den Knall den Blitz zeigen, die Schallwellen...und dann wie die Schemen allmählich verbleichen.

Da können Se Zeitung lesen hier...hatte der Führer guide gesacht ..wer wollte schon Zeitung lesen, Buntes, Vermischtes auf Seite 6 während sie um ihn herum das Imperium in Schutt und Asche bombten ?

Klebenbleiben die Schatten knapp 15 Minütchen... Wie ein Luftballon der im Luftzug zittert
Tropfsteinhöhlen so alt das System

Schnitt
Zwischen den Scheunenviertelganoven,
Den kleinkarierten Leiterwägelchen, die dürre Habseligkeiten stapeln und den dem Betrachter zugewandten Schiebern mit dem stereotypen schmalen Grinsen und den winzigen Zigarettchen im schiefen Maul schiebt sich ein muskulöser Arbeiter.
Vorne dran, so müde und dunkel, dass man sie für Unwirklich halten könnte, die Herren des Clans Bonbela.

They look at each other without any passion.Thats the point.
Clean here, der Gedanke kein Celine kein Döblin kein Benn
No poesis in movies better than a kind of overevidense obvious literature
Kein grünbein kein muller kein
Name dropping not even neurological inspired poetry
Der Mitarbeiter des Seucheninstituts wird keine Reflexion anstellen zum poetologischen Unterschied von Syphilis und Cholera

95

Without poesis and without any singleminded identity
CAN YOU FIND Five black figures walking through Berlin

Sie verheddern sich im Gehen Suchen Stolpern in dem Hausunrat,
der entsteht, wenn Bruchbuden abgerissen werden, pardon SA-
NIERT. Sie verheddern sich, vornedran verlieren sich im Geschrei
der Strassenarbeiter.

Schnitt

Abriss

Übergang.

Einen Film, in dem Leute einfach so ohne Grund totgeschlagen werden. Der Bassist lacht aus vollem Halse. Das Logengeländer könnte beben, gäbs eins. ARCHDR-OLE. Von einem Typ, dann von zwei Typen, die genauso ohne Grund halbtot und zusammengeschlagen werden. Es ist als hätte der Filmvorführer mit ner Knarre am Kopf den Film ausgewechselt. Wird die Sängerin von einem Polen zusammengeschlagen.
Abblende
Komisch?
Nicht komisch, sagt der alte Mann, der wien SDF aussieht, das ist ein Penner aber wie soll man auch Rechtsvomrhein wissen was links davon „ohne festen Wohnsitz" heisst.
SolldasneDrohnung sein ?, fragt sich Monsieurlefils.
Neuf- Brisach, erklärt der brummelige Alte, ist kein fasshistisches Musterstädtchen geworden, ebensowenig wie der Kamerun deutsch und das liegt auch an dem Herrn Erzberger, der da drüben, garnicht weit weg, totgeschlagen wurde.

Schnitt
Friedliche Landschaft am Kniebis. Sommerwind streift über niedrige abgegraste Wiesen.
Irgendwo liegt der Schuh von Erzberger und ein Dorfdepp in Kaiserlicher Gendarmen Uniform grinst dämlich und verlegen in die Kamera. Ansonsten friedliche Stille. Gräser zittern.

In die Abblende hinein spricht eine namenlos bleibende Stimme:
Mathias Erzberger von (Rauschen)   bis (Knacksen)
Minister der

und Unterhändler der deutschen Delegation. Im Namen des deutschen Volkes unterzeichnet er den Versailler Friedensvertrag, in dem Deutschland auf die Gebiete in Süd Südost Südwest Afrika verzichtet. Unter anderem.
„Erzberger ist noch nicht mal Minister und schon tot. Schnelle Karriere." Sagt Monsieurlefils spöttisch.

Die Kameruner Beschwerdeführer erfahren absolute Rechtslosigkeit

Ein Abriss, sagt eine ebenso namenlos bleibende zweite Stimme. Nnn' Textabriss? Sozusagen der falsche Film, der weiterläuft, statt den Peitschen....

Stopstopstop, sagt der Junge und nimmt plötzlich die Schuhe vom Stuhl;
Eine Kellnerin taucht auf und fragt geziert, was er denn wolle, hm, voulait. Enfin. On n'a pas toute la journée. ANeuf-Brisach.

Im Gestern ankommen, sagt sich Monsieurlefils und der Kellnerin, dass er jetzt doch was trinken will...

.....? Sie wartet, eisig;
Nn Bier. Vielleicht ?

Schnitt.
Ein ROADMOVIE Erzberger... da kam er kurz ins Stocken.

„Un homme rude", gellt die Nachmitternachtspredigt über den Platz, in den fünf hinteren Reihen waren fast alle eingeschlafen, nun husten sie wieder und gâhnen, natürlich würden sie hinterher sagen, sie hätten gewacht

wie Simon,
der Menschenfischer
oder Pontus,
egal wer : alle, alle gleichzeitig sind des hommes rudes, und wieder jagt die Stimme über den Platz.

(Filmszene)
Das Dorf, der Rauch aus dem Hütten, hinter den Dächern grüne Unordentlichkeit, schwarz weiss wiedergegeben, Offiziere, die Befehle geben ...... Soldaten treiben die negraille das Eingebornenenvolk zusammen. Trägerkolonnnen verlassen das Dorf. Ein Mann mit weissem Helm, Puttkamer, ist unterwegs zur Besichtigung und nimmt gleich noch ein Paar Arbeiter mit. Einen ganzen Stamm könnte man beim genaueren Hingucken sagen, aber so genau braucht es der Herr Puttkamer nicht, schliesslich ist ja noch nicht heraus, an wieviel Arbeitskräften es nun exakt in ... Lolodorf ...mangelt.

Trägerkolonne X marschiert ohne Verpflegung durchs Land. Die kaum zu erhaschenden Gesichter sind grau abgewischt, glasig. „Es ist bedauerlich, mitanzusehen", sagt der Priester, der schräg mit Blick auf den grossen alten Vulkan hinter über und unter seiner Veranda sich herüberbeugt,"es ist bedauerlich zu sehen, mit welchen Tricks diese armen Leute um ihr Geld gebracht werden. Sie sind jetzt seit dreizehn Tagen unterwegs und, sehen Sie den

Kaufmann dort drüben, das ist die grosse stattliche Erscheinung in Weiss - ...?... Und sehen Sie, Kaufmann X, der die Trägerkolonnen X doch entlohnen müsste, schikaniert die Leute solange, bis sie ihm davon laufen. Auf diese Weise – und so hat er sich das gedacht, zahlt er ihnen keinen Lohn aus. Er lässt die Leute solange umsonst weiterarbeiten ohne Verpflegung, bis sie ihm davonlaufen."

Nur ein Gesicht, sagt Lamourante, später, als sie auf ein kleines von einer Hand abgedecktes Bildchen starrt, nur das Gesicht würde man so gerne erkennen: One recognizable face... ats not at stake here..." antwortet Portau- Prince. There are lots of people identi able...but we don't know there names...they have't one..."
„A-ng, je comprends".

Die stummen und völlig geistlos Wirkenden, die aufgereiht die Deportierten ersetzen sollen... Als Videoe ekt... schwarz-weisse Einfärbung des Bildes das wieder- um technicolorfarben annimmt. Eine Comic-Zeichnung die Eisenbahnlinien verlängern verschlängeln sich, die Landschaft im Hintergrund verändert sich zu einer Landkarte einer Landkarte Kameruns, dann Afrikas, dann Europas, dann Deutschland und werden zu den Eisenbahnschienen des Marshallplans. Überblendung in die 50 Jahre des 20.Jahrhunderts.... Aus dem Eisenbahnbau im Jahre 1910 wird 1950 nach einer Zeitenwende die Verschickung der gefällten Bäume nach Posthitlerdeutschland.

Schnitt.
Alfred Bell spricht in die Kamera.

Hinter ihm fahren die grossen Baumstämme durchs Bild.

Der abgeholzte Urwald, quoi.
Alfred Bell spricht über die Tropenlinie. Holzbau zwischen Reutlingen und Bassaland.

Alfred Bell spricht über Arbeiterrechte.

Auf dem Nachbargrundstück fragt Lamourante : Aber kann man denn verstehen, was der Mann sagt ? „Vous comprenez- vous ?" Ce n'est pas mon plus grand souci... Da .... nicht zuhört, wartet sie, bis sie des Toningenieurs ..... des Dramaturgen ...? habhaft wird (während hinten irgendwo aus der Küche, dem Behelfscampingwagen, das Fussballspiel läuft – im Radio). Von draussen ertönt das deutlich verzerrte Megaphon-Kommando: „Jetzt action !" Kamera läuft (das tut sie eigentlich immer).

Statement über das Ich des afrikanischen Arbeiters . Das „Ich" klingt wie „Hick". Eeeh (Abblende).

„Nochmal", sagt geduldig die Stimme hinter der Kamera: Statement über das „Ich" als bürgerliche Existenz der Figur 374 auf der linken Seite:

Schnitt. Die subalterne Beamtenschaft hat noch nicht spitz gekriegt, was inzwischen neue koloniale Politik ist.
Ökonomische Zusammenarbeit basierend auf internationalen Standards.. Sagt Fürst Ndumbe im Vorwärtsschreiten.
Mit den Fürsten beim Ball warr ......gut reden.

Grossaufnahme
Die riesigen Stufen, angelehnt an die riesigen weissen Stufen eines Washingtoner Regierungsitzes, höchstes Gericht
Der Kolonialamtes, noch im Entstehen begriffen oder
Oder des Bureaus für die inneren Angelegenheiten aussereurop.....
Überseeischer deutscher Gebiete
Sitz Richtung Jannowitzbrücke oder Leipziger Strasse oder...
Klein schäbig grau und deutsch zwar.
Unter den tanzenden Schatten der Lindenbäume eine erste improvisierte Pressekonferenz der vereinigten Douala Manga Bell und Akwa-delegationen, der Bonabelas, die in Berlin versuchen, Einfluss auf die innere Aussenpolitik des Deutschen Reiches zu nehmen.
Doch bevor die Mikrophone sich in der frühmorgendlichen Brise aufrichten und Stenoblöcke gezückt werden können, bemühen sich emsige Saaldiener, den improvisierten Rednertribüne wieder abzubrechen, abzubauen, verweisen, geleiten die Herren weiter, mit kleinen Schildchen, Pappschildchen oder nehmen sie bei den Rockschössen, ziehen schieben
Kolonialamt, siehe Zweigstelle 4II/ ...
Zimmer 200..
Der schäbige Warteraum.
Irgendwo am Ende eines riesigen Treppenhauses.

Schnitt. Alexander Ndumbé ist müde. Die Nacht war lang und der Weg weit. Nun ist ihm der Kopf schwer in der engen miefigen Luft, die in nichts dem grossen Wartesaal des Schweizer SBB vergleichbar ist, mit den ebengenannten HODLERverschnitt-bildern an der Decken und den grossen automatischen Türen, die die Reisenden mit den passenden Papieren in die kalte Luft Richtung Frankreich und SNCF entlassen,.

Man möchte sich fragen, ob die Bahngleise just hinter diesen Türen französisches Nationaleigentum sind und der Boden auch und jeder sich dort Aufhaltende einen gewisse Immunität vor den Zugriff Schweizer Behörden besitzt...

Aber ist natürlich fraglich, ob in diesem Moment und überhaupt natürlich die Schweizer Behörden irgendeinen Zugriff auf irgend-eine ...Person ausüben möchten. Und warum.

Alexander Ndumbé ist verständlicherweise eingeschlafen.
Rudolf, jung und überkandidelt wach, besieht sich die Auslagen.

TRAUM des Rudolf, während sie warten im Büro. La fièvre monte et brisouille le travail cognitive, si vous comprenez ce que je veux dire.... Pendant qu'ils attendent dans le bureau de Mr COMMENT ? Doberitzer. Der ist noch nicht anwesend, meine Herren.
Da müssen Sie schon zu den Bureau-Öffnungszeiten kommen.
On rêve de l'audience et dans le rêve se même monte
la fièvre d'une pûte d'origine ... chinoise.... Hm.. Le délire d'un homme malade tue plus que tu ne le croiras
Tue trop et toujours c'est ton père qui tombera

Schnitt. Während im Warten den Jungen das Impfblatt merkwürdig in den Augen brennt. Was soll er auch davon halten. Irgendeine neue Art von Fachchinesisch der Deutschen. Ein Wettstreit Pettenkofer Koch ... Jauregg.

On boit le truc...

RDMB ist irritiert oder verunsichert. RDMB denkt nach, mit offenem Mund, soeben hat er das Plakat links hinter der Tür gesehen und in seiner Bedeutung entziffert. Die Tropenschutzimpfung.Man sollte Weisse Landschutzimpfung sagen. Was soll man, könnte sich der übermüdet dasitzende RDMB fragen, was soll man davon halten, wegen Cholera ganze Stadtteile abzureissen. Wie in Hamburg. 1902. Brennen ein ganzes Viertel ab und alle gucken zu. Weil die Ratten es von dort in den Handelsschiffen, den Containerschiffen der AOL weiter in die ganze Welt tragen könnten.
Warum soll ein müder verschwitzter leicht fiebriger RdMB sowas denken, er hat die Hochschulreife nicht dazu....und ausserdem hat ihm das niemand verklickert. Da auf den Strassen.
Der alte Onkel, der bislang kein Wörtchen gesagt hat, nur gekichert und in sich hineingebrummelt
Sagt
Was von Nambé
La maladie de... der Zorn des
Die kleinen Mädchen.....Nuttchen, die schon krank...

Der sozialistische Strassenarbeiter, der soeben mit Rosa L. Vom Bülowplatz rübergemacht hat. Um den Gaunern aus dem Scheunenviertel, die zwar alleamt kaputt aber doch nicht so krank, dass

man sie desinfizieren müsste, den Kranken, den Rausgeschoben, den Verladnen zu sagen, dass sie aber auch Rechte hätten...
„Wie In Hamburg, da haben wir die Cholerakampagne doch allein geschmissen. Dank unserer Parteiarbeit ....."
sagt er, brüllt er. Die harmonische Konstruktion von Stadt... weisser Stadt...
Träumt Rdmb weiter, schliesslich ist es sein müdes Herz, das staubig und erhitzt sein rotes Blut in den Kopf hineinhämmert, leise hineinwummert.
„Wo bist du denn, mein Sohn ?"
Fragt Ndumbe, denn nun ging die Tür auf.

Statement über das Ich des victimes:

Kamerastatement eines von Dominiks Opfer über die bevorstehende Verstümmelung:
„Es st schwierig, diese Ketten in die Hand zu nehmen; Man kann sie nicht freudig anlegen."

„Moto Abwale ... Jaah, sagt er...

„Ich wette mit Ihnen, das nächste Mal heisst er ganz anders" sagt leise die Stimme Dominiks. „Hee, versuchts doch mal mit Folgendem. Hee, Hört ihr:" lacht er. „ Auf, auf, wirds bald!"

Ein leises gesummtes Lied kommt von der Seite, so leise wie Grillenzirpen, während sich vor der Kamera ein nette junge Frau bemüht, ihre Wut und ihren Abscheu sichtbar zu machen. Das Ding in ihrer Hand ist garzu konkret.. aber das reicht nicht. Ihr Entsetzen ist still. Das Grauen, ein kaum sichtbarer aschenhafter Zug um den Mund.

Independance tchacha M pioutte lampiste J'suis charbon

Kenn ich nicht ... Soll das Douala sein? Fragt der Bassist den neben ihm Stehenden. Le charbon wie aufgesammeltes. In die Karren geworfenes. Sammelt der Arbeiter E die Leichen ein. Die andern schauen weg. Vor ihm herum fliegen Steine und Peitschen.

Es ist anstrengend, sagt die Mourante und hält sich die Schulter, „seine Angestellten zusammenzuhalten - selbst mit dem besten huma-ni-tären Engagement. Dem besten Willen."

Cest pas ça, murmelt Lamourante, das war der Zusammenhang nicht.

Der Film vom Abmarsch. Und dem an Laternen Gehängten.

Aus Irrtümern lernen .... Aus Falschem die richtige Schlussfolgerung ziehen, oui, c'est ça.

Endlich hat drinnen sie ihn gefunden, Lamourante diskutiert mit dem Toningenieur über die Stille, das ist ja komisch. „Nein, wirklich. Sie sollten sich mehr für diese Filme interessieren, die man, die wir nicht sehen dürfen. Das heutige Fernsehen ist ja so dämlich." Sie zeigen uns ID -IO-TISCHES und glauben, wir halten es für Realität. Und doch frage ich mich:

Ist es nicht auch so, dass die technischen Mittel von heute es ermöglichen, Geschichte ganz an- ders zu interpretieren?

Voix Voice Stimme 2
Qui a été noyé et qui est mort pendu ? Est-ce que Rudolf est
mort noyé ?

Voix Voice Stimme 3
Darstellung eines historischen Irrtums
Der zivilisierte Wilde ...... als Propaganda-mittel
Die Darstellung der Nacht, in der Rudolf entkommt und wieder
zum Erhängen zurückkehrt.

Voix Voice Stimme 1
Ist das Gleiche wie die Nacht über der Kamerbay Als die Deutschen
die Bonabéris bombardieren

Herr Ndo... Verliest ein Statement:
Warum er GAST ist, im Haus der Lamourante.. Gewisse Pfle-
gedienste übernimmt. Und warum er kein Hausangestellter ist.

Power is a hidden thing.

2) Eel Pron: welche; qui; who,
which, *bedima be Inbi be ndm* die
schwachen Wande sind entzwei

3) Dem Pron, attr: diese (bei dir),
ces (pres de toi); these (near you),
banjo ha ben be èewa è wem gehören
die Gefässe (dort)?

1. b8 8 Dem Pron, prad: diese (bei
dir); ceux-ci, celles-ci (pres de toi);
these (near you), *njikà bèdemò ba
bòbe bê e* was fur schlechfce Ge-
wohnheiten (sind) dies!

2. **bê** < *ba 2 od be* 8 + è (ohne Obj;
sans regime; without obj) sie sind
vorhanden; ils existent; they
exist, *bautu ba titi e* sind k-e
Jungen da? e, *be* ja, sie sind =
es sind welche da, *ben belela be,
hens be titi pe* diese Enten sind da,
die andern existieren nicht mehr

Herr Ndo says:" Moral lessons about ...perverted european sociaty...
Perhaps we all learn things...one day".... Its like a.... blind persons
ideas aboy...about „to see" where nothing is to be seen.

bèbaisedi 8 *{balse}* das -Fragen, die
Frage; question, interrogation;

questioning, question; *eyemban
a b-* Fragezeichen; point d'interrogation; question-mark, *b- bsygs
be nde nje e* was hast du zu fragen ?

bèbamsedi 8 *{bamse}* Beschluß, letzte
Entscheidung, Bestätigung; resolution, ultime decision, confirmation; resolution, final decision,
confirmation, *doi Ivygo di kusi beb-
ba saygo e* ist dein Befehl durch
den Herrn bestätigt worden? e,
na bE'ft, eyemban a b- ja, ich habe
ein Anzeichen dafür

Schnitt

Das Gewaltenmonopol. Sagt sich der Amerikaner und kratzt sich kurz am Hals

Streicht sich dann über den Kopf. Die Massaker, sagt der Herr von Trotha.. die der Staatsentstehung dienen. Soso. Diese Gestapokonzeption des NORMATIVEN Staates, allgemein verbindlich. Das ist wiedermal genetisch vererbter Blödsinn. Stop. Darf man nicht sagen. Das Problem ist, dass unser guter Oberst nicht als Allegorie (wie der normative Staat) für Massaker herhalten sollte, sondern einen Hinweis gibt auf Machtverschiebungen. Eine Belohnung, ein Privileg, das nicht mehr gilt. Eine Privatjagd. Die untersagt wurde. Warum ?

Macht ist ein sehr lebendiger energetischer Prozess.

Es ist wichtig die Ohren offenzuhalten für diese disharmonischen Töne, die kleinen Misstöne, die Unstimmigkeiten

Schnitt

Das Bild der gehängten Mätresse findet sich auf Berliner Schlagzeilenblättern wieder

Bilder Zeitungsausschnitte

Was ist eine Information in diesem Fall ? Fragt der Amerikaner kurz nach hinten, auf seinem Schoss liegt ein vergriffenes, abgeschabtes Buch. Smithian, Jones.

„Nun über den Tode des .....des Priesters wurde ziemlich öffentlich geredet."

„Thats not what my question was about"

„Es ist nicht dieselbe Art der Hinrichtung, nicht wahr. Hinrichtungsstile verândern sich. Sie durchlaufen eine persönliche

Evolution in der Ontogenese, Phyllogenese des Subjekts."
„Ah ja," fragt er kurz
„Was meinen Sie denn mit diesem Mist?"
„Subjekt ist hier ja dans ganze...

dummydumdidaumdamdidam

Phyllogenese einer Nation.."
fährt der andere fort, und schaut aus dem Fenster als würde er
einem schlechten Witz nachsinnen, ausprobieren, wie den Ret-
tungsschirm ausfahren..
für den Witz, mein ich.."

Auseinanderlaufende Blätter unter ihm zerreissen donnernd
Ontogenese phyllogenese.....

Ist es ein Geistlicher, ist es ein kleiner subalterner Regierungsrat,
der die Geschichte weiterleitet... Wer macht denn da wem Meldung davon ..? Wenn sie schon alle so korrupt sind ? Und wer
macht denn den Doualas die Tûr auf, um drüber zu berichten ?
Nn Priester. Wie kommt der denn dazu?

Kannst du dir das vorstellen? Da geht der Typ hin...
Wir haben ganz klarVOR dem FLUG ausgemacht
Dass es gewisse
Länderspezifische Besonderheiten gibt.

PAR-ti-cu-larités. Das heisst das.

Der versucht nen Typen aufzureissen. Es ist nicht zu fassen.
Stell dir vor, das wäre auf der Beerdigung gewesen.
Weil er denkt, die sind mit was anderem beschäftigt;
Chic, im Leichenwagen...
Die hätten den glatt gelyncht.

Lamourante über die halbe Wahrheit.

Wichtig findet sie vorallem die der anderen.

Nicht. Konstruktion avec trois têtes, en arrière-plan le sourire et la silhouette provocatrice d'une femme boufféee par l'amertume, la maladie et son ironie à elle toute seule.

Atangana en chef de compagnie.

Sagt Her Ndo...

J'ai vu une fois une statuette du Congo qui réprésentait un chef faisant la musique.

Etant chef il était musicien..

La musique acquiert ici quelque chose de magistrale de premiordial si j'ose dire....

Mais je ne suis pas sur qu'on pouvait developper ce thème cette idéee de milliers de kilomètres plus au nord...

Mais le Cameroun est tout près d'ici..

Ah bon, sagt der Herr Ndo..; gedehnt, je ne savait pas ça.

Erneut flimmert die Haushaltsdebatte im Stil eines Gerhard Richter-Films der verwaschnenen grauen Pixelierung und der schrägkantiken altdeutschen Sütterlinschrift über die kleinen Bildschirme.

Erzberger – substantiell und piktoral nicht von einer kantigen Blume zu unterscheiden – bestritt soeben vehement Sinn und wirkliche Absicht der zu erwartenden Steuerausfälle..

Filmausschnitt
Der Bankdirektor, der sich vor dem leeren Safe steht.
Dem leeren Schalterraum. Der bauchlosen Wand.

Kamerazoom. Der Antillenmensch macht eine Porträtaufnahme von sich, l'homme de Caraibes, ça c'est moins péjoratif.

Man sieht weniger als man spürt, dass er makellos gekleidet und irgendwie gewaschen ist ...und dies trotz mangelnder sanitärer Möglichkeiten...kurz: dass er trödelnde Langweile hat und Begier, endlich ins Geschehen einzugreifen.

Dann versinkt mit Dreiklang und Schnarren, als hätt man plötzlich den Saft rausgezogen, die Kamera in Dunkelheit
AUSGEBLENDET
Der Noch-Regisseur, der schwitzt weil das Stichwort Budgetpolitik fallen wird...
Industrie...Investitionen...

Und drum RATHENAU neben und hinter DERNBURG –

Obwohl vielleicht erst die Kosten der Anschaffung einer Nilpferdpeitsche in Frage kam sowie Fiakerkosten. Natürlich konnte man auch von Baukosten der Puttkamervilla und des Amtssitzes in Buea reden, d er dann wieder...
Aber dahinter zeigten sich andere Namen, das ganze Gewicht des Unternehmens (vermutlich hätte man nocheinmal zurückgehen sollen, auf den Sinn und Zweck des Ganzes, des Kolonialreiches, obwohl MANN natürlich schon wieder ganz woanders war, bei Bildung und Kultur, aber man hätte vielleicht auf Bismarcks Vorbehalte zurückgreifen sollen, irgendwas in Friedrichslust und dann wäre es von dort -

Rathenau Aufsichtsratsvorsitzender de A.E.G. und Aufsichtsratsmitglied in achtzig weiteren Gremien, darunter die Vorstände von .....

Das Thema: Dunkelheit (und dahinter selbstverstândlich: Glüh-birne)...

Man sieht ihn – offensichtlichg von der Freundin des Antillen-menschen aufgenommen, während weiter hinten der letzteres steht oder vielleicht sogar von ihm selber, er hatte eine Frage gestellt und prüft nun versteckt und offen vor aller Augen die Aufnahmelichtqualitât, während der Weisungsgebundene junge Mann neben ihm, weitere, genauere Instruktionen einfordert.

Stromausfall.
Wenn während der Tournage der Strom ausfällt, ist die Kamera ist platt, sagt stoisch und übertreiben explizit ...
Und was machen wir nun ?

Licht
Wie eine aufflackernde Glühlampe auch die Kamera rumpelt und macht ihr leiseslautes blibbliebbling
Der Deutsche vor und neben der Kamera sagt erschöpft.
Dabei lacht er hämisch zwischendrin, als hâtte ihn eine nervôse Hysterie erfasst

Das Phosphor..
Die Phosphorfarbe an den Wânden in den Luftschutzkellern..
Berlin...
Diese nachtrâgliche Beleuchtung
Dieser Stollenkampf

Das verstehn Sie wieder nicht, sagt er zum Antillenmenschen, der versucht, die Klappenbeschriftung zu entziffern

Jahhh? , sagt der. Ja ja...

Schnitt
Die Entstehung der Stadt, der POLIS schlechthin in Afrika, des
urbanen Wesens und Kultur im afrikanischen Dschungel.

Sagt der Regisseur da am Küchentisch. "Die Entstehung der Stadt
aus der Züchtigung, na ich weiss nicht
Rom entsteht an dem Tag, da der eine Bruder den anderen tot-
schlägt,
weil der die Regel nicht respektieren wollte; Romulus erschlägt
Remus. So ist das. PUNKT. Andererseits war die Mauer vielleicht
einfach zu, war zu niedrig..."

„Ich kann nicht ganz folgen," sagt der Regieassistent, l'homme
de Caraibes. Ein Hafen der Zuversicht. „j'ai du mal à suivre à
comprendre...de quoi on parle ?"

„Dahinter weißt du, dahinter haben wir doch noch eine ganz
andere Handlungsebene ...."
„Ebene, discours, qu'est-ce que ça veut dire? Quand j'agi quand
je fait quelque chose..",nuschelt l'antillais
Von draussen hört er leise, oder meint zu hören, oder meint vielmehr, dies müsse jetzt zu hören sein, in seinem alten Ohr, aus
dem die weissen Borsten wachsen
INDEPENDANCE tchacha
Independance tchah ... caahhh

Schnitt
Es ist anstrengend, sagt die Mourante und hält sich die Schulter,
seine Ange-stellten zusammenzuhalten
selbst mit dem besten humanitären Engagement.

Filmausschnitt
Von einem kleinenBoot aus, das in der Bucht leise schaukelt,
sieht man weit entfernt kleine Pulverwölkchen.
Das sind die Bombardierungen in der Ferne.
Hitze wiegt das Wasser glatt.

Filmschnitt
Aus dem Off
Die Chiefs haben einen englischen Beschwerdebrief geschrieben..

Im Marschschritt gehen von links unten in die Bildmitte zwei
Herren in weiss zügig an einen Tisch, mit abgemessenen zackigen
Bewegungen. Beugen sie sich über eine Karte
Einer sagt

Schnitt.
Zwischen der improvisierten Kirche auf dem Nachbargrundstück,
den Himmelshohenoffenen Stuhlreihen
Besieht sich Herr Ndoo.... ein Gebetsbuch.
Laut ist es wie... in einem Konzertsaal, einer Megakonzertparty
mit Gigaleinwânden wie eine Pop-Kirche...irgendwie ist es beides:
Kirche und Cinema...Kultstätte und Heiliger Fluss der Bilder,
in den man nicht ungeschoren hineinsteigt und wieder heraus.

Die Stimme des Herrn Ndo ertönt leise zwischen den Kirchen-,
Sektenmitgliederstühlen und schwebt nach vorne ...

Alfred geht zum Chief der Bonamanga Manga Ndumbé, um
Hilfe , Unterstützung gegen die koloniale Zwangsherrschaft zu
bekommen. Alfred Bell geht zum Bezirksamtmann, um sich zu ...."
Hager und klein steht Herr Ndo zwischen den von Staub und
Sandkörnern abgebohnerten abgeriebenen feingesâuberten Holz-
bänkenund sieht vor sich hinunter. Fast meint man, die Protestbrie-
fe der Dahomeys seien eingefaltet in diesem kleinenPsalmenbuch.

Herr Ndo will noch was über den REICHTUM sagen,
der reichste Kontinent, das ist Afrika...
aber dann ist das Bild weg und der Ton...

Filmausschnitt
Bülow und Dernburg
Charakterisierung. Der erste Name findet sich durchgestrichen.
Auf einer Liste im Büro Holstein. Weiter weg das Büro Bulow. Die
Schaffung des Kolonialamtes wird erstmal nur besprochen.
Das zukünftige Ministerium für überseeische Belange muss in

seiner Anlagen erst entworfen, dan stückweise aufgebaut werden...
das Ministerium, das das einfache Sekretariat für Eingeborenen-
fragen ablösen wird.
Bislang untergebracht im Ministerium ... im Amt für Sitz... 5.Eta-
ge..;Zimmer ...234 ..)

Foto
Dernburg bei Stinnes im Hof; er hat lächelnd die Ärmel hoch-
gekrempelt.

Filmausschnitt 2
DERNBURGs TOURNEE durch die Kolonien, um sich ein
Bild zu machen von den Problemen dort. Der WIRTSCHAFTS-
STANDORT DEUTSCHE KOLONIE.

Entwurf über die Wirklichkeit und die Zustände
Der Kolonialbeamten
Anlässlich des aufopferungsvollen Todes
Des Steuerbeamten .....

Ein Beamteter Burovorsteher erstattet nüchtern Bericht dem Herrn
Vorsteher des Auswärtigen Amtes. Vornehmlich sind einige Klar-
stellungen über die Wirklichkeit des Dienstes
Gefahrenabwehr im Steuereinzugsbereichs Nord Süd
Lang hinschlendernd, trânend im Auge, streckt er seinen Arm
dem Vorgesetzten hin,
Das Bild in grau und schwarz verschwommen, aus einem deutschen
Vorbehaltsfilm herausge-pixelt könnte man sage.
In der Postproduktion wird noch ein Filtereffekt drübergelegt,
um ... wie in den Gemälden von Gerhard Richter... realistische

Verschwommenheit und vorallem aber dazuda Geschichtlichkeit zu suggerieren.

Schnitt

Wirbelig jagt Lamourante, die irgendwie wackelig ist, unzufrieden, ein falsches Wort, das kann einem manchmal sehr lange verfolgen, nicht wahr ?, ärgert und sie wollte doch noch was zur unzureichenden medizinischen Versorgung sagen. Hier in den Tropen.

Darstellung des Balanzierens auf Messers Schneide
Verbittert splittert und schraubt sich die Mourante eine Flasche Gin auf.

„...Leute, die nichtmal den Tod kausal akzeptieren können ohne einen Anstifter dafür zu finden, als stürbe man nie ohne, als könne man nie ohne sterben, als wâre ohne Umbringer das Leben EWIG, also suchen sie, verdächtigen sich, klagen irgendeinen aus der Sippschaft an, machen ihm das Leben zur Hôlle, verjagen ihn, zwingen ihn, wenn er nicht klein beigibt, alles zu tun, um den REAL Schuldigen dafür zu finden, und weil das nun auch nicht geht, haben sie die merkwürdigstens Gepflogenheiten entwickelt um das verletzte Gemeinschaftsgefühl wieder zu begradigen und sind doch hin-und hergerissen zwischen dem Ewig beleidigten Verstorbenen und den frisch verletzten Noch-lebenden, die weiter miteinander leben müssen, und die sich doch nicht weiter umbringen sollen

In der lauen Dunkelheit an der Grenze zwischen funzliger Beleuchtung und dem in tiefe leidende Dunkelheit getauchtem Nachbargrundstück
Steht schweigend rauchend

Filmausschnitt
Fehlt

Versuchte Alfred Bell, den Ngondo einzuberufen...?
Um gegen die Behandlung der Arbeiter zu protestieren ...?
Der Polizei"sklaven"

Film
Dem höflichen Steuereintreiber fliegt ein Stein an den Kopf ..
Der höfliche Steuereintreiber hat zwei Maschinengewehre und
Dominik an der Seite

Mit einem Knall schneidet sich graues Metall ins Hirn
Ist nur schlechet Aufnahmequalität sagt sich erschrocken der
Zurückspulend kurz so unerwartet kam das

„Kamera läuft"

„Action"

„Stopp !"
Probleme hier.
Fehlt Material, fehlt der Bericht an Puttkamer, der auf Gross-

wildjagd ist
Fehlt der Diener, der trommelt an ...

Der Druck auf den Arbeitssklaven, Puttkamer will den Eisenbahnbau fertig haben bis.... doch die Normen sind nicht zu schaffen.

„Text....". brüllt das Megaphon, TEXT:

Der Spieler kann nicht.
Plötzlich hat er ein unüberwindliche Allergie gegen diesenTro-
penhut und dieses Uniformhemd.
Es erstickt ihn förmlich.

Schnitt
Beschreibung des Drehortes
Zwischen Beerdigung und dem Besitz des alten Offiziers.
Der Schattenbaum und die Leere.

Man hatte die Beschreibung Alfred Bells noch nicht zuende geführt, da kam schon der alte Schausteller dazwischen, der als Kind

Grossaufnahme
Der zahnlose Mund, der....

126

(Es sollte die Alfred Bell Episode weitergedreht
werden dort wo Alfred stand – und wo die anderen nein sagten,
das stille Haus...mehr war dazu nicht zu
sagen) –
aber der Darsteller war schon in die Stadt abgezischt hinter ins Dorf
einen trinken, er hatte es manchmal furchtbar eilig, mit einem
der Franzosen auf Streiftour zu verschwinden und mit einigen der
jungen Studenten, die ihn um ein zwei drei Bier angehauen hatten)

Es liegt einsam und still bescheiden der Schattenbaum zwischen
den Grundstücken
(Ist ja nie ne richtige Grundstückgrenze hier, sagt seufzend
Lamourante ins Bild und grient fröhlich dem (unbekannten)
Kameraman zu)

Neben dem Schattenbaum und unweit von der Plastikrauchsâule,
dem Abfall verbrennenden Feuer
steht ein Regisseur-Stuhl...sinnlos dahingestelllt sagt die Mourante,
sagt gleichzeitig leise
sagt lässig eine Zigarette rauchend der Regie-assistent
was sollte hier ein Stuhl stehen, auf einem Rasen, der wie der eines
Tennisplatzes ist? Niemals wird da irgendjemand sitzen.
C'est clair, der Rasen ist verbrannt... tief gehockt kauert die Atem-
therapeutin an einer Mauer, die Doppelfäuste zwischen Brust und
Knie und nestelt an der Zigarette
Wer sollte da Tennis spielen ..?
Tu imagines ces allemands là – und sie bläst langsam den Rauch
aus, vollendet ihren Satz aber nicht.
Man sieht
(während man wartet auf das „Einfangen" des schwulen Fran-

zosen, der aber unterdessen längst bereut, mitgegangen zu sein, schliesslich war er zwei oder drei Abzockversuchen Anmachdings ausgesetzt worden durch seine eigene Unvorsichtigkeit und.....)
Dem Alten zu, den man in die Mitte geführt hat...da in die Sonne auf die Stühle, damit er nochnbisschenvon Deutschland erzâhlt ?

Oh table ronde tchacha
...? oubliez tou ça. Je vais me débrouiller tout seul.

Schnitt
Wurden die Bonabéri von der Assemblée, dem Ngondo unterstützt oder fallengelassen wie eine heisse Kartoffel, fragt, ans Essen denkend der Amerikaner.
Smithian, James or Jones.

Aber die machten doch was sie wollten, da gabs keine Absprachen. Überhaupt ist das die falsche Frage...

Der Priso Chef war schon tot ? abgesetzt verjagt, da fuhren die anderen nach Berlin ? Aber er könnte genausogut nach der Naissance des UPC fragen
Arrête !, schreien all und: „Tu ne vas pas refaire le monde!"

Videostill.
Die leere Strasse eines afrikanischen Dorfes, der zukünftigen-
Kolonialstadt.
Gelbbraunes Flimmern.
Action camera

Filmausschnitt

Rathenau und Dernburg machen einen Abendspaziergang auf
einer leeren Strasse in einer der frisch angelegten Kolonialsiedlung
Nach einem recht anstrengenden ereignislosen Reisetag.

Man spricht von „Seelenvollem" wâhrend nebendran gebückte
Afrikanerinnen die Vorgärten stäubchenweise fegen.
Rathenau entwirft ein Gedicht.

Derburg macht kein Gedicht, er weiss noch nicht, dass er wird
nach Amerika emigieren müssen
Er spricht von Treuhänderischem, von Investgroups
Und den Schwierigkeiten den decisionmaking proces als den eines
„persônlichen „Regimes" des Kaisers darzustellen;

„Solche selbststândigen Selektionsmechanismen Preussen nicht
kennt", zitat rathenau 129

Schnitt
Im leeren Kino in Yaoundé oder Douala
Versuchen die Musiker Bilder zu unterlegen...
Diesmal den Zeitungsausschnitt
Skandal um Mpundo Akwa
Und das Treffen mit ....

Der verlangsamte Ton.....

Moltke-Text (Bass)
Le renouvelement de la maison des Rois de la Prussie
Die Erneuerung des Königtums Preussen
Moltke vor dem Gericht muss sich gegen die Anschuldigungen
seiner Frau erwehren

Herr von Moltke geht in seinen scharfsitzenden langen Gehrock
swingend die Strasse herunter um ihn herum alle Bestauner
Hinter ihm mehr Fauxcul denn Eleganz

In diesen leeren Platz
Vor diesem monströsen Karoussel
Klingelt ein Handy. Stumpfsinnig fröhlich
Zieht die Melodie durch den weiten hellen leeren Platz vor der
nicht existenten Leinwand.

Gespannte Stille
Und dann eine Art Zornesausbruch
Der Platon hatte der Regisseur gesagt

Das Höhlengleichnis son Scheiss was soll n das

Das Problem war der Bastard vom Alten und die Frage ob da noch
andere auftauchen würden

Die Sünden au grand jour

Das Hôhlengleichnis Platonismus,
sagt der Keyborder, der sanftmütig scheint.
wâhrend hinter ihm das schwere Tor zuknallt, kietschend dreht
er noch den Schlüssel rum
Die Sünden kann man nicht verstecken, das warn gutes Zitat...
aber das war nicht auf seinem Miste gewachsen, das hat er wo her...
Sünden kann man nicht verstecken, irgendwann laufen sie allen
vor der Nase rum.

Schnitt
Spaltung Zweifel, ausgeplauderte Geheimnisse
C'est quoi ça – cette histoire autour des dissonances des CAME-
ROUNAIS
DES DISSONANCES
DES DISSONCES DE TAILLE ENTRE LES DIVERENTES
TRIBUS

Umelodisches Quieken.

SCHNITT
Der Blick auf den Reichsadler

Schnitt

Kurzer Perspektivwechsel nach draussen.

Die Stille unter den Linden ist fassbar in den Lichtflecken, die selbstvergnügt unter den Blättern tanzen.

Vielleicht ein Kutsche.

Unterm Brandenburger Tor, daneben die Linde und drüber
Der Reichstag. Im Plenum wandert der Blick hinüber zum Rednerpult. Da spricht einer

Abgeordneter Paasche
Verwahrt sich gegen das Hinundher von Erzberger.
Man wirft Erzberger vor, nicht zu wissen, was er will

Der Zentrumspartei, rückt Erzberger zurecht
Mal für Bülow mal gegen
Mal für Dernburg mal gegen

Ausschreitungen auf einem Auswandererschiff, ruft Herr Erzberger, seine Hosen rutschen an den dicken Schenkeln hoch und die Socken geben weisse Waden frei

Der Reichstag hat die Haushaltshoheit.
Das sind wesentliche Fragen der Gewaltenteilung, die sich hier in den Kolonien spielen.

Diese ewigen Etatüberschreitungen eines Fürsten, eines Provinzfürsten à la Puttkamer, die Selbstherrlichkeit eines eitlen Machthabers so unerträglich sie auch erscheinen mögen sind nur von untergeordneter Wichtigkeit. So bedauerlich ihre negative Folgen die Folgen von Misswirtschaft und persönlicher Bereicherung sind.

Das Entscheidende ist doch vielmehr die Frage, ob sich hier bereits erste wichtige strukturelle Entscheidungen FÜR den deutschen Parlamentarismus abzeichnen, gegen das persönliche Regime ... Regiment des Kaisers..

Selbst diese Verschleuderung der Kronjuwelen, denn anders liesse sich der Verkauf der Lüderitzer Diamantkonzessionen, dieses Zugestândnis um nicht zu sagen Verschwendung, anders liesse sich der Verkauf von Kaiserseigentum an das Grosskapital. Über die Höhe der Besteuerung habe aber doch die Abgeordneten des Reichstags zu entscheiden. Nicht wahr?

Die Budgethoheit liege eindeutig beim gewâhlen Verfassungsorgan.

Von wegen, sagt der Hinterbänkler und dreht sich nun ins Bild.

König Leopold von Belgien.....ist das Musterbeispiel einer Institution, die grössten wirschaftlichen Nutzen aus einem Lande presst. Er wirtschaftet. ER erwirtschaftet PROFIT.

In Deutschland hingegen verhâlt sich gerade andersherum.

Im Hintergrund in den steigenden Rângen und
Unter den Gesichtern des deutschen Parlamentarismus
Aus dem carl peters Film, der leider nicht von der Zensur freigegeben werden darf
Den Gesichtern also, die undiszipliniert ins Bild schnattern schwätzen rufen schreien, durcheinanderbrüllen und jaulen gegen den Hängepeter, er ruhig und gelassen
Verliest
Herr ....

Filmauschnitt.
Reichskanzler Bûlow fordert einen Nachtragshaushalt,
um den Krieg gegen die Hereros finanzieren zu können.

Schluus jetzt,
sagt Herr Ndo..

Schnitt.
DAS Kolonialamt, neuzuschaffen.
Nur durch finanzielles Interesse der einheimischen Bevölkerung
sagt. Der Kolonialbeamte... am Fenster stehend zu
Dernburg.
Der nickt und guckt auf seine Uhr.
Man muss das Exportsystem neu organisieren. Die bisherige Nut-
zung muss einer streng wirtschaftlichen Betrachtung weichen.
Wir müssen von der Vorstellung fortkommen, in Afrika soll zu-
gebuttert werden. Ganz. Im. Gegenteil.
Doch wie wecken wir das finanzielle Eigeninteresse...? Bei diesen
gânzlich naiven Naturburschen? Wir erheben Steuern. Dann
müssen die was tun.

Im Bild nun
Das RADIO
Es verströmt ein Meer, ein wilhelminisches Rauschen, einen RE-
DESTROM des kontinuierliches NONSTOPPDauerredden,
verebbend in Nichts ..
Wie Gewittern..

Pauvre bête sur la place gigantesque...
Reichstagsdebatten
Laufen mehrfach durch die Lautsprecher
Es dröhnt von den Stimmen der Herren Erzberger, Paasche und
Bebel.

Schnitt
Dunkler Arbeitsplatz, wie unter einer Balustrade, vorne sieht man
bläulich des Bild der Monitore.
Zwischendrin in groben Zugen drischt ein Schreier auf seine Ne-
bensitzer ein. Die Sozialdemokraten und die Sozialsiten über-
kreischen sich
Das Kino und der deutsche Reichstag. So könnte eine wohlmei-
nende Eblendung in American Typewriter linkshändig unten
lauten. Doch ist es so oder so nur ein Vorbehaltsfilm.
Die Bilder und Aufnahmen, die Sprecher sind immer noch die
des Nazifilmes..
Es erleichtert dem TONARBEITER sich auf eine ihm fremde
Sprache zu konzentrieren.

Gage
Wiedergutmachung, symbolischer Art.

<<<<<<<<<<<jemand hatte ihm stillschweigend, das ...Ding, die
Dvd die Cd die aufnahme das tape auf den Berg gelegt, der
sein Arbeitsplatz
eine Art Lumpenberg, wenn man die verschiednen Mikroverhül-
lungen die Rauschdämpfer so nennen darf durfte
Schnitt (hier das Einschalten seines Laptops)
Das sich nun öffnende Bild zeigt unter blauem Himmel ein Tier.
Der Toningenieur sieht konsterniert auf die Ziege.

„Schau mal da drüben, die Ziege angebunden am Schattenbaum.
Die Ziege ist Wiedergutmachung.... für einen Schaden den der
Verstorbene verursacht.....sonst wären es mehr....vielleicht sehen
wir die anderen nicht....."
Lacht die Herzensgute auf, Schasupielerin. Und heimliches Herz
des zukünftigen Regisseurs.

Die Kamera wandert unter den Zweigen den wankenden zur Ziege,
die noch nicht recht weiss, wie lange ihr Tag noch hoch sein wird,
aber docile sich mit dem wenigen Gras zu ihren Hufen zufrieden
gibt.Hinüber wieder zu dem geheimnisvollen abweisenden Hof
und man meint die WalkieTalkies der Wächter zu hören.

Die Wiedergutmachung....die Entschädigung, darauf sollten wir
Wertlegen...

Jemand hat ihm das auf den Tisch gelegt – Oder hat es zufällig selbst gesehen. Und das Problem erkannt der symbolischen Wiedergutmachung. Aber NICHT durch den Ton...
Irgendwie fällt das nicht in seine Domäne. Er kann nur wiedergeben. Aber er kann nicht wiedergutmachen... aber das war ja auch nicht die Frage.
Nur jemand der übermüdet ist, stellt sich solche Fragen.

Schnitt. Der Regie-assistent, der noch im Dunklen sitzt, versucht sichs vorzustellen
IM DUNKLEN
LICHTER AUSGEKLAPPT
LAUFEN DIE STIMMEN WEITER
ERZBERGER PAASCHE BEBEL HOHELOHE BÛLOW

Bis ein hellgrauer Zaun sich bildet, Leitern sich bilden
In dem grauen Meer
Dem schwarzen Meer eines
Unerledigten Kompromisses
Ein Boot einer Wiedergutmachung.

Schnitt
Die Sângerin lacht spöttisch, als sie ihm über die Schulter schaut.
Diese Art von „Einführung" kennt sie schon.
Gerechtigkeit als sadistisches Sex-spiel. Davon gibt's mehrere Optionen Die juristischen Studien als erotische Initiation...
Pas plus, c'est pauvre

Schnitt

Zoom

Les yeux de ma chèvre, summt die Sängerin und kichert kurz in sich hinein.

Les yeux de ta chèvre ne voient pas très clair, dis dons, qu'est-ce que tu as fait ? lacht sie und setzt sich ihm auf den Schreibtisch

Schnitt

Das leere ausgehobene Grab.

Man sieht hinüber zum Nachbargrundstück

Schnitt

Ein Jeep startet

Zwei drei Jeeps fahren hinterher

Es ist eine grössere Truppe unterwegs

Ein zwei Hunde streunen über den Platz

Schnitt

Europa

Unterkühlte Büros alles in olivgrün, und grau aufgenommen, die bevorzugten Farbenspiele deutscher Filmemacher zwischen 1995 und 2005

Es herrscht als finalcut pro version der Gegenwart die Ästhetik des real existierenden Sozialismus

Schnitt

Man sieht eine Colabüchse im Gras

Man sieht Kinder, die Plastikflaschen aufsammeln,
aber alle Weinflaschen bleiben liegen im verbrannten zertretenen
Gras
Geckos springen drüber
De Sonne reflektiert sich drin
Grosse Stille auf dem leeren Terrain NACH DER BEERDIGUNG
Selbst die Bananenstauden sehen geknickt zerzaust aus
Kurz trostlos

Filmsequenzen
Budgetdiskussion im Reichtsag
Dernburg peitscht ein auf Erzberger, der wiederum spricht sich
gegenunentgeltlich verschleuderte Diamantenfelderkonzessionen

Schnitt
Autozensur... flüstert resigniert der Regisseur.
Achselzuckend steht sein Assistent daneben. Der caraibische Op-
timismus überstrahlt jede Kritik.
T'es assez fort, c'est très bien ce que tu as fait jusqu'ici...
Mais on devrait simplifier les choses, quelquefois on ne te suit pas...
Vereinfachen...
C'est bien de ne pas suivre ce qui est écrit dans les manuels sco-
laires, mais au moins on risque de froisser quelques sensibilités...
faut pas se voiler la face...
J'aime pas trop...

Herr Ndo says:" Moral lessons about ...perverted european sociaty...
Perhaps we all learn things...one day".... Its like a.... blind persons
ideas aboy...about „to see" where nothing is to be seen.

bèbaisedi 8 *(balse)* das -Fragen, die
Frage; question, interrogation;

questioning, question; *eyemban
a b-* Fragezeichen; point d'interrogation; question-mark, *b- bsygs
be nde nje e* was hast du zu fragen ?

bèbamsedi 8 *(bamse)* Beschluß, letzte
Entscheidung, Bestätigung; resolution, ultime decision, confirmation; resolution, final decision,
confirmation, *doi Ivygo di kusi beb-
ba saygo e ist* dein Befehl durch
den Herrn bestätigt worden? e,
na bE' ft, eyemban a b- ja, ich habe
ein Anzeichen dafür

Herr Ndo und der Rechtsanwalt sitzen, gegenüber, an einem Tisch. Faustig. Mittig. Zwei Bulldoggen vorgereckt. Wenige Tage vor dem Tribunal...so kurz vor der wichtigen Gerichtssitzung.
Wir haben noch andere Angelegenheiten zu regeln. Der Leibwächter der Cousine des Ministers, den die Crewmitglieder noch gestern um Kippen angehauen hatten, verdoppelt verdreifacht sich, drei vier Gardes de Corps werden zu einer unfreundlichen Mauer Mann.

Schnitt. 250 Kilometer weiter weg. Ein Salon. Das verlangsamte Begräbnis nebenan.
L`heritier n'est pas là. Il n'assistera pas...La personne qui sera inhumé demain, sagt mühsam und dumpf „a très clairement expliqué ses derniers volontés. Il n'a pas voulu que son héritier sera là. On y mettera une personne .... intermediaire."
„C'est inhabituel", sagt scharf und kratzend Lamourante.

„On connaît ses dernières volontés, Madame", schiebt erläuternd. „Il les a dicté..." Monatelang wurde der LETZTE Wille des Verstorbenen aufgezeichnet, die Zeremonie des Begräbnisses die Reihenfolge von Veillée Messe Construction du tombeau cérémonie des adiíeux, messe et messe funèbre abgestimmt, selbst wer für die INTIMSTE Trauerfeier die in der Zeit von 7 bis 9 Tagen nach Grablegung abgehalten wurde, anwesend sein durfte, wer sich im Umkreis der Bannmeile befinden dürfte - dies alles wurde festgelegt. Selbst die Sitzordnung für den Leichenschmaus, der erst in drei Jahren stattfinden wird, kennen wir bereits, selbst für die Abschiedszeremonie, die Totengedenkfeier in 10 Jahren..... Doch den Moment des Abschied nicht, erklärt nun breit rauchend der alte Offizier und muß husten, als hätt er sich verschluckt.

Ah oui, lächelt Lamourante.

Statistiken: Der zu erwartenden Besucherzahlen von Trauergästen. Des Aufstands. Hinter der Tür die merkwürdig verzerrte gequälte Stimme, die aber laut und deutlich. Über die Loyalität eines Puschisten. Nein; nein. Nein. Das kann man eben nicht sagen: Loyal sind eben nur Loyale. (Betonung auf dem „i" in „sind, bitte) schnarrt der Hotelflur durchflutet vom dem Knarren der Stimme. Dioxin und sonstwas Vergiftungen...hier überleitend zum belgischen System sagt die Mourante höhnisch. „Madame Ndo will was. Was will sie denn schon wieder ? - (die singt... in der Küche..).
„Wir sollten hier von der gescheiterte Kollaboration reden. Einem gescheiterten Wirtschaftsraum zu gegenseitigen Nutzen und Wohlstand. Der Steuereintreiber, der in die eigene Tasche wirtschaftete. Der hat sich den Tod eingetrieben." Sagt die Mourante ein wenig zischend. „Die Steuern... Muss man sich mal vorstellen. Da springt einer in die gefährlichste Brandung, nur um n paar Negern Steuergelder abzuluchsen. Man sollte Berliner Kinderlieder dazu einspielen. Lacherfolg garantiert."

„Was für n Staat. „Exogene Staatsgründung"... wer erzählt denn sowas? Das war ne chasse privée..Nichts anders... Sag ich dir." Worauf sie zu husten anfängt. „Die Ansprüche, sagt LaMourante, „Der Chiefs, die sich nicht zu EINER Gruppe sich zählten. Das war `ne Interessengemeinschaft, aber kein Team. Die kolonialen Ausbeutungen geschahen doch nicht ohne das Mittun der schwarzen Chiefs, die als middlemen als Vermittler der schwar- zen bourgeoisen Gesellschaft....Die schwarzen Familien sind doch kein geschlossenes System. Das sind ja keine im Urwald verbarrikadierten Grüppchen." Das ist ja alles überhaupt nicht so. Könnte man das als Haus mit geschlossenen Kreisläufen sehen, DIE WEissen udn dahinter Die Diener, die nicht Ihrer Diener sind, sondern eigenständige Denker, Verwalter, die hinter den Mauern arbeiten und davor ..eine fremde Macht..eine Masse fremder Gesichter ...die Ansteckungsgefahr. Nein, kann man eben nicht." Die Häuser sind nicht geschlossen. Der Ngondo feiert mit Gott schöne Feste.

Der Ngondo ist kein OLIGARCHENassemblée. Sagt der Mann des Makoussa laut.
Es entsteht eine KLEINE Stille. „Sie suchen nach den falschen Leuten, mit falschen Vorstellungen im Kopf."

„Und woher weiss er das?", fragt der Amerikaner Lamourante. „Musiker.Was weiss ein Griot schon. Im Kongo können Musiker viel verstehen vom Macht und Herrschaft, aber die hier, die haben den Regisseur und die Produktion verarscht. Diese Musiker sind Königsmacher. Lass sie reden."

Hören Sie auf, an meiner Stelle zu denken. Erwidert sie scharf.

Elle déconne, denkt Frau Ndo. Elle ne peut pas parler comme za. Elle ne peut pas.

Der geschlossene Kreislauf, redet Lamourante weiter, und sagt nicht, ob sie nun das Wasser in Röhren meint, eine sozusagen geschlossener Wasserkreislauf oder eine geschlossene Gesellschaft, eine Siedlung beispielsweise, die nur den Europäern gehört und autark.....

Man sieht die Spuren des Wassers überall, die verwüstenden Spuren von Vielzuvielwasser auf einmal, man spürt sie in der dämpfigen Hitze, in der alles Wassers verdampfend versickernd davonstürzend verschwunden ist, aber es ist offenkundig viel, zuviel Wasser , das den staubigen Boden, die albtraumhafte Fahrrinnen auf der steinigen sandigen Piste davonträgt, bis die Sonne, die Hitze das wenige Trockende weiter in die Erde gräbt.

Unter dem Wasserspiegel der Steuereintreiben, der ertrinkt... mit seinem ersoffenen aufgeblähten Leib.

Wiederaufnahme des gleichen Bildes. Man sieht eine Colabüchse im Gras. Man sieht Kinder, die Plastik aschen aufsammeln, aber alle Weinflaschen bleiben liegen im verbrannten zertretenen Gras. Geckos springen drüber. Die Sonne reflektiert sich drin. Grosse Stille auf dem leeren Terrain. NACH DER BEERDIGUNG. Selbst die Bananenstauden sehen geknickt und zerzaust aus. Einer spricht in die Kamera: „Voilà. die leeren Gebäude der deutschen Plantage. Firma für Abholzung." In einer unangenehmen Stille, in der irgendetwas kratzt quietscht (unterschwellig) sagt einer, man müsste doch ganz andere Tondoku- mente..... témoignages Zeugnisse... Stellungsnahmen haben, authen- tische, authentischere.

Und meint damit das eben so formulierte Problem einer terrassierten Fläche ohne Bäume. Ein weisser Fleck, sozusagen in Afrika, wie ein zubetonierter Arbeitsplatz weicht der Darstellung von Leere. Drüber brummt weiter, zischt und gnarzt, ein dumpfes Etwas in Schwarz. Ein verlassenes Radio, genauer ein verlassener schiefstehender Radioposten pfeift sich seine Sendung durch den Urwald.

Zuviel Wald, Zuviel Summen.

Das Dschungel-Radio meldet, General Aymerich sei auf dem Vormarsch. General Aymerich muss nach Norden marschieren, weil er keine Kabelverbindung zu Dobell hat ? General Aymerich ignoriert britische Anweisungen. Er schreibt von Missverständnissen.

Abruptes Verstummen. Le silence de l'américain.. Der Amerikaner erhält etwas auf seinem Handy. Bilder, Nachrichten, über die er schweigt. Die Türen der Autos schliessen sich und die Staubigdunklen setzen sich in Bewegung. Der Aufbruch geht mit Lastwagen GPS und Jeeps und Landrovern voran. Der Aufbruch des Amerikaners verschwindet in einer Staubwolke.

Man sieht eine Colabüchse im Gras. Man sieht Kinder, die Plastik aschen aufsammeln, aber alle Wein aschen bleiben liegen im verbrannten zertretenen Gras. Geckos springen drüber. Die Sonne re ..ektiert sich drin. Grosse Stille auf dem leeren Terrain NACH DER BEERDIGUNG Oder der Beerdigungsprobe.
„Das Dach... Sehen Sie da drüben, das zweite von links?
Das Dach sitzt zu tief. „ Ja nicht wahr, da lächeln wir drüber, aber es ist eine Tatsache. Ist eine Frage der Überdachung.. Das Dach, das nicht so dicht aufm Haus draufsitzen soll, hilft belüften, hilft den Durchzug zu lenken; Als eine Frage der FENSTER ...Fenster sind überhaupt das Entscheidende..die Perspektive sozusagen....

Villa Wand weissgekalkt, richtig weiss gekalkt von der Wand dem Wandrandbodenstück der Welt auf eine gediegene alte Regalwand, über die Geckos laufen oben ungeschützt Die Mourante in ihrem Bungalow in der Bibliothek, liest In ihrer Bibliothek sind die Bücher traurige tropen und traumatische Tropen

„....(to read the water), d. h. er sah schon von weitem mit untrüglichcm
Blick Untiefen im Fahrwasser und den
Weg, auf dem allein sie vermieden werden konnten. Auch die Eng-
länder haben dièses eigenartige Talent der Eingeborenen sehr

nein, nicht das..ich suche was anders

"Sachen auspacken, beschäftigte mich dafur um so mehr im Freien;
mit Baumeister Drees zusammen pflanzte ich in einem schnell ange-
legten Garten mitgebrachte Gemüsesämereien aus, um môglichst bald
von den schrecklichen Konserven los zu kommen. Überhaupt dachte
ich. was die kulinarischen Génüsse anlangt, recht oft mit Sehnsucht
an die Fleischtöpfe von Togo zuriick, wo der Begriff
Konserven eigentlich überhaupt nie existierte. Erst mit der spâteren
Ubersiedlung des Gouvernements nach Buea und mit Brauchitschs
Einzug in Duala sollte das alles besser werden.

Gouverneur von Zimmerer hatte beschlossen, nachdem die Schutztrup-
pe einigermassen ausgebildet war, vor allen Dingen endlich einmal
erst das Kamerungebirge zu erobern, um die schönen und fruchtbaren
Berghänge der Kolonie nutzbar zu machen. Seibstverstândlich stimmte
ich hierin durchaus mit ihm überein, und so
entsandten wir am 19. Dezember Dominik mil der Hälfte einer
militarischen Expedition auf „Nachtigal" nach Viktoria, wâhrend
am 20. Rittmeister von Stetten mit dem Rest nachfolgte. Einer regel-
rechten Militärtruppe, geführt von zwei so hervorragenden Soldaten,
wie die genannten, konnte natürlich der wilde Hâuptling Kuba mit
seinen Buealeuten keinen Widerstand entgegen setzen, und ich kann
hier gleich vorwegnehmen, dass Buea, wo Stetten nach der Erstiir-
mung eine Militarstation anlegte, schon nach 14 Tagen bereit war,

europäischer Kultur erschlossen zu werden

Schnitt
Wegbeschreibung durch den Wald an den Stromschnellen entlang
den Wasserfällen des Njong. Unter den Bananenblätter und hinter
dem Zuckerrohr-Gras tummeln sich Fliegen. Die sich in einem
Jeep zersetzenden zerschossenen Leichen hatten Gäste.
Drüber biegen sich die Blätter des Regenwalds.
Im Pfeifen, nun aus dem Lautsprecher dem Kopfhörer dem Ohr-
stöp- sel des Amerikaners werden Nachrichten weitergegeben,
die zu Hypothesen gerinnen auf CNN oder TV 5 Monde. Im
Hintergrund Nachrichtengeticker - dem rot unterlegten durchlaufenden Text der EILMELDUNG darf man entnehmen, dass ....

Blende. Zu einem Zeitungsticker in einem kleinen Büro, das sonst
nicht wieder auftauchen wird. Ist also egal, wer oder wo wer das
lesen wird. Der Live-Ticker, der eine verspätete Pressemeldung
ist, berichtet von einer abgestürzten Maschine, die um 19h13
in Yaoundé aufgestiegen war, um das neue Minengebiet mitten
im tiefsten kongolesischen Urwald zu sichten.. Das wichtigste
daran, aber das erschliesst sich erst im zweiten Durchlesen der
Meldung, ist die Anwesenheit des Todes an Bord der Maschine
eines Minen-Milliardärs und seiner engsten Mitarbeiter.

Schnitt.
Wie sie in den Cameroun gekommen, war, war die Frage gewesen,
nicht, sagt Lamourante zögernd.
Der grau weisse Saal, eigentlich nur ein graues unverputztes Zimmer ohne Fenster.. doch eingerichtet wie ein schwerer Männersa-
lon. Die Herren lachen kurz und ziehen dann an ihren Zigarren.

„Meine Vorgeschichte ... Das ist schmerzhaft..." der Lamourante. Nachrichten aus der Totenwelt. TOTEWELT „Warum muss man denn Dinge in der Vergangenheit in der Totenwelt wieder geraderichten? Das ist unmöglich, das KANN man garnicht." Sagt die Mourante leise. „Kann man nicht. Kann man nur vergessen."

Ihr Mann war kein Steuereintreiber gewesen. Keiner, der seine eingetriebenen Steuern unterschlug, unehrenhaft aus des Kaisers Diensten entlassen. Die Jagd. Was für eine Jagd. Der Americain betrachtet das Puzzle. Un- ter Wasser bleiben aussi longtemps que possible. Submergé lui-mê- me. Das Wissen opaque.On ne le transmet pas...

Unverständliches wie die Kirche am Wasser und die billige Flasche, die Plastikflasche, in der noch was funkelt: Wasser.

Man spricht in der Villa, nun leerer nach der Abfahrt aller anderen, über das Phänomen der Stille. Wie den Dschungel zum Reden bringen. Der Selbstmord des Funktionärs, flüstert die Nachbarin, übereifrig. Die Hand, die sich ihr schnell über den Mund legt, fügt lauter und deutlicher eine Variante hinzu. Der noch freie Mund drüber, sagt: Aus falsch verstandenen Arbeitseifer. Der diensttuenden Behörde, sagen die grossaufgerissenen Augen.

Der Steuereintreiber... (während hinten das Fussballspiel läuft). Eine Bassine voller schmutzigbraunem Benzinwasser spült das letzte Schweineblut ins Gras. Zwei krumme Kinderbeine gucken zu. Scratchendes Klicken. Setzt ein Dictophon die letzte Aufnahme des Steuerinspektors Scheffler in Gang.

„Zerschlagenes Geschirr"

„Geschirr, nicht wahr", sagt Herr Ndo .
„Jengus sind nicht auf die leichte Schulter zu nehmen. Wenn die
Jengus fort sind, mit den Menschen beschäftigt, dann ist das
Meer ruhig. Die Stille auf dem Wasser ist dann unglaublich. Ist
das nicht ein schönes Bild?" Fragt er. „Ein strahlendes.
Das dunstige Licht über absolut glattem Wasser." Und ist nichts
andres als eine Bassine voller schmutzigbraunem Benzinwasser.
Das Gesicht, das drin liegt, verschwimmt.

Schnitt. Eher eine Art Traumbild. Frühmorgens. Das ergibt ja
alles keinen Sinn. In keinem einzigen DAFOUR Hotel hätten zwei
Männer der Nördlichen Hemisphäre morgens zusammen ein kleines Jogging gemacht. Nur um frisch zu bleiben. Bankergeschichten
beredend. Hinten verschwommen die Palmen, sturmgepeitscht
oder einfach ermüdet von der ewiggleichöden Brandung.

Davor ein kleiner Jeep.

Wie dieses leere deutsche Schloss.
Der Park, in dem der alte Kaiser Bäume fällt und wie vor einem
wilden aber majestätischen Tier im Kä g stehen die guten Nachbarn Schlange auf den Gerüsten und sehen ihm bei der Arbeit zu.
Im gleichen Takt des Sehen Gucken Augenhebens hebt der Ex-
kaiser das Beil, dann den Holzstrunk, Beil, Holzscheit,
sich und Beil
hebt sich der Arm mit der Pistole an die Schläfe.

„Ein Leopardengrab nicht", murmelt einer neben dem Amerikaner,

das Crowd Financier Team „Ein Leopardengrab" -
setzt jetzt einer erläuternd hinzu: ist das eines Mannes, der da
reingesteckt wurde, bis der Leopard ihn fand. „Leopardengrab"
und „letzte Stunde" sind ermüdende Bilder und unzusammen-
hängende Assoziationen...

Schnitt. Das leere Chateau... Manoir. Regen fällt über die Auf-
fahrt und das Laub weht den gekiesten Weg zu. Trostlos rauscht
das Gitter vorbei. Hinter den Wagenscheiben Rachel, davor ein
unbekannter Fahrer. Das sich schliessende Tor läutet einen ver-
gessenen Abend ein. La soirée oubliée der Sängerin.
Lang her.
Vor dem Putsch.
Der verlorene Abend, wie das in kleinen Etablissements so ist.

Irgendwo

Ein military training, das abends in einem kleinen Etablissement
endet.
Oder in einem Schloss der Normandie.

Der Hinterausgang. Vorne dran sass, sang Rachel. Und hinten
der noch nicht ganz so alte Oberst, aber das heisst, dass Rachel
nun ein schon stattlicheres Alter hat, als sie haben sollte. Und so
alt kann Rachel garnicht sein, zauberhaft wie sie nun einmal ist.

Lautes Lachen füllt den Saal, fällt in ihr leeres Glas.
«Leoparden...» ? Kann man eigentlich, beugt sich Lamourante vor,

damals, als auch sie noch stattlicher - weiblicher - wesentlicher sie selbst war. In den Augen eines Mannes, eines galanten Mannes macht das zwar keinen Unterscheid, in denen seines Zwischenden-Beinen aber schon.. «Ausserdem», sagt LaMourante und schenkt sich Gin ein, «Ausserdem ist kein Mann galant. Nicht wirklich. Das wär' zuviel der Bestie Mann.»

«Der Teint ist zu schnell ab», fügt Rachel leise, aber seufzend hinzu. Damals.

Kann man eigentlich das Wort „Jagd" durch das Wort „militärisches Training" ersetzen...in Einem Wortspiel, das Wert auf Synonyme legt ? Fragt LaMourante weiter und schluckt schnell runter. «Kann man hier auch TIGER jagen», fragt lautlachend der Mann vorne. «Kann man schon. « «Tiger leben nicht hier...» sagt schnell einer der Weiterhintenstehenden und zuckt zusammen unter einem vernichtenden Wurf einer unauffälligen Handbewegung. «Sie sind sehr selten; hier bei uns... » . Kann man. Könnte man schon. Der Satz verändert sich bereits im Denken, wie – wie- sehr hängt von der Kunst des Schreibenden ab, zu verdeutlichen, wie ein Satz gleichzeitig was anderes heissen kann, diese Aufgabe ist nicht dem Leser anzulasten. Um den rapiden Wechsel der Konversation zu camouflieren, wird LaMourante gefragt, wie sie denn und was sie denn bewogen hätte, sich als Deutschfranzösin im Urwald anzusiedeln. Bref, com-ment, pourquoi et comment elle a attérri au Cameroun ? Qu'est-ce que s'est passé avec son mari ?

Mais elle dit qu'elle n'en ai jamais eu.
Leopradenfallen...Als gäbe es ein viel amüsanteres Thema in einer gehobenen mittelafrikanischen Gesellschaft. Grenzkontrollen,

Ghettokontrollen fûr die Irregulären .. ; Zuwanderer.. Dehors on discute. De la construction du ghetto. Et des routes pour le bétail et les passerelles pour les indigènes.

Das ema der « Ghettos », vielmehr das ema der « Passerelle » Es gibt Wege, auf denen selbst die die in Ghettos leben

Noch die grossen Strassen der Weissen kreuzen können Es gibt Brücken über den Boulevard Periphérique und so auch Mais il y a toujours de portes de sorties, Es gibt Auswege, selbst aus der Diskriminierung, sagt die Mourante ..... „....?"

„P-A-A-S-E-R-E-L-L-E", buchstabiert sie. Das ist wie mit den VIEHwegen...Überhaupt ist das vielleicht das interessantere Thema, als das darüber nachzudenken, wie sich Sätze mitten im Gesagtwerden umgruppieren.. umbauen....in einer Computerani - mation lässt sich das wunderbar darstellen, aber im Wortfür-Wort-Denken... gleicht das eine schwerfälligen Maschine. Eine Passerelle... wenn wir das ein Wort aus dem letzten Abschnitt nehmen.. Für Vieh, wobei mit„Vieh" hier nicht Nutztiere gemint sind, auch, sie haben vorerst... THE BIG FiVE

Raubtiere zu sein, die in NATURPARKS Raubtierparks, zu denen es geschützte Zugangszonen gibt. ADaydream Trainingsexerzitien Mit wilden Tieren....mit menschlichen Krüppeln mit psychischen Wracks......Pazifizierung, externe . Diesmal unter der Anleitung des Obersten. Kann ein Oberst ein Traum-Regisseur sein? Fragt sich LaMourante. Aber was solls. Sie trinkt.

Gravenreuths Grab, nicht. Wer wills sehen?

L'américain..... liest hört stöpselt sichs ein, knackend schmerzhaft
lauft sagt Puttkamer:

„... . der mutige Häuptling endlich wieder zu unserm Tisch heran,
und wand- te von nun an wirklich keinen Blick mehr von Dominik, selbst sein Interesse über meine eigene hohe Person schien
gänzlich erloschen
zu sein. Auf meine dahin zielende Frage erklärte er mir, er habe
sich das so vorgestellt, dass Dominik ein böser Geist sei, den ich für
gewöhnlich in einer verschlossenen Schachtel bei mir führte und
nur losliessc, wenn ich ârgerlich wâre; er fand es offenbar furchtbar leichtsinnig, dass ich Dominik so ganz frei neben mir sitzen
liess; oft haben Dominik und ich in spätern Jahren noch herzlich
gelacht, wenn wir auf diese Begebenheit zu sprechen kamen. "

„Bbbongo" Sie trinkt noch den nächsten Schluck, der ist aber
zuviel des Guten. Lamourante schwankt mühsam in die Küche,
hält sich dort kurz fest, schliesst die Augen, als sie zurückkommt,
ist das Zimmer, der Saal fast leer. Tröpfelnderweise, dem winzig
funkenhaften Satellitenempfang gleich, waren die anderen hi-

nausgegangen. Hatten sich selbst rausgeleert. Der sich leerende Raum.. das grosse leere Wohnzimmer mit den schweren, schrägen Ledersesseln. War aber noch da.

The problem of failed states. ....means... states that are not based on the nation-criteria.. Das ist das Dumme daran, dass allgemeine Rechtsgrundsätze an die Nation gebunden sind. And with an inherent inability to dissolve loyalities into proto-colonial structures. Der Amerikaner hat Kopfschmerzen. Bildern von afrikanischen Strasssenpharmazie – huschen durch seinen Kopf. Apotheken so klapprig wie die von Kindern, nachgebaute, Holzstände, Pillen, die auf dürren Brettchen in der Sonne schmoren und dabei so aussehen, als seien sie zuckersüsses Goodluck.. dahinter, wie immer und überall aufd er Welt Strassenhürchen, elegnate Jungunternehmerinnen, Kneipen und der Rauch, der verbrannte Müll. Aber aus diesem Raum gibt es gerade keinen direkten Weg in eine noch so erbärmliche Apotheke. Möge die Apotheke auch HIMMELSOFFEN sein, ohne Dach und und noble Schrankwände, die sich lautlos öffnen und wieder schliessen.

Der scharf riechende Rauch nach verbrannten Plastik süsslich und rauh kratzt ihm in der Kehle. Ein lautkeifende Stimme klappert aus einer Küche herüber. Der Oberst winkt kurz mit der linken Hand. Lässt sie dann schwer auf sein Glas fallen. Ein lautloser Schatten verlässt das Zimmer, streift den leeren schweren Ledersessel. Der Oberst nimmt den Amerikaner am Arm, schliesslich braucht er eine Stütze beim Gehen, und zwingt ihn mit sich auf die Veranda hinaus.

Des Traumes Schlaf. Schläft der Traum oder ist es eine Krankheit, die ihn nicht träumen lässt. Vielleicht braucht der Traum eine Arznei und wenn er nicht schlafen noch träumen kann, so hindern ihn wohl schlecht gemachte verpfuschte Medikamente daran.

Wer weiss, was sie in Europa alles so an Arzneimitteln verkaufen, nicht wahr?

Es ist so. Nervig.
Wie bei einem, der rauchen will und nichts hat und nun beginnt, in allen seinen Taschen, nach Krümeln zu suchen, erst unbewusst, dann kribbelt ihn die Sucht in den Füssen, aber weder Papier noch Rauch noch Geld will sich einstellen, und je mehr er seine Ungeduld bemerkt desto schwieriger wird es NCHt zu suchen, selbst das Gefühl der Lächerlichkeit verstärkt nur den Wunsch nach Abhilfe

En Fait, sagt der Oberst aus den Mundwinkeln, da er sich bemüht, beginnt, eine neue Zigarre anzustecken, en fait.

Faut se faire opérer en Europe. A l'hopital américain. hein?. Par exemple.

Schnitt.
Im enteigneten Haus, im dunklen Haus spricht man über den Film „Carl Peters".
La Mourante und die Reste der Filmcrew verplempern Zeit. Wer kennt heute denn noch Hans Albers. Hans Albers-Peters, Carl?
Schnitt.
Im Haus ist eine wütende Diskussion über die Darstellung von Demokraten in einem NAZIfilm entbrannt wuhsn Demokraten sagt der jemand, der Film wäre ja garnicht so schlecht, wenn man wenigstens richtige Gefängnisse zeigen würde. Oder könnte. Ausrufezeichen. Power is a hidden thing.

Silence. Oui, sagt eine Stimme. C'est ca.

Die Gefängnisse der deutschen Kolonialzeit mit ihren Arbeitscamps und

Pause.

Hat man sich ein deutsches Gefängnis der Zeit wie eins im Wilden Westen vorzustelllen? Irgendwie genau solche Holzbuden? Gitter? Hat man sich

Mr Ndo sagt,
dass aber seines Wissens, einer der Chiefs durch die Wände gehen konnte...

Mr. Ndo raconte tout bas à la Mourante l'histoire du chef malin. Qui savait se rendre invisible et qui savait traverser les murs. Il était, dit-il, il était marié à une blanche, une nymphe... Une créature de l'eau

Der Herr Ndo erzählt der Mourante leise von dem Unheimlichen, dem unheimlich Klugen, der mit einer Weissen Frau verheiratet war. Mit einer Nassen. Durch diese Taufe wurde er …unwiderstehlich..unbesiegbar. Eines Tages ging er den Chef der deutschen Mission besuchen. An dem Tag hatten die Deutschen gerade Steuern eingesammelt.

Und der Chief gelangte ohne dass man ihn sah, in den Safe…

Oh Independance tchatcha.. Ein Guitarrensolo flirrt, neben der angebunden Ziege. Unter Palaverbaum.

Lamourante sagt: Aber der Steuereintreiber war doch zuuu blöd.. Und es so zu erzählen ist auch blöd…man versteht ja garnichts davon. mais le directeur des impôts était trop bête De le raconter comme ça c'est bête…on ne comprends rien.

Schnitt

Und die wildmasturbierenden afrikanische TV-Nutte, mit dem verkrampften angestrengten Gesicht des DT PORNOTV -VOkabulars.

Angélique flimmert über diesen kleinen Tvsender mit den heftig und aggressiv Masturbierenden …

Frauen………Männer masturbieren nicht vor der Kamera im TV…

das gibt's auch nicht als Zimmerservice.. Hm?

Und Frau von Elbe oder Eckertstein. Nicht masturbierend......
Das eben, sagt, lispend, das eben ist das Problem, nicht.
Frau von.. hm......eben nicht.

Statt DOORN.
Das Paradebeispiel nutzloser militärischer PEFEKTION NEUF-
BRI- SACH. Klein und mies, aber durchdacht. Und nutzlos.
Niemand hat jemals darum kämpfen müssen. In der Mitte des
Grossen Aufmarschplatzes eines gänzlich perfekten, aber veralteten
Octogones sitzt die ebenso hoffnungslos veraltete Kriegsführung.
Ein alter Mann, dem die Augen tränen.

(man sieht von oben, aus der Hubschrauberperspektive, der direkt
über ihm in der Luft steht

Das müßige Oktogon, um ein Oktogon erweitert und beide in
ein Oktogon gesteckt, in seiner ganzen Artischockenpracht, die

wenigen scheusslichen Bäume biegen sich in die Bucht der bewaldeten Hänge. Der Hubschrauber fliegt weiter, die Küste entlang ins Landesinnere An der Mündung des Wouri, zum Hafen von Douala, schliesslich unter den gigantischen Autobahnbrücken hindurch. Neuf - Brisachs Achteck versechszehnfacht, sagt George im Schneuzen, dient hier bloss als Abbild einer kleinen Garnisonsstadt. Mit französischem Flair. Im Rauschen der Bäume und der Blätter. Eine unendliche versinnbildlichte .... eintönige Polyphonie.. (Seine Nase trompetet aufgrund einer unnötigen Reaktion des neftigen allergischen Luftzuges).

Jeder hat seinen Platz und kann ihn nicht verlassen. Ohne dass man ihn sieht, Die Symphonie. der Beobachtung..in einer kleinen ELSÄSSISCHEN Kaserne, die ihr em militärisches Genie. alles und doch nichts verdankt. In der Mitte aller militärischen Perfektion nämlich liegt ein leerer Platz. Vide, maintenant. Janz leer jetzt. Doch nach Dienstschluss, so notierte Dominik, Hans, und hat es so der Nachwelt überliefert, hören die Eingeborenen noch lange nicht aaaaaauf. „Vergnügt wie nie müde werdende Kinder" schriebt Dominik und der Stift hüpft, dämlich übers Papier, „üben sie das Exerzieren", machen die Halt und den Gang ihrer heissgeliebten Weissen nach, von wegen, aber das ist ja nicht massstabsgetreu, die Liebe der Schwarzen zu IHREN WEISSEN, so masstabsgetreu wie ein Oktogon die menschliche Wahrnehmung in ein Gitter bringt ein quasi nicht zu toppendes, ein unüberwindliches Abbild der Ewigkeit und ihrem mathematischen Abbild.
Afrikanische ASKARI spielen, notiert Dominik, noch STUNDEN nach Dienstschluss das Exerzieren. Nimmerzuermüdende Kinder. (Soll einer sagen, sein Regiment sei nicht streng und fordere alles und das allerletzte von seinen Soldaten ab, doch die hier)

Vielleicht machen sie sich aber auch über die Offiziere lustig. Denkt Frau Ndo, die in der Küche sitzt und Kochbananen schält, unermüdlich. Aber Frau Ndo hat überhaupt nichts hier zu sagen, denn es geht um das Abbild der realen Geschichte, also schweigt sie.

Einen Sohn zu haben, und ihn zurückzulassen zu müssen, wie beschissen isdetdenn. Einen Sohn haben und nicht wollen, ne andere. Niemand zwingt einen Vater, einen Sohn, der ...lose Handbewegeung... faut pas legitimer tout ce qui arrive. Au moins, je n'en concois pas la necessité.

Der Offizier erstellt ein Theorem über den verlorenen Sohn, den nicht anerkannten Bastard. Denkt der Amerikaner, schluckt und sagt nichts. Das ist sozusagen alles was man zu dem Thema eines Staates sagen muss, der Rechtsstaatlichkeit nicht garantieren kann. Man kann keinen zwingen, einen Sohn anzuerkennen, möge er dir noch so sehr aus dem Gesicht geschnitten sein und in deinem Hause wohnen; Letztlich ist das Kriterium der nationalen Zugehörigkeit grad soviel wert wie Tribalismus oder Vetternwirtschaft, Nepotismus. Der Putsch, sagt vorne der andere, der das gemeinsame Zusammensitzen präsidiert, den Putsch ...je l'ai étouffé... Dem Präsidenten ewige Treue, auch wenn der die Konstitution verletzt... Was für sinnlose Fragen.

„Es war Kaisers Geburtstag, der diesmal gleichzeitig als Siegesfest gefeiert wurde und zu dem unsere reiche Jagdbeute den willkommenen Festbraten lieferte. Wir vier Europäer setzten uns gegen Abend vor meinem Zelt zu einem fröhlichen Mahle zusammen und überliessen unsere Leute ihrem Fest- und Siegesjubel; es war ein wildes, überaus malerisches Bild, als die Nacht hereingebrochen war und unsere braven Soldaten, in die phantastischen erbeuteten Haussagewänder gehüllt, singend und schreiend die Lagerfeuer umtanzten. Plötzlich, als die Aufregung aufs Höchste gestiegen, stürzten vier der kräftigsten Soldaten mit einem grossen bei Ngilla erbeuteten Büffelschilde herzu, ergriffen Dominik, hoben ihn auf das Schild und trugen ihn unter geradezu fanatischem Gebrüll einmal im Lager umher; sic feierten ihren kühnen Führer als Besieger Ngillas und demonstrierten uns ad oculos, wie man einen Helden auf das Schild erhebt. Vor Mitternacht noch aber machte …

Frau Ndo erhebt sich und schlurft aus der Küche. Es blutet wieder und ihre Schmerzen werden unerträglich.

Das verlassene Kino unweit des Kolonialknastes

Transition
Auf die Kinoleinwand in dem alten.. Wouri...
Der Projektor brummt besonders laut. Man sieht den grossen
Platz in Neuf- Brisach.

Le DÈRAPAGE DU SYSTÈME COLONIAL… Stop, one moment, please. Sagt der Arrangeur. „Stopstopstop."

Eine Stimme aus den hintersten Rängen flüstert laut und un-
überhörbar nach:

Le chef est mort mais il ne l'est pas.

Un representant sonore de sa majesté. Ein Audioproträt von
Wilhelm Deux.„Oui, je veux bien faire ça", sagt der Bassist und
arrangeur. „Mais c'est dur. Ca existe chez nous ça?"

Les chefs doulas font Le rêve du voyage. Ils cultivent leur projet
d'une visite en Allemagne. d'envoyerr une delegation à Berlin. Le
Ngondo se rassemble… a n de prendre une décision concernant
les expropriations..
Le Ngondo décide d'envoyer une délégation à Berlin. DER
NGONDO beschliesst endlich, eine Delegation nach Berlin zu
schicken

„KANN ER GARNICHT", sagt hustend der Bassist.
Der Leadguitarrist lacht. Der zweite Bassist insistiert. Der Makoussa Mann. Er sagt: „Mais tu me donnes un peu plus là. Il y a
un risque professionel." Der Leadguitarrist lacht erneut und der
Mann, der eisern den Makoussa verficht, johlt.

Der Ngondo ist kein OLIGARCHENassemblée. Sagt der Mann des Makoussa laut. Es entsteht eine KLEINE Stille.

Ausgerechnet in einer Zeit, in der sie militärische Scharmützel gewinnen, Niederlagen einstecken müssen und sich neue Widersätzlichkeiten ausdenken. Le Ngondo se rassemble... afin de prendre une décision concernant les expropriations..
Le Ngondo décide d'envoyer une délégation à Berlin. DER NGONDO beschliesst endlich, eine Delegation nach Berlin zu schicken.

Schnitt.
DER AFRIKANISCHE REISETRAUM. Steckt n Schildchen über der Kladde. Das ist eine politische Delegation, keine Touristengruppe, sagt sein dicker Finger, der über die Zeilen streicht.

Voix / Stimme / voice: Aria de Ndumbé plus impatient que les autres

Voix / Stimme / voice:

On devrait trouver un truc, sagt der Musiker. Seulement imiter la marche militaire, tu sais et je le pense aussi, c'est un peu idiot. Quand on utilise la trompetteou le saxe pour un moment de rêve, c'est idiot aussi.

Voix / Stimme / voice:

Die transition ist anders. fallait leur expliquer dass es einen Unterschied in der tansiischon gibt. Das fondu ist anders... das Fondu des Übergangs. Wie beim Klatschen, beim Marschieren, man kann einen Punkt zulegen, weglassen... Dis-donc, ils ne savent rien du tout ou quoi?

Ton einer Trompete. Kicksend. Der Mann dahinter probierts ein zweites Mal. (In der Delegation befindet sich jemand, den der Ewondo mitgeschickt hat, damit er sich in Deutschland ... .Apparate...)...... (....machin-là).

C'est stupide, sagt der Makossa Mann und beginnt unauffällig seine Sachen zusammenzupacken. Stopft Stift und USB-Clé in einen grossen neonfarbenen Lederbeutel auf der Brust, direkt über seinem Herzen, mit einem Aufdruck der Vuitton ähnelt, aber absichtlich anderes zeigt.

„Mon coeur", sagt er später „et tout ce qui compte pour moi."

Schnitt
Man sieht die Spuren des Wassers überall, die verwüstenden Spuren von Vielzuvielwasser auf einmal, man spürt sie in der dämpfigen Hitze und man versteht auch, dass alles Wassers verdampfend versickernd davonstürzend verschwunden ist, aber es ist so offenkundig zuviel Wasser, das den staubigen Boden, die albtraumhafte Fahrrinnen auf der steinigen sandigen Piste davonträgt, bis die Sonne, die Hitze das wenige trocknende weiter in die Erde gräbt

Das eben so formulierte Problem einer terrassierten Fläche ohne Bäume.
Ein weisser Fleck, sozusagen in Afrika,

wie ein zubetonierter Arbeitsplatz,
weicht der Darstellung von Leere.

Drüber brummt weiter, zischt und gnarzt, ein dumpfes Etwas in
Schwarz. Ein verlassenes Radio, genauer ein verlassener schiefstehender Radioposten pfeift sich seine Sendung durch den Urwald.

Zuviel Wald, Zuviel Summen.

Das Dschungel-Radio meldet, General Aymerich sei auf dem
Vormarsch. General Aymerich muss nach Norden marschieren,
weil er keine Kabelverbindung zu Dobell hat ?
General Aymerich ignoriert britische Anweisungen. Er schreibt
von Missverständnissen, man habe seine Arbeit erschwert.

Abruptes Verstummen. Le silence de l'américain. Der Amerikaner erhält etwas auf seinem Handy Bilder Nachrichten über die
er schweigt. Grosse Stille auf dem leeren Terrain NACH DER
BEERDIGUNG Oder der Beerdigungsprobe

„Das Dach... Sehen Sie da drüben, das zweite von links?" Das
Dach sitzt zu tief. Ja nicht wahr, da lächeln wir drüber, aber
es ist eine Tatsache.
Ist eine Frage der Überdachung.. das Dach, das nicht so dicht
aufm Haus draufsitzen soll, hilft belüften, hilft den Durchzug zu
lenken; Als eine Frage der FENSTER ...Fenster sind überhaupt
das Entscheidende..die Perspektive sozusagen

L'officier lächelt, aber es ist ein unfreundlicher Ton darin. „L'architecture – je n'y comprends rien. Même ma maison, vous voyez,

tout le monde dit, qu'une maison sans fenêtres n'en est pas une...
mais moi, je n'arrive pas à le faire correctement, alors je laisse le
vent faire ce qu'il veut.."

Schnitt.
Wegbeschreibung durch den Wald an den Stromschnellen entlang
den Wasserfällen des Njong. Unter den Bananenblätter und hinter
dem Zuckerrohr-Gras tummeln sich Fliegen. Die sich in einem
Jeep zersetzenden zerschossenen Leichen hatten Gäste. Im Pfeifen,
nun aus dem Lautsprecher, dem Kopfhörer, dem Ohrstöpsel des
Amerikaners werden Nachrichten weitergegeben, die zu Hypothesen gerinnen auf CNN oder TV 5 Monde. Im Hintergrund
Nachrichtengeticker - dem rot unterlegten durchlaufenden Text
der EILMELDUNG darf man entnehmen, dass ....

Blende.
Zu einem Zeitungsticker in einem kleinen Büro, das sonst nicht
wieder auftauchen wird. Ist also egal, wer oder wo wer das lesen
wird. Der „Live-Ticker, eine verspätete Pressemeldung ist, berichtet von einer abgestürzten Maschine, die um 19h13 in Yaoundé
aufgestiegen war, um das neue Minengebiet mitten im tiefsten
kongolesischen Urwald zu sichten..
Wie sie in den Cameroun gekommen, war, war die Frage gewesen,
nicht, sagt Lamourante zögernd. Die Herren lachen kurz und
ziehen dann an ihren Zigarren. MeineVorgeschichte ... das ist
schmerzhaft...ein Stich in der Brust von Lamourante.

Ihr Mann war kein Steuereintreiber gewesen.
Einer, der seine eingetriebenen Steuern unterschlug, unehrenhaft
aus des Kaisers Diensten entlassen.

Siedler haben Vorrang... nur, sagt der Arzt, der ein, menschlich
gesehen, eine äusert warmherzige optimistische Figur ist, ist eine
gewisse Hierarchie beispielsweise bei der Evakuierung unumgäng-
lich... ein menschlicher Zug... Der in der Sache liegt.
Wir müssen uns zu einer moralischen strengen Disziplin durchrin-
gen. Nicht im Wortlaut. Der ist dennoch nicht der Gleiche, nicht
wahr? Wir müssen immer zuerst Kinder Schwangere, Frauen und
die Leichtverwundeten ... nein, finnden Sie nicht ? Evakuieren.

„Der Rest muß warten."

This is is not germany. LaMourante spielt BUSCHRADIO. France
5 Monde Diskussionsrunde über die afrkanischen Krisenherde und
die bedrohten Interessen Europas in Innerafrika...Ein kindisches
Spiel... wie es eben von Leuten gespielt wird, die viel Zeit haben,
in ihrem Innenhof, dem festummauerten.. während draussen
die Hitze brennt.
BUSCHRADIO, ein kleines Amüsement für Frau Ndo... die die
Tonassistent spielt, mit ihrem Besen.

Ein kindisches kleines Stück Holz, das als Rahmen dient...nutzen
doch manche Director Of Photographie ihre blossen Hände.. Wie
dumm sich ein Bild doch manchmal anfassen lässt. Unprofessi-
onell. Oder bescheiden. LaMourante erzählt die Geschichte von
dem portugiesischen oder polnischen XXXXXXX ....IRREN, so
genau weiss sie's nicht mehr, der Hinrichtungen verhindert hat,
der sich noch heute verschanzt auf seinem Grundstück. Weil er
jede Form von Macht misstraut. Jedem Amts- und Würdenträger
zutiefst misstraut. Unauffällige lallende Geschichte wie im Traum,
wie das Fussballspielgebrülle, das sich ein Echo sucht an den

schlecht gestrichenen Wänden ….. Ihrem monotonen Singsang folgend, entfernt sich die Kamera, bevor wir überhaupt zum Kern der Geschichte kamen, der natürlich irgendwo im Blute lag, des Pfarrers …und seiner angetrauten Basler Ehefrau, die eigentlich aus dem Hause stammte, am Steig. Und die gute Schweizer Gattin eines polnischen Pfarrers hatte sich so viel Mühe gemacht und so viel Hoffnung in ihr Alpabethisierung und Strickprogramm gesetzt und auf eigene Kosten..da scheint der Film stillzustehen siehe Bild 1 erstes Kapitel...
Die Mourante an der Wand etc

Der Oberst lacht.
Sein Ne''e tritt vor und erzählt mit grossen schwunghaften rudernden Armbewegungen
Die Geschichte von Scheffler..

Die Perspektive Überhaupt

Die shakespearesche Sicht
Einer verkrüppelten Majestät. Macht. Gebrochen von einem, der.
Auch nicht mehr richtig

La force interafricaine n'existe pas... ou böh... elle existe, mais elle n'intervient jamais.. ils attendent, ils préfèrent attendre, sagt eine aggressive weibliche Stimme, zu neusten Diskussion um einen militärischen Einmarsch in einem zentralafrikanischen land.
La francafrique c'est ne pas du tout ça..la Francafrique c'est le système corrompu où les riches africains nancent les campagnes electorales en FRANCE
La Francafrique ne veut pas du tout dire que nous y interviennent,

que nous prenons soin des gens-làa-bas au contraire ils sont contents que nous fassions le boulot. La france n'est pas un estropié.

Schnitt

Ein kindisches Spiel.; wie eben von Leuten, die viel Zeit haben, in ihrem Innenhof, dem festummauerten, während draussen die Hitze brennt. BUSCHRADIO, ein kleines Amüsement für Frau Ndo, die traurig ist, heute, mehr als sonst, und von Schmerzen geplagt, stärker als sonst jeden Tag, die Tonassistent spielt, mit ihrem Besen. Wie Irre vielleicht.

Zeitlupe
Der Krüppel im Staub..
vorwärts rückwärts
der Staub der sich um den Fallenden ansammelt und der wieder abfliesst
ein bisschen so dumm
im Stürzen
im Atmen
von draussen kommen die Herztöne gross und langsam schnell
wie der Kriegsinvalide, von diesem amerikanischen Supersuperstar gespielt
der glaubt, in Mexiko ein bisschen Liebe zu kriegen mit seinen Arsch von Freund.... wie ging das noch gleich ...
beloved
das verfliesst wie das patriotischen Engagement
jetzt geht's drum, wieviel ein Versprechung kostet.
Ein Versprechen.
Keine Verlobung.
Ein Investmentversprechen.

Man ist ja schon drinnen, schneller als einem lieb ist.

Fallend
Der Jeep der schräg nach unten durch Sand fährt Staub wasserlosen
Staub. DurchTrockenheit.

Liebeszene mit Schatten Zwischen HD und einer Schönen.
Die Hand, die zwie Hände.

Die satten Farben der Fingerspitzen.
Die Grossaufnahme nimmt 5 Minuten in Anspruch.

Grossaufnahme
Der Ertrunkene am Strand von dem das Wasser abläuft

Abblende
Und der Rollstuhl bis, der da entlangfährt, halb verrostet

Schnitt. Sprung zurück zum Arzt, der weiterspricht.

"Was wissen wir schon von der afrikanischen Frau ?" .

Lamourante lacht. "Madame Ndo..was wissen wir von ihr? Wollen

wir es wissen? Klar -wollen wir, aber nicht jetzt."
Das Haus des Chefs und die Häuser seiner Frauen. Können wir
da wirklich hinsehen ? Hebammen vielleicht könnten das, aber
- Eine verbotene Stadt im Kleinen, die Frauen, sind ja keine
Sklavinnen, sind nicht ausgebeutete, und was wissen wir schon
vom instabilen Gemütsleben der Frau, der afrikanischen Frau.

LE CINEMA DU NGONDO OU UN CINÉMA DANS LE-
QUEL ON PASSE TOUS LES FILMS SUR LES HÉROS AF-
RICAINS

Un cinéma vide comme un musée...ein leeres Kino wie ein Museum
für den Ngondo, ind em nonstop alle Filme für alle afrikaniscehn
Freiheitskämpfer ......
Aber das Leere Cinema des Ngondo.
Das gefällt mir,
sagt einer.
Le cinema vide dans un quartier populaire...un cinema pour tous
les héros africains.
On devrait mettre à côté (du cinéma) le faux palais de KAISER
Wilhelm
Un château de reconstruction version carneval...

Wir sollten neben einer Berliner Schlossattrape
Ein leeres KINO
Aufbauen.

«In einem Elendsviertel in Douala ! Yes! «"Et pourquoi dans un
quartier de misère. La noblesse africaine ne sait pas faire des cho-

ses en dignité ?" Wieso Elendsviertel? Fragt einer Können unsere Fürsten denn nichts in Glanz und Schönheit tun ?

Cest quoi cette discussion ? On peut faire une pause clope ?

Bitte, sagt der Producer, können wir den richtigen Versammlungsort des Ngondo sehen ? Muss ja schliesslich sowas geben. Bitte, antwortet einer, wir können ja das deutsche Gefängnis nehmen....?" (Hihi). „Pardon."

Voix / Stimme / voice:
Alors on voit le Gouverneur dans son bateau pourri, il est malade, toute l'administration allemande est malade, le Gouverneur ne supporte pas le climat sur la côte africaine…..mais je pense il serait bien de faire un montage très rapide de l'évolution, des séances où on voit peu à peu le Gouverneur et son administration s'installer sur la montagne..
Dans une maison splendide..
D'abord un gouverneur en sueur qui n'a rien à manger que des boîtes de conserves.
Et qui est probablement malade mais autour de lui, qui bouffe ses boîtes plein de plomb, la vie militaire se répand, on construit des casernes, la prise en possession qui prend de l'ampleur

Voix / Stimme / voice
On prend les images à l'intérieur de la cabine.
C'est une image très classique….du bateau la côte …
On pourrait faire sa à Rouen ou à Hamburg… ce n'est pas si difficile.

On prend Monsieur le Gouverneur en train de crever de faim et
il contemple
Le Mont Cameroun et puis …j'avais pensé

Fast als stieg es im Halbrund des dunklen Bühnenraums ins Licht
hinauf ertönt eine helle Stimme, mehr dei eiens knaben als die
eines gestandne Mannes, verliert sich taubengleich im Alchimis-
tenschatten des Oberlichts.

*«Bei meiner Ankunft in Kamerun konnte ich zu meiner Freude
den wieder hergestellten, aus dem Süden zurückgekehrten Zoll-
direktor Scheffler begrüssen, dessen Arbeitskrait mir während seiner
mehrwöchentlichen Abwesenheit nur zu sehr gefehlt hatte. Scheffler,
ein sehr tüchtiger Beamter und liebenswürdiger Gesellschafter, ertrank
später auî einer Inspektionsreise auf der Barre des Kampo-flusses.
Sein Ende war tragisch genug. Auf einer Dienstreisc an Bord der
,,Nachtigal» begriffen, traf er vor der Kampomündung ein, um die
dortige Zollstation zu inspizieren. Die See ging ungewöhnlich hoch,
so dass der Schiffsführer, Hafenmeister Klein, ihm dringend abriet,
gleich an Land zu fahren und ihm vorschlug, lieber einige Stunden an
Bord zu warten, bis die hohe Dünung, welche man auf der Einfahrt
in den Fluss sich in schâumenden Brechern überstürzen sah, sich mit
Eintritt des Hochwassers gelegt haben würde. Scheffler missachtete
diesen Rat, da er glaubte, mit der Ausführung seiner dienstlichen
Obliegcnheiten nicht stundenlang*
*zögern zu sollen. Um ihn, den Seeunkundigen. nicht allein mit den
schwarzen Bootsleuten die nicht ungefährliche Barre passieren zu
lassen, fuhr der pflichtgetreue Klein seinem eigenen Rat zuwider mit.
Mitten auî der Barre angekommen, erfasste eine schwere Sturzsee das
Boot und brachte es zum Kentern. Von Land aus war das Unglück
bemerkt worden und mehrere Kanus mit Eingeborenen beeilten sich,*

Hilfe zu bringen ; Klein und Scheffler hielten sich, in den Wellen um
ihr Leben kâmpfend, an dem umgesürzten Boot fest, welches aber
in den Brechern natürlich wild umhergeschleudert wurde und sich
haufig überschiug; schliesslich verliessen Scheîfler, der überdies nicht
schwimmen konnte, die Krâfte
und er versank vor KIeins Augen in die Tiefc, kurz ehe die rettenden
Kanus an der Unglücksstatte eintrafen; Klein, der halb be- .....

Das Lied und die Erzählung vom ertrunkenen Steuereintreiber.
Lyrics in fragments
Das Chanson von der Nymphe

Mr. Ndo raconte tout bas à la Mourante l'histoire du chief malin
Qui savait se rendre invisible et qui savait traverser les murs.
Il était, dit-il, il était marié à une blanche, une nymphe…
Une créature de l'eau
Der Herr Ndo erzählt der Mourante leise von dem Unheimlichen,
dem unheimlich Klugen. Der mit einer Weissen Frau verheiratet
war
Mit einer Nassen
Et il fut par ce baptême irrésistible
Un jour il est allé voir   le chef de la mission des allemands
Ce jour là les allemands avaient stocké l'argent collectionnné des
impôts
Et le chief entra sans que personne ne le percevra dans le depôt …

voix / Stimme / voice
mais le dircteur des impôts était trop bête

voix / Stimme / voice
Quelqu'un d'autre dit
De le raconter comme ça c'est bête…on ne comprends rien.

Schnitt.
Die Geschichte vom Architekten. Zoom Piccadilly circus, London.

„Let me introduce my-self"

Hinter ihm der Kameraweg von den Löwenfontainen des Trafalgar square, hinter ihm bescheiden bedeutend das British Museum Die Ziellinie des Luftweges durchquerend und mit offenem Hemd, weissem Haar und zügigem Schritt war er frei sprechend durch die unendlichen Massen gegangen. "It is not about the tower, the british sign of power and torture, here, over there, that we start to see the world. Come folow me ….Let us follow The way for a better life."

Roderich Fick.
Himself, disappears.
Linz, um die Kurve.

Schnitt. Tagsdrauf wird der Antillenmenschen nach Berlin beordert: Man weist ihn an, sich unverzüglich auf den Weg zu machen. Als wär er subaltern, weisungsgebunden. Aber behilflich wie er nun mal ist....

Das mit dem Architekten und der Strassenplanung......Dieses Konstrukt der Strasse zurück in die Vergangenheit, da war, musste man meinen, etwas schief gegangen. (Mais l'autre, le metteuren-scène c'est son boulot....aber der andere, der Regschie war doch schon dort..was soll ich da ?...Es soll jemand erklären, wie es zu den Versäumnissen kam).

On y va, sagt er und reibt sich die Hände.

Berlin. 10 Uhr dreissig. Mehringdamm. Ein Taxi hält kurz vor der U-Bahnstation Gneisenau (en fait, er ist zu weit gefahren, c'était juste derriere le grand carrefour, mais ils n'a pas voulu s'arrêter). Es regnet in Strömen. Gneisenau.. Richtung Yorkstrasse. Man muss einige Schritte zurückgehen, winkt ihm der Taxifahrer durchs noch halb offene Fenster zu und braust davon.

Oben, wartet drinnen schon George, ebenfalls, nach Berlin zitiert. Wie Puttkamer, seufzt er.

Das weiss er zwar schon eine geraume Weile, aber irgendwie hatte ihn die verweichlichte Fascho-Seite des Herrn Puttkamer eingelullt, einer Art von luxuriöser Selbstgefälligkeit, die gallertartig alles und jeden überzieht, die züchtet sich ihre Niederlage und ihren Verrat ... der verräterische Elesar, zum Beispiel, der die aus Malimbe verraten hat und von Puttkamer protegiert wurde, „gemacht" wurde, so wie...

Und nun werden sie ausgerechnet ihm den Mangel an Autorität und Führungsstil vorwerfen. Unsensibilität im Umgang mit den anderen Künstlern. Den Musikern. Das Hauptproblem war allerdings niemand bereit einzugestehen. Dass es eklatant am Willen fehlte, diese Geschichte von Dekolonialisierung, Postkolonialisten und Neo-depreciation (his verbal…idiosyncratic creation) von einem Afrikaner erzählen zu lassen. Black-facing…DAS war der letzte Feuilleton-Schrei aus Deutschland – hundert Jahre nach dem eigentlichen Vorkommen bekrittelt und verhöhnt, und immernoch alltägliche Praxis. Und dann wunderten sie sich, dass es kaum Afrika-Darsteller gab. Dass es in AMERIKA

(Und hier kommt der Journalist ins Spiel.. seine bescheidene und unauffällige Rolle des Literatur-und Kunstkritikers, aber Macher und Fürst des Wortes und korrupt (an Auflagenzahl und Protégés - deren …. - in einem) - so mehr geneigt über Ruderich FICK zu reden, Stadtplanung Urbanismus, korrepetierter Beamtenapparat, verschleppt Bauplanungen, waren so sein Sepzialgebiet, aber auch einem gut bezahlten Schreiberlin wachsen Ambitionen oder andersrum wer hat nicht manchmal satt auf neunen Architekturpräsentationen mit Wasser und Sekt seine nachmittags zu verplempern, Kolkhoff daSIlva oder wie sie alle heissen, die NEUE ENTWÜRFE fürs Berliner Schloss vorlegen das Humboldforum La BIBLIOTHèque Nationale
sie lassen sich auch in Sütterlin schreiben diese Namen

und manchmal diese Konstruktionen aus Nichts und Pomp zu bewundern, deren Verwaltung der Schwerelosigkeit in Stein und man wünscht sich „gut konstruierte Biografien".. Geschichten halt, die man auf Bahnhöfen liest
Geschichten, an denen das Leben nicht vorbeigegangen ist

Roderich Fick
diesmal in einer Geste Londoner Provenienz
dargestellt umgesetzt ..transponiert...
ausgerütste mit den Erfahrungen, die er ANGEBLICH bei einer Expedition am Nordpol, an dessen Ausführung er beteiligt gewesen, um zu vermessen, was zu vermessen, was zu ermessen, hatte der Schreiber vergessen
und einen schönen Tages, in Buea auftauchte.

Mehringdamm. Oben. Der kleine schäbige Flur neben dem Verbrecher-Verlag, wo ein schwer schwitzender Mann mit unendlicher Gemütsruhe und Geduld wartende Besucher, die sich in der Tür geirrt hatten, nach links vorne...LINKS... verwies....führte zu einem hellen grossen Beratungsraum.
Wie kann man auf diese blödsinnige Idee kommen... Drinnen herrscht Grosses Geschrei. Wie konnten sie auf diese ... Idee kommen, einen Jungen alleine nach Deutschland schicken? Noch dazu auf Bitten von ihm selber, Auf Geheiss von George..? Wer bitte ist George...der ist doch längst draussen.. Der sollte rein nur Casting machen für die Nebenrollen.
Wie kann es soweit kommen, dass jeder beliebige kleine Idiot über die Produktion mitbestimmt ? Und unserrrr Starregisseur ? Wer kann denn dem so einen Auftrag geben ? Wir könnten da gleich jedem eine Red One in die Hand drücken und sagen: bitte, filme was dir einfällt. Wer soll das bezahlen ? Wie kann man unten im Kamerun so einen Blödsinn erzählen ?

Die Aufhebung der Autorität sagt der Antillenmensch, der wieder seine Brille aufhat.
Undurchdringlich.

Das sagte er.

Es geht um Rekonstruktion und Besetzung. Wen kann ich wie besetzen ... Das ist doch 'ne einfache Frage, grummelt der Produzent, der schwul aussieht, es aber nicht ist.
Eleasar, denkt der überdeutlich, manchmal schmerzt die Präzision eines Gedankens. Der Regisseur sagt, ich kann es erklären. Dumm, kommentiert er seine Worte für sich, ich sollte das nicht sagen.
Ich kann eine ästhetische Begründung dieser Darstellung einer Verschiffung geben. Der Verschiffung eines Kindes mit anderen Mitteln. Die Reise in den universellen Wahnsinn. In die Schönheit, die UNESCO anerkannte Schönheit dieses Irrsinns.

Die Reise an den Ort WO NIEMAND sein will.
So, denkt er jetzt.
Die Neustrukturierung unserer afro-europäischen Zusammenarbeit, es geht um positive optimistische Impulse einer internationalen Aufbruchssituation.
Elesar weiss genau, was ich sagen wollte (und zückt kurz seine dicke Brille Richtung Portauprince).

Der bescheidene Literaturkritiker, der soeben unweit das Café in der Bergmannstrasse verlässt.
Fast sonnig, seine unauffällig selbstzufriedene Miene im verregneten Bergmannkiez des türkisch besetzten Alternativhandels. Es wäre ein Irrtum zu glauben, ein Feuilletonist einer angesehenen überregionalen Zeitung, wie es so schön bescheiden in Deutschland noch heisst, würde erst zu guter Letzt, kurz vor der Preview vom Inhalt und den Ideen eines neu startenden Kinofilmes informiert. Habichtsgleich zieht der Gedankenflug über Themse, Spree hin-

unter nach Linz. Führers Hauptstadt.
Dazwischen blitzt Grönland auf. Eisige Gedankensplitter.

Elesar weiss es nicht. Zumindest liegen seine Gedanken hinter
einer Sonnenbrille verborgen.
Idiotischer Ausdruck. Gedanken liegen immer hinter Mauern.
Und ausserdem suggeriert die Formulierung, wir könnten Gedanken lesen, in einem Augwinkel, einem Lidschlag. Eine Kamera
kann das, sie kann es für uns lesen, in der extremen Verlangsa-
mung, just dort, wo wir mit diesem Gedanken nichts mehr anfangen können. Wo sich eine Gedanke verwischt in den Taschen
dicker Haut..gefangen in zu dicken Backen.

Ein Impuls von Autonomie, fügt er abrupt hinzu.
Ein Hauch von Eigeninitiative...

Assurance
Versicherungswesen.
Von grösster Wichtigkeit ist, einen Kulturjournalisten bereits frühzeitig in die Vorbereitungen, Planungen miteinzubeziehen.. Wie
immer, wenn Absicht eines Unternehmens ist, seine Mitarbeiter
motiviert in das Geschehen einzubinden, wenn erwartet wird, das
sich Resonanz frühzeitig vorzeitig äussert, positioniert, POSITIV
zu Wort meldet, wo, wenn nicht dann, wenn der Rezensionist
verborgen mitschrieb ... nicht..
Ein Feuilletonist ist bereits Garant, Sagt er zufrieden zu dem
Herrn vom Versicherungswesen..

Elesar findet einen neuen Chef. Jemanden, an den er sich anlehnen kann, jemandem, der ihm das Geld gibt und ihm zu seiner Selbständigkeit verhilft.
Warum sollten sie sich nicht nach Höherem strecken.

Lui .....celui-là, ne va rien investir de son argent,
Rien injecter dans cet entreprise, je ferai quelque chose quand je serai payé.

N'est-pas..

Können Sie das näher erklären ?

Der Regisseur ist in Erklärungsnot....er soll jetzt verdeutlichen, wo die Schwierigkeiten liegen, soll sagen, warum sie dort unten nicht von der Stelle kommen. Er muss sagen, ob die Darsteller ausgetauscht werden sollen.
Man gibt ihm die mails des Antillenmenschen, aus Sierra Leone rübergeschickt, manchmal ist der Filter zu, das Internet, die Autobahn grenzenlosen Informationsflusses klemmt, staatlicherseits, und nötigt zu extraterretorialen Umwegen, WARUM Sierre Leone, hatte PAUP angenervt gefragt, Pff...je ne comprends pas, pourquoi ca ne marche pas ici?.... jetzt also rübergereicht vors Gesicht dem alten Mann, le petit blanc par exellence... zu lesen, der sich ausführlich beschwert.
Wir wollen hier nicht andauernd Beschwerden lesen.
Portaupince ist nun in der Zwickmühle, einerseits würde er gerne sich sich für einen radikalen Schnitt und eine radikale Produktionsänderung auszusprechen. Andererseits birgt das gewisse Risiken.

Das tut seinem Harmoniebedürfnis nicht gut.

C'est important d'être venu ici. Sagt er langsam.

J'ai jamais vu qu'on puisse travailler comme ça. Mais on peut le corriger.

Das, was er nicht versteht, macht er durch Undurchdringlichkeit wett. Das filtert die Informationen und reduziert sie aufs Wesentliche. So jedenfalls, sagte er, ginge es nicht weiter, die halbe Crew springt ab und wenn dieses Filmprojekt so durchgeht, dann gibts jede Menge juristischer Auseinandersetzungen, Klagen. Ganz zu schweigen von dem Sturm an radikalem Desinteresse.

L'homme des Caraibes hat bereits mehrere Vorschläge eingereicht, wie die einzelnen Filmpartien, die bereits realisiert wurden, umgearbeitet werden könnten...

....

Manches sagte er, wird vermutlich auch fehlen, es ist ihm da mehreres zu Ohren gekommen..

Nein, noch könne er nichts beweisen, aber es sei....

Vieles verstünde er nicht, von der innerdeutschen Debatte, von all den Namen, die da fallen.. Schon der Aussprache halber.

Er habe einiges gelesen, und sich einen Grossteil des Wissens selber beigebracht, aber....

Homosexuality and power.

Is so dirty.

Guillaume le pacifique.

Der Unterschied zwischen einer Schmutzkampagne, die mit Beschimpfungen und anderen illegalen Mitteln Wurfsendungen,

anklopfen an fremder Leute Haustüren, kämpft und einer Attitude, die
WEGEN einer Auseinandersetzung um Gehaltsforderungen andere denunziert und ins Gefängnis bringt, franchement....
Dieser Film und die ihn begleitenden Behauptungen, Anschuldigungen, Verleumdungen zensieren sich automatisch selbst. Das gebietet schon der gute Anstand.

Der Producer, der sich noch nicht entschieden hat.
Sagt anzüglich
Man würde den von Levy-Strauss empfohlenen Ethnologen Lisseu ...? (Hiess der so? Wie heiss der nochmal?) Weil er sich täglich von den kleinen indiojungens hat „frottieren" lassen, hm, auch nicht deswegen totschlagen.
Man würde den von Levy-Strauss empfohlenen Ethnologen ...?
Fragt Portaupince...man würde den auch nicht beauftragen, Kaiser Wilhelm zu frottieren...
C'est degoutant cette remarque.... (Widerlich, flüstert, die Assistentin. Nun vorsichtig geworden).

Dann weist wer auf die DISKUSSION VOR OBAMA UND DANACH
Deutsche Wichtigtuer im Plenum fragen nach dem deutschen Barack...
Das sei der doch, lässt der Antillenmensch seine Skripse sagen.
Das republikanische Dilemma der Schwarzen Politiker.
Könnte man dies so formulieren ?

Zwischen Sozialisten und Sozialdemokraten und während einer Audienz beim Kaiser müssen sich Könige und Oberhäupter mit politischen Gruppierungen gemein machen, die nicht notwendigerweise die gleichen zeile vertreten wie sie. Während die Schwarze politische Basis bei den Konservativen ums Überleben kämpft, drum kämpft von Ihresgleichen akzeptiert zu werden ...müssen sie sich engagieren in einer Partei, die den sozial Schwachen, den Unterlegenen, in einem den Verlierern der Gesellschaft zugeneigten Wahlkampfteam mitmachen entgegen der eigensten Überzeugung

Atangana
Elesar

Il aurait aimé voir des choses différemment...plus linéaire...
L'oppression plus radical, pourquoi est-ce qu'on parle du fascisme

Les camp de concentration, sagt die Skripse.
Portaupince schliesst die Augen, doch das sieht man hinter den dunklen Gläsern nicht.

Aber die sind am oberen Ende der Strasse in die Vergangenheit !
Nicht am ANFANG, ruft jetzt etwas erregt der Regschie.
DEN DREHER in diese ganzen DING. George sitzt daneben, nickt. Und wenn man diese Filme nicht zeigen kann, dann muss man sie von neuem machen…
Die Einsprüche der Sozialisten auf dem Papier und in dem Nazifilm

Ein leer verhallender Ruf wie ein Steinwurf
von Deutschen in deutschen Strassen, die den deutschafrikanischen

Vorarbeiter steinigen wollen.
Statt Vergnügungspark, statt Schaukel und Schokolade
Maschinist Alfred Bell.

Portaupinc erstarrt, l'image il n'avait pas encore vu aussi clairement.

Aber, sagt der Produzent. Das ist die Richtlinie.
Aber diese Richtlinie des Films muss durchgesetzt werden.
Auch nach unten.

Portaupinc bleibt noch einen Moment unbemerkt in seiner
Erstarrung hängen. Er hatte gerade was von diesem ekligen ..den
ekligen Krankheiten sagen wollen.und den degenerierten minder-
bemittelten Schwarzen und dass Rudolf doch EINEHE christli-
chen Glaubens gefunden hatte.

La contagion, sagt jetzt affektiert der Regdschie, Infection. Deadly
viruses. Suicidal love and hate...Dancing... the ambivalence of ..to
give and to take... Good and evil.
Exchange of culture..

Dieses mail von George in dem er was von dekonstruktiver pluraler
Narration schreibt, von einer Konzeption, polyphone
Die Leute gegen den Strich einzusetzen, ihnen die Narrenfreiheit
zu geben, die Geschichte nach ihrer façon....? George nickt.

Gegen den Strich erkundigt sich leise der Antillenmensch:
Qu'est-ce que ça veut dire ?
„Mais la clarté", sagt er nun laut, „la clarté et la comprehensibilié...."

Immerhin schienen die parlamentarischen Kontrollmechanismen im Gange und gut zu funktionieren.
S war nicht das GANZE korrupte System schuld.
Alle waren Freaks .. in der Sichtweise. Selbst ein von Bülow, nicht, wies ein Zwischenruf von hinten, ein positives Bild des deutschen Adels .... anmahnt: " Es ist fragwürdig, ob es möglich sein wird, den eingeborenen Chiefs etwas anderes als angeborenen Seelenadel zuzusprechen....Hallo?"

Ja, die Moral.
C'est ça.
L'integrité morale.
Dem korrupten BILD DES DEUTSCHEN ADELS
DAS POSITIVE BILD DES WILDEN

Die Skripse notiert: Eine Aufnahme der Sprachkünste.
Der Eingeborenen. Das „Sprach-Genie" der „native speaker".
Duala Manga muss akzentfrei duetsch sprechen lernen. Schon allein dadurch könnte eine gewisse Hierarchie unter den verschiedenen schwarzen Führern und Thronprätendenten einfach und prägnant dargestellt gezeigt werden :
Zwischen denen, die in Deutschland richtiges Deutsch gelernt haben und denen, die es nur in der Volksschule zu Deutsch gebracht haben, muss es zu einem hierarchischen Gefälle kommen.
Rudolf hat bewiesen, dass er zur Elite gehört und dadurch GLEICH zu GLEICH mit den deutschen Behörden, sogar mit der deutschen Elite, dem Adel und dem Kaiser verhandeln kann.
Man muss ihn nicht als Halbidioten darstellen, der naiv stammelnd versucht, eine juristische Fangfrage einem korrupten Gouverneur zu stellen.

Die Frage der Integration als Frage des Nationalitätenerwerbs
Kolonialisierung andersherum

Der Produzer überlegt sich ...als Auswahlmöglichkeit als NICHT-
GEMACHTEN FILM
als Fingerübung zwischen all den Kaiser WilhelmLiebchen De-
batten

Der Produzent
Sieht eine art ...
Frenchcanacn

Gedankenspiel
Bretter Holzverschläge
Das Bohren harter Bretter
Kreischen Rüschen Unterwäsche
Eine Parodie

Nun eben wie einer dieser Hollywood Dinger über korrupte Prä-
sidenten...Bi biktscher.
Den Kaiser, nach aussen hin wild kreischend bemüht nach innen,
Unzucht treiben mit allen möglich und unmöglichen kleinen
Hürchen..
Eine Art Lola Montez..auch das hatte ja eine filmische Tradition..
Dieses ToterWinkelblicke auf seine Majestät...
Ging irgendwie nicht. Nicht bei Wilhelm.

In diesem Moment macht der mitarbeitende französische Toningenieur einen gânzlich überraschenden Vorschlag zur Stille. Der

inneren Stille des Menschen zu hören. Eine Art nachvollziehende Contemplation eines so aktiven Menschen wie es Kaiser Wilhelm war. Kaiser Liebchen und reale Beischläferinnen.

Nach der Stille, le silence dans le bruit. Dans la nature n'est-ce pas il n'y a pas de silence. Et dans l'action de l'homme....

Man sollte den potenten Mann zeigen... den Vater von 6 grossen Söhnen oder sieben oder acht.
Kurz eine Art Niobe... aber egal.

Aber der Franzose spricht weiter, eindringlich, behutsam mit der Sorgfalt, die jemand an den Tag legt, der gerade eine grosse Verletzung empfangen hat. Er weiss, wie man auf sanfte Art Aufmerksamkeit bekommt.
Er schlägt vor, Wilhelm selbst zu Wort kommen zu lassen.
Dieses Wort aber...

...

Ein Tonportrait von Wilhelm dem Zwoten.
Beginnend mit dem Luftholen, nur und allein dieses - hier wird die Stimme des Franzosen scharf und präzise:
Wir geben ihm Zeit, sein Atmen zu spüren. Den Moment geben wir ihm zurück, da ein Gedanke auftaucht...."

„DAS isses ! Klarmachen wir das! Und ich hab schon ne Idee. Rein- und Rausschneiden kann man ALLES was man will.
In die Stimme, innen Text !" Ruft lauterregt einer aus der Berliner Crew. Die Unruhe greift auf weitere über. „Erwogen hatte ich,

sagt ein anderer, auch schon eine etwas absonderliche und keck anmutende Methode, unserem Kaiser zu unerwartetem akustischem Glanz zu verhelfen, und das ging so: /f/,/s/,/sch/, /t/ und ggf. andere kritische Laute werden in allen möglichen Umgebungen, von Alter und Timbre her möglichst ähnlichen Stimmen isoliert und dienen als Bausteine, um an passender Stelle in den Sprachfluss eingefügt zu werden. Das ist wie mit herauskürzen ... lässt sich doch ohne weiteres das /w/ im Wort /schweissen/ herauskürzen.." Bedrückte Stille im Raum. „Dann können wir uns die peinlichen Anekdoten auf seiner Herrenjacht sparen. Die absurd lächerliche Seite Wilhelms, Kaiser und Narr. Hündchen, die nach Tennisbällen hopsen."

"Noch einmal, Das Handicap des Kaisers, die äussere die innere Unreife nur auf seine Stimme zu reduzieren, darin läge die grosse Kunst. "

Und das Handicap der Sozialdemokraten, die vergassen, dass sie Solzialisten waren: wie die Unterdrückung der deutschen Arbeiter und die aufgehängten Schwarzen. Real und überall ausgestellt, selbst in Flugblättern auf Rednertribünen. Ja und das? Bebel istgleich Erzberger...?
Der Albtraum eines Journalisten!
Wirft schneidend nun der Producer ein, wir haben hier einen sehr aktiven massiven Vorschlag harter politischer Realität, ob er den Fakten entspricht oder nicht, muss wir noch ein bisschen nach"eruieren". Und dieser harten Realität nur eine Stimme entgegenzusetzen, die nicht donnert und nicht schon das Hitlersche Kreischen vorwegnimmt.

Oui, sagt der Antillenmensch und rückt seine Brille zurecht. Er würde sich ja in der deutschen Geschichte gut auskennen, er hätte auch angefangen, die deutsche Sprache zu lernen – obwohl alle seine Freunde sagten, dass das Deutsche so eine hässliche Sprache sei, so unangenehm, aber wie gesagt, er bemühe sich ja, es allen Interessierten gerecht zu werden.

Es wäre doch vielleicht ganz gut, wenn jemand von aussen, jemand, der von dieser Geschichte nicht betroffen ist, nun Schnitte machen würde. In eine Produktion gehörte nunmal ein gewisser autoritärer Stil.. eine Führung... er habe da keine Probleme, zu führen; Grenzen zu setzen.

In diesem Augennblick wird plötzlich die Tür aufgerissen, die Auseinandersetzung unterbrochen, mehrere Sekretärinnen drängen sich stumm hysterisch in den Konferenzraum. Es wird berichtet, dass es Ärger gegeben hat, unten vor Ort... Teile der FILMCREW unterschlagen Filmmaterial, um für sich mehr GELD herauszupressen Sagt kurz und bündig einer.. neinNEINEIN, VIIIEL schlimmer. Viiiieell? Keusch zittern ältliche Plakate, hinten an der Wand, Black is beautiful.....Wiiiieeee? Kameruner Strafverfolgungsbehörden, die Handlungsbedarf sehen.

"Qu'est-ce que ca veut dire?", fargt Portauprince, laut und langsam. Und alle Blicke wenden sich ihm zu.

Einblendung.
Wüstes Geschrei.
Polizstenarme schubsen drängeln sich um einen Stoss Papier, den sich jemand vors Gesicht

Diffuses Licht sprenkelt über Papierfetzen, Scherben
Der Abriss des Berliner Scheunenviertels besteht in der temporär
gebundenen Form von Weiss.
In den leergebrochenen Strassenzügen auf den grossen Steinstü-
cken, die noch als Kücheneck aus der gebuckelten Strassenstau-
berde ragen, sitzen die schmutziggraustaubigen Arbeiter; selbst
Hosenträger schleifen zwischen dem Geröll zwischen ihnen wandert ein Zeitungsjunge und ruft die Mittagszeitung aus...

Schnitt. Yaoundé oder Douala. Ein leerer Hotelflur. Trübe Gänge
vor trüben Türen
Indem Menschen wie Schatten sich in die Ecke drücken drüber
das grell scharfe Licht der Kamera, die sich vorwärts bewegt
Schnitt. Berlin schäbiger Hausflur Büroflur an Mehringdamm.
Was ist denn so tragisch an einer vergeudeten Wahl,
An vergeudeten Stimmen,
Parlamentarischen Gremien, die auf bürokratische Wege beerdigt
verlangsamt vergessen verschleudert werden.
Er verspreche, sagt der Antillenmensch, dass er aus diesem Film
etwas Cannes-Würdiges machen werde.
Einfach.
Der andere, der noch benommen am Tische sitzt, bekommt einen
roten Kopf und richtet sich zus einer vollen Grösse auf:"The juju
which used to dance behind the house is now dancing in the
maketplace..."
Aber es ist wichtig, sagt nochmnal der Ex regisseur, den abge-
wählten, nur so kann man Nepotismus Vorschub leisten, selbst
wenn ein WAHLVERSPRECHEN DANN NICHT EINGE-
HALTEN WIRD...

Schnitt

Die Geschichte vom Architekten. Zoom Piccadilliy circus, London.

„Let me introduce my-self"

Hinter ihm der Kameraweg von den Löwenfontainen Trafalgar square zum British Museum. Sie folgt oihm, dem Mann auf dem Luftweg, ihm mit offenem Hemd, weissem Haar und zügigem Schritt war er frei sprechend durch die unendlichen Massen gegangen.

Schnitt. Cameroun. Zeitungsinterview im später eingestellten «New Morning von…»wird ein Gespräch samt erläuterndem Kommentar mit dem neuen Baudezerneneten abgedruckt.

„Demolir, c'est construire. Mon job mon devoir c'est de démolir. Ce n'est pas moi, qui leur ai demandé de s'installer sur une route, fréquentée par tous… »

Die Arbeitsmoral eines Stadtbaudelegierten besagt, dass Aufzubauen nicht seinem Ressort zufällt. Und dennoch MUSS notwendigerweise erst Platz geschaffen werden, MUSS abgerissen werden, um NEUES zu ermöglichen, sagte er unserem Mann vor Ort.

Là où il faut casser je casse…

Anders, prägnanter lassen sich Abbruchprinzipien nicht formulieren. Ob Hausmann auch, hélas? so …oder so….? Geschritten sei?

Es folgt eine Bürobesprechung am fortgeschrittenen Morgen. Man sieht die Sonnenstrahlen durch geschlossenen Jalousien Holzpersianen, der Staub, Sonnenstaub zwischen den übermüdet dasitzenden Männern in einem schäbigen kleinen Büro, an der Wand ein Kartenabriss. Den Gesichtern meint man ein nächtlanges Verhandeln, Feilschen abzulesen, doch der Eindruck täuscht. Stadtplanungsprobleme, die in einem afrikanischen Dorf entschieden wurden, sind von Entscheidungen einer Megacity kaum mehr zu unterscheiden. Das veregssen europäische Stadtplaner nur zu gerne. Gropius könnte man, wollte man, LeCorbusier....
Hauptstadtplanungsprobleme
Verkehrsprobleme

Wütende Diskussion zwischen sehr breitschultrigen kolossalen Herren in dunklen Anzügen verebbt.

Aber es wurde doch nachgewiesen. On a prouvé!
Garichts wurde ..Rien de rien!

Lassen Sie mich doch ausreden. Nachgewiesen, dass ein Grossteil der Schlag auf Schlag Enteigeneten, nun vor den Ruinen ihrer Häuser Stehenden langjährig erworbene Besitzrechte hatten.

Das fällt, ich wiederhole, NICHT in meine Zuständigkeit! Wie kann man erwarten, dass ich UND mein Ressort für den Schaden haften? Ich verweise auf den Fond, der von unserem Präsidenten dafür eigens gegründet wurde, der dafür gegründet wurde...Ob der noch gefüllt ist, diese Frage WILL ich nicht BEANTWORTEN !

Der Anwalt spricht eindringlich . Bricht aber mitten im Satz ab, weil.

Schnitt. Der Anwalt verlässt das Büro, sucht ein Taxi ...man sieht ihn von oben. Baudezernent Evrona lockert seine Krawatte. Der Ärger sitzt noch tief.

Filmausschnitt. Bürobesprechung im Kanzleramt.
Herr von Bülow berät sich mit Herrn v. Holstein über Möglichkeiten, die Kanzlerschaft des Herrn Bülow zu erhalten und dem schädlichen Einfluss einer inzwischen viel gescholtenen Hof-Camarilla enge Grenzen zu setzen, kurz die bisherigen Freunde Eulenburg und Moltke zu erledigen.
Man berät über diskret-indiskrete Papiere, die dem Journalisten HARDEN zugespielt werden sollen. Bülow im Viertelprofil, seufzend. Der Platz vor dem Reichstag ist wie immer leer. Das erahnt aber nur die Kamera. Bülow dreht sich weg.

Schnitt. Notariat. Tagesordnungspunkt ist die Überschreibung einer ehemals deutschen Gesellschaft mit französischen Namen auf einen einzelnen camerounischen Angestellten. Bureauausschnitt. Heftige Erklärungen am Telephon. Diskussion an einem Tisch: mehrere der Herren sind nicht willens, die Erklärungen ohne weiteres zu schlucken. Man trinkt Wasser und starrt störrisch vor sich hin.
Und die Anfeindungen deswegen. Man bemüht sich um Zeugenaussagen zum Tode eines – unter ungeklärten Umständen umgekommenen Holzarbeiters – Die VERSICHERUNG DES EHEMALIGEN DEUTSCHEN Direktors ...? Übernimmt die Schadensersatzzahlungen, nein? Dann ist eine Weiterverhandlung sinnlos.

Der Anwalt bereitet Schreiben vor, um die Frage, der aus Raum zu

schaffenden Vorwürfe. Unklarheiten. Altlasten. zu regeln. „Wegen
der Entschädigung" „Der Trauerfall ....Die Fax-nummer der
Assurance. Kann jemand mal rausfinden, ob das überhaupt eine
gültige Adresse in Deutschland ist oder nicht ...?"
„Zum deutschen HOLZABBAU", sagt schnell jemand, der noch
einen Pappbecher Wasser in der Hand hält,
"müsste man Vergleichsabschlagzahlen haben... auch Umsatzzah-
len der beteiligten deutschen Firmen..."

Statt dass jedoch der Raubbau am Regenwald verhandelt wird.
Wird verhandelt Die SCHENKUNG einer deutschen Firma an
einen einzelnen Angestellten unter Darstellung eines zutode Ge-
kommenen auf dem Grundstück einer Holzfirma. Missliebige
und unnütze Anschuldigungen einer Bereicherung der Clans, die
sich die Ministerien aufgeteilt haben. Die Holzschlaggesellschaft
„Name no name" Haxxxx ", die konzessionslos arbeitet, steht unter
dem Schutz des Sohnes von Minister, von „Man kann dem illegalen
Holzeinschlag nur entgegentreten, wenn man nachweisen kann,
dass der Holzeinschlag dazu dient, auf mehreren verschlungenen
Wegen Drogenhandel, Terrorismus oder Waffenschmuggel zu
finanzieren und schliesslich Terroristen zugute kommt......und
das ist schwer, sehr schwer.", sagt der Anwalt.
„Es gibt hier keinen Waffenschmuggel. Es gibt keine Ausbeutung."

Man sollte dem armen Herrn XX doch zugute halten, sagt der
Anwalt, dass er, statt der Enteignung oder vielmehr ... wenn dem
armen Herrn XXX endlich nachgewiesen ist, dass er legaler Nach-
folger der deutschen Holzabbaugesellschaft ist
Dann kann er sich um Anaphabetisierungsmassnahmen kümmern.
„Ist er aber...."

„Aber vom wem hängen denn seine Schwierigkeiten ab ?"

Bildsplitterung
Schnitt
Überraschendes Urteil vor dem Tribunal de Grande Instance
Younde
F   r   e   i   s   p   r   u   c   h
bzw Anerkennung seiner Besitztümer, als Schenkung
Die Gebäude der ehemaligen Société de B.... gehen in den Besitz
über

Bildausschnitt
Société de B...

Schnitt. Cameroun. Zeitungsinterview im später eingestellten «New Morning» . Auf Seite drei ist ein recht ausführliches Interview mit dem neuen Abrissunternehmer abgedruckt, in Ermangelung der sonst recht selbstbewussten Präsentation des Baudezernenten, der keine Mühe scheut, der Presse und den Einwohnern, den unmittelbar Betroffenen die Dringlichkeit und Notwendigkeit seiner Aufgabe nahezubringen.

„Demolir, c'est construire. Mon job mon devoir c'est de démolir. Qu'ils aient construire ailleurs. Ce n'est pas moi, qui leur ai demandé de s'installer sur une route, fréquentée par tous…"

Weiter unten im Artikel findet sich ein weiterer Passus, der sich zum städtebaulichen Hintergrund auslässt und besagt, besagt.Die Arbeitsmoral eines Stadtbaudelegierten besagt, dass Aufzubauen nicht seinem Ressort zufällt.

« Là où il faut casser je casse, c'est aux autres d'en trouver une autre place ou une autre forme qui va s'installer là.

Créér le néant c'est très important. Créer rien veut dire qu'il aura
là après quelque chose. »
Seine Krierien für einen Abbruch ? Wenn sich dahinter nicht eine
generelle Einstellung verbirgt, eine prinzipiellere .... ?
„La destruction elle-même suit des principes draconniennes. De
faire disparaitre un batiment d'une manièere qu'il semble se cou-
cher comme s'il a été plié en deux en quatre couches ça me donne
des frissons; même si c'est sûr ce que nous faisons ici c'est moins
dans la dentelle, moins dans le luxe de la déstruction si vous voyez
ce que je veux dire...."

Filmausschnitt. Der Kaiser als Lola Montez. Franchement, sagt
Rachel, die neben PortauPrince steht, je ne vois pas l'interêt. In
der Reithalle, schneidig mit dem Zylinder auf dem Kopf und in
Männerkleidung.
Der Kaiser in Nahaufnahme.
Der Trapezkünstler hochoben über ihm ist sein Kanzler Bülow.
Von unten waghalsig anzusehen, aber ohne Individualität. Der
Mann besteht aus einem verschwommenen Kopf. Der Kaiser
wischt sich eine Träne aus dem Gesicht. Er versucht, eine Ent-
schuldigung zu finden.. Alleine, weil Bülow ja oben durch die
Lüfte fliegen muss und Eulenburg ja ...

Schnitt
Das Kirchenschiff IST die verlangsamte Zeit:
Man ist in einer anderen Zeitrechnung.

Rachel singt, vor dem Altar stehend, alleine.
Gospel.
In ralenti. Extrem verlangsamt.
Die ungeheure Kirchenkuppel hüllt den Ton ein.
Trägt ihn.
Der Mittagsdunst liegt schwer auf dem mächtig brausenden Ver-
kehrslärm der sich, von der Treppen, den Stufen der Basilika in das
Stadtschiff ergiesst. Dass Mitternacht und seine endlos - torkelnden
Lieder vorüber sein soll, dass VierUhr und seine Polonaisen um den
Sarg überstanden sein soll, dass Fünfuhr und der Tanz der Alten
Damen VON..... ausgetanzt sein soll, mag der Übermüdete kaum
glauben - und gähnt. Noch ist hinter ihm Mitternacht nicht zu

ende, noch sind die für den défunt geplanten Totenmessen nicht zu ende, sondern werden nun ernsthaft durch den, den seinen, den dem défunt üblichen Weg durch die Stadt geleitet....

Rückblende
Der Müll auf den Strassen. Irgendjemand fragt in der sengenden Hitze nach der Müllabfuhr. Wer kam auf die geistreiche Idee? Fragt hilfeheischend aus den Tiefen des Raumes der Regisseur. Ich. Aber die Kamera schwenkt herum. Wie wild. Der Gay ist noch nicht bereit, die Kamera herzugeben.
„Ich c'est qui ?"
„Je connais la voix", sagt sich der Antillenmensch, viel später, als er sich die Aufnahmen nochmal durchsieht, „mais je ne me souviens plus."
Grossartig, sagt die riesige Sonne. Ihr gleissendes Licht spricht mitten in die Kamera.
„Ganz grossartig."

Jemand lacht.

Schnitt.Überrraschender Vorschlag zur Vereinfachung der Dreharbeiten und des Kulissenbaus.
Die Müllhalde. Davor die Filmplaner, die suchen Abrissquartiere und stossen auf den Baudezernenten
Grossartig. Hier haben wir doch den Abriss. Wir folgen den Bulldozern und kleiden das Ganze um.
((Was machen wir jetzt mit dem angefangenen Von Bülow ??))... fragt einer.
Verbrennen.

Zu heijkel.

In der gleissenden Sonne brennt Bülow. Pas grave. On recommence à zero.

On recommence avec le vide.

Chateau. früher Morgen. Rachel sitzt auf dem Schemel. Vergnügt, auch wenn man sie zusammenflicken muss. Lamourante schüttelt den Kopf. Besser so als andersrum, scheint die kichernde Rachel zu sagen. Aber das Kichern ist auch nur ein rumpelndes Husten, mehr tut den Rippen weh. Aber das sagt Rachel nicht, um nicht noch mehr Ärger zu haben.

«You will think about this.»

Ca z'est zure...Un sponsor, ein Sponsor kann nicht besorgter wirken um sein Poulain.

Aber Rachel, selbst demoliert, zeigt Züge eines Bockigseins. Sie hat ein Buch in der Hand, das keine Bibel, wie sonst, sondern eine Biografie eines Rebellen. Die Sängerin liest, doch von Medikamenten schläfrig geworden, sinkt ihr Kopf aufs Kinn, auf die Brust, abgeknickt, weggerutscht zuckt sie hoch, und reibt sich die schmerzende Stelle, liest weiter, bis sie einschläft. Leibwächter kommen durch den Saal, hart und desinteressiert ihr Blick, es sind keine Liebwächter zu nennen. Die Träume des Ruben Um Nyobe fallen zu Boden. Niemand nimmt Anstoss daran.

«Le 5 janvier. Nous étions assis autour d'une phono qui chantait et les gens écoutaient. On a apporté de la viande et nous mangions. Promenade au con uent de 2 rivières. J'étais sur le terrain d'aviation où des gens parlaient arabe, mais il y avait aussi de nombreuses bassas qui me regardaient. Le 8 janvier 1958......J'étais à New York. Une dame européenne m'a demandé mes documents. Elle était nue. Je l'ai grondé et je lui ai dit que j'allais voir le secrétaire générale de l'O.N.U. les gens qui étaient là approuvaient mes paroles. Ich war in New York. Eine europäische Frau bat mich um meine Papiere. Sie war nackt. Ich hab sie getadelt und ihr gesagt, dass ich den Generalsekretär der UNO in Kenntnis setzen würde. Die Leute, die dabeistanden, billigten meine Worte. Le 25 janvier. J'ai rêvé que l'on abattait des arbres, mais ce n'est pas moi qui les abattais.   Ich träumte davon, dass man Bäume fällte. Aber ich war es nicht, der sie schlug."

Schnitt. Warten. Im Kino. Keine Nachrichten aus Berlin. Also macht es keinen Sinn, weiter zu arbeiten.
"Le 4 janvier. Malheur. J'ai rêvé d'une tombe. Puis, je pénétrai dans un wagon. On y a apporté un individu à l'agonie ; il sentait comme

un cadavre. J'ai quitté ce wagon en disant que je n'y reviendrais
plus. ....Unglück. Ich träumte von einem Grab. Dann stieg
ich in einen Wagon.Man brachte ein sterbendes Individuum ..der
roch wie eine Leiche. Ich hab diesen Zug, diesen Wagon verlassen,
indem ich mir sagte, ich käme nie wieder."

Schnitt. Der symbolische Tod eines jungen Mannes. Den Schmerz
einer Mutter muss man sich vorstellen.
Vor dem halbgebauten Haus pressen sich bettelnde Kinder an
den Wagen.
Die Drinsitzende lässt das Fenster halb die Wagenscheibe halb
herunterfahren
Kestke wu faitz là...?
Vous devez être à lècole..

Do you have som IDEA
About NEW semantic processes..?

New metaphorical creature
They won't be able to recreate the mythologie of the SAWA
But the WHIT industrial catastrophy will be able to create NEW
Monsters

Der Abriss der Volkskammer gegenüber vom Berliner Dom...
Wird man bald hinzufügen müssen, dauert nicht mehr lange und
niemand wird mehr recht wissen, wo das pompöse Ding stand..

Der Puppenspieler, sagt der Bassist, hier ein Stück Papier (en fait
in fact ist es das vorletzte Szenarioblatt, aber das kann man sich
ja am Arsch abwischen. yu simply haw tu swing
Und hier der ÜBERFLIEGER, der hinten in der Air Force ONE
... pardon Mister, der in der Milliardärsmaschine mitfliegt.. Der
Überflieger nicht, you hav eto know ...the oment wo eine wichtige
Erkenntnis im Drüberfliegen aufblitzt.

„You can't compare this," seufzt Rachel und reisst ihm wütend
das Tuch, das als Schmollmund diente, aus der Hand.
An Idea is not a proof... It gives you not a single clue nor evidence
„Letters, written by... pictures taken by... thats." Thats not your
business. Sie sieht aus dem Fenster.
Ihr Sohn ist kein Überflieger, kein avateur, keiner, der nachts durch
Lüfte fliegt, keiner der nach dem Vorbild der französischen Para-
chutists' durch die Nacht fällt. ABER Franzosen fallen nur vom
Himmel, ein Avaiteur, der würde hinauffallen, in den Abgrund
der Ewigkeit, Thh, macht ihr schöner Mund, thh, wers nicht weiss,
stirbt ohne Wissen, aber nicht mal das ist der Herr Sohn. Sie hätte
ihn gerne als garde rapproché mais andererseits c'est dangereux.
Im Zentrum der Macht sind viele verschwunden. Ausgerissen
zerstückelt wie "...... Titus Ehheee... Mon cousin travaille au palais.
Il raconte des truc..."

Rachel erklärt sich über Mystik. So könnte der Zwischentitel
heissen. Goldgeld blitzt die Sonne über ihre dunkle Gläser, die ein
Band der Melancholie...Es gibt dem Betrachter einen Stich. Na-
türlich weiss ein guter Bassist auch, dass sie nie, aber auch wirklich
NIE neben einem Friedhof leben wollte. Der Bassist lacht. Der
Makossa-Mann ist ebenfalls aufmerksam geworden und stellt seine

Guitarre beiseite. Noch sagt er nichts, schaut nur. Und warum man im Kamerun ses ancêtres direkt vor der Türschwelle eines Hauses beerdigt. Und ob sie darin nicht einen Widerspruch sähe.. Mais justement, sagt, justement...Die weisse Tussi versteht auch garnichts, scheint der Blick des Makoussa-Mannes zu bedeuten, dann drehen seine Augen ab zum Himmel. Seufz.
Bien sur, un fils peut vivre dans deux mondes... Mon fils.il va faire LE GRAND PAS.... Il va relier les deux mondes...

Schnitt. Wieder in Neuf Brisach und das dämliche Jahrmarkt-karussel, das in einer dunklen Einfahrt steht.
Ein mächtig grotesker Kopf hängt mit weitaufgerissenen Augen und einer verdächtigen Schilddrüsenüberfunktion hilflos an gro-ben Seilen.
Seine schneidige Uniformjacke ist schwerstaubig. Sie erinnert weitläufig an die Südstaatenunifrom, wie man sie besonders aus dem Film „
Hier Marginalie
Zum Tüftler, der

Bio, langatmig.

Irgendein Idiot hat auf den Auslöseknopf gedrückt und das Kar-rousell zittert sich eine Station weiter
Toll, sagt der junge Mann,
wäre ich doch in Paris geblieben.
Ile de Seguin, je vous ai dit, c'est ca, le truc, qu'est-ce qu'on aurait pu y faire.

Protokoll einer Sitzung. Photokopie unvollständig.

Duala, den 20.Januar 1913

Anwesend Bezirksamtmann Röhm
            Generaloberartz Dr Waldow
            Assessor Niedermeyer
            Hauptmann raven
            Oberleutnant Dickmann
            Missionar hecklinger
            Pater Fäber
            Pater Voss
            Postdirektor Schmid
            Rechtsanwalt Dr. Etcheit
            Rechtsanwalt Kern
Regierungsbaumeister Berr
Kaufmann Steyer
Kaufmann Steinhausen
Kaufmann Freese
Kaufmann Schwarz

Redakteur Weismann als Vertreter der Presse
Sekretär Bieber als Protokollführer

Der Bezirksamtmann teilt den Versammelten interessenten mit, dass
ein Entwurf einer Verordnung sowie von Ausführungsbestimmungen
hierzu über die Trennung der Eingeborenen und nicht Eingeborenen
in Dualastadt ausgearbeitet worden sei, der ihnen zugesandt wurde,
und bitte die Versammelten zu dem Inhalte des Entwurfs Stellung
zu nehmen. Die Ausarbeitung des Entwurfs sei auf Veranlassung des
Herrn Gouverneurs erfolgt.
Generaloberarzt Dr. Waldow bittet um Darlegung der Gründe, wel-
che Erwägung zum Entwurf der voriegenden Verordnung massgebend
gewesen seien, warum im besondern jetzt die Massnahme der Tren-
nung der eingeborenen Dienerschaft von den Weissen getroffen werde,
nach dem Herr Geheimrat Meyer erklärt habe, dass die Dienerschaft
zurückbleiben würden und nicht in die Neu-Stadt verlegt würden.

Bezirksamtmann: Der Entwurf sei aufgrund eines Erlasses des Herrn
Gouverneurs ausgearbeitet worden und habe als Grundlage das hygi-
enische Prinzip die Trennung zwischen Schwarz und Weiss. Er regle
die Siedlungsverhältnisse der Eingeborenen, welche enteignet und
verlegt werden und, denen einzeln ein Aufenthaltsverbot für diesen
oder jenen Ortsteil zuzustellen, umständlich sei. Aber auch die ein-
geborene Dienerschaft sei aus hygienischen Gründen miteinbegriffen.
Bei der letzteren werde jedoch nicht radikal verfahren, sondern deren
Wohnen in der Altstadt in einzelnen Fällen von der Genehmigung
des Bezirksamts je nach den Verhältnissen und Interessen des Weissen
abhängig gemacht; nach seiner Erinnerung habe Geheimrat Meyer
lediglich die Prüfung zugesagt, ob eventuell die schwarze Dienerschaft
in ihrer vollen Zahl im Europärviertel bleiben könne, es sei nie von

der Regierung absolut erklärt worden, die Dienerschaft in ihrem ganzen Bestand könne in der Eurpäerstadt bleiben.

Generaloberartz Dr Waldow: Es sei von der Regierung erklärt worden, die Dienerschaft in ihrem ganzen Bestand könne in der Europäerstadt bleiben. Es lägen hier mit der europäischen Dienerschaft besondere Verhältnisse vor. Für das Entfernen der Dienerschaft würden hygienische Gründe vorgebracht. Er halte nicht dafür, dass ein hygienischer Vorteil durch das Wohnen der Dienerschaft im Neuen Viertel sich ergebe, abgesehen davon, dass praktische Gründe für das Wohnen der Dienerschaft in nächster Nähe der weissen Arbeitgeber sprechen.

Der Bezirkshauptmann betont, dass prinzipielle Erörterungen über die Trennung zwischen Schwarz und Weiss hier nicht am Platz seien; nähere Begründung des Entwurfs der Verordnung in dieser Richtung sei nicht mehr nötig, er habe die Weisung, den vorgelegten Entwurf auszuarbeiten; würde von der debatte von der prinzipiellen Seite der Verlegung nicht abgesehen, müsse er die Versammlung schliessen und weitere Instruktionen vom herrn Gouverneur einholen; er schlage vor, in Sachen Dienerschaft die Besprechung bei der betreffenden Entwurfsbestimmung weiterzuführen und die Besprechung der bestimmungen des Entwurfs der reihe nach durchzunehmen. Es sei übrigens in den Ausführungsbestimmungen vorgesehen, dass Diener bei Weissen belassen werden können, wenn genügend Räume vorhanden sind.

Kaufmann Freeser findet den Entwurf, besonders die Ausführungsbestimmungen für die Annahme nicht geeignet, hält sie für unberechtigte Kontrolle über die Weissen und glaubt, dass derartige Massnahmen noch nirgends getroffen worden seien.

Bezirkshauptmann: In Bezug auf das Trennen der Dienerschaft von Weissen liegen Vorbilder in Südwestafrika und Ostafrika vor; er weise namentlich auf die Stadt Tanga hin.

Generaloberst Waldow glaubt bestimmt zu wissen, dass in Ostafrika die indischen Dienstboten bei ihren weissen Arbeitgebern belassen wurden.

Kaufamnn Freese hält die baupolizeiliche Vorschrift, wonach möglichst wenig Nebengebäude für Dienerschaft beim Hauptgebäude vorhanden sein sollen und die Dienerschaft mit dem Dienstherrn unter einem Dach – das heisst in demselben Haus wohnen müsse, für bedenklich

Schnitt. SCHULHAUSTAFEL. Der Oberst im leeren Schulhaus, nun zum Bordell umgewandelt, er hat seine Leute vorausgeschickt n bisschen sauber zu machen und man weiss auch nicht mehr genau, wer statt den Preisen nun mathematische Formeln an die Wand gemalt hat. Irgendwie waren die da hingekommen. Aber vielleicht war das Engagement der europäischen Leute doch nicht ganz so für die Katz gewesen. Im sukkzessiven Rückwärtsgehen, nicht des Obersten, der bleibt dort stehen. Ergänzt sich das Bild zur Offiziersmesse.

"Aber...", spricht dumpf und langsam LaMourante vor sich hin, "aber was sagt einem hiesigen Obersten das Bild von dem Paradoxalen Verhalten eines Malaria-erregers... Dessen Komplexität offenbar nicht abbildbar ist . Oder haben Sie verstanden, worums da geht ? Könnten Sie in einem Satz erklären, an welchen Stadium welches Entwicklungsstadium welcher Malaria-larve die Sache gefährlich wird ? Aber bitten, versuchen Sie es, nur...Nur in einem einzigen Satz, damit es ein so einfach gestrickter Mensch wie ich es versteht."

Der Oberst im Bild rührt sich, langsam, kommt in Bewegung und winkt mit schwerer Geste. Die Erinnerung an Schulweisheiten, Belehrung und Bedrohung, die verlieren sich ja auch in einem Obersten nicht, die Erinnerungen an Heilmittel und Fluch.

Schnitt. Dsa Kino Wouri erzittert unter der Musikalsession. Leuchtdiodenmusik umrahmt, mit einigen "Behelfsbildern" erleuchtet. Faute de mieux. Ein abgebrannets Berliner Schloss, ein wiederaufgebauter Reichstag. Man sieht ... sozusagen ... aus dem Auto ... den Berliner Landwehrkanal.

Schnitt. "Man kann nicht jeden seinen Blickpunkt filmen lassen, Filmen ist die autoritärste entreprise dies gibt, dassisswie inner Musik, einer muss die Ansage machen, ich versteh noch nicht mal, wie man da von einen autoritären Komplex reden kann, il faut qu'ils se decident... qu'ils décident qui va faire ce film. «Mit präziser kleiner Oberlippe, aber leicht schlürfend, so als hätte er einen Cocktail in der Hand, auch mit der schleppend selbstsicheren Stimme desjenigen, der gelangweilt ist von der Präzision und Bedeutung seiner Beobachtung, murmelt PortauPince ins

Telephon: "L'autorité - je ne vois pas où il y a le mal...."

Schnitt. Sich öffnende Hoteltür. In einem dunklen Flur
„Gibt's du mir Geld ? N bisschen Geld ?" Fragt HD Rocco zärtlich
seine Zimmerschöne. „Einen Euro symbolique ?"
„Pourquoi ça?" antwortet sie ein wenig gereizt. „Nous, on donne
jamais à un blanc. Ce n'est pas possible."

Schnitt. Eine DECISION wurde getroffen. Die Aufnahmen von
RDMB in Deutschland fallen raus. Die sind MAKULATUR.
Das interessiert gerade kein SCHWEIN. Man könnte es auch als
eine Art kultureller Propfbildung bezeichnen, Eine Greffe, die
nicht stattfindet. Kulturelle Verpfropfung. Diese ganze juristische
Ausbildung, ein einziges grosses juristisches unpräzises Loch. Die
Kunst der Assimilation...
Aber vielleicht ist doch zu zeigen, dass die deutsche Kultur nicht
ihren eigenen moralischen Ansprüchen entsprach, unsauber war...
DIE ASSIMILATION. Die NEUBILDUNG des Deutschen,
der deutschen Kultur durch den unverbrauchten, den so viele
Jahre Gescholtenen, den nun als moralisch Höherstehenden zu
betrachtenden, WEIL ER SICH DIE DEUTSCHE MORAL zu
Herzen nahm..RDMB erfand die Deutsche Kultur NEU.
Dass durch die Bemühung um eine korrekte, saubere Assimilation,
die jedoch von den Deutschen her unmöglich war, die „petitsblanc
par exellence" , die im Rückstand lagen gegenüber den eigentlich
technisch versierten europäischen Kulturen. Die französische
Assimilation zwangsläufg vorweggenommen war.. Darauf wird
es hinauslaufen. Und, c'est LA raison qui prouve que je suis dans
le bon chemin.

Rückblende.
Produzerdiskussion über sichtbare und unsichtbare institutionelle Machtstrukturen.
Der Ngondo. VERSUS.
Hofkamarilla.

Machtstrukturen, so erinnert sich PortauPrince, davon hatte der alte Mann doch früh genug, doch andauernd eigentlich gesprochen, WIE FILME ICH Machtstrukturen...
„Die Naivität" als Zwischentitel.
2 Sekunden später verschwimmt das Bild zu einem grossen Auge, dann zu einem grossem Auge mit heruntergezogenen Unterlid. Auf der weissen Kugel schwimmt die Rinderherde der dunklen Pupille nach, verhängt sich oben im Wimpernzaun: das Zimmermädchen schminkt sich (rosa). ... Seuchen und Homosexualität, Geschlechtskrankheiten und Malaria. Bemerkung (aussen am Set... neben ihm steht die Costumière und wartet mit Ideen, Ideenvorschlägen auf ...) des Antillenmenschen. Der macht ein unbewegliches Gesicht und man meint fast, er hätte garnichts geäussert: "((Das mit dem Tripper hab ich noch nicht verkraftet. Mêler le sexe à une histoire d'exploitation, mais pas trop la pourriture. und ich verstehe nicht, warum sie meine Idee vom afrikanischen Waffenschmuggler.....))."
Er hüstelt. "Non, je n'ai rien dit."

Schnitt. Yaounde. Strahlender Morgen. So jedenfalls nach der Laune des Wiederzurtruppe Gestossenen.... Den erstaunten Gesichtern erklärt sich der Antillenmensch allein, der ander kommt nicht mehr. Sagt er, was muss man da auch erklären. Die Dinge haben sich geklärt. Selbstsicher und verschwiegen präsentiert er sich.

Schnitt. Madame Ndo schlägt hinter der Mourante die Wagentür zu. Die geht langsam schleppend ins Haus. Häuschen.
Drinnen wirft sie ihre Tasche wütend in die Ecke und lâsst sich langsam an einer Wand runterrutschen.
Neben ihr liegt zwischen den verstreuten Gegenständen ein Buch, das sie wahllos aufschlägt und – da ihr Französisch heute nicht gut ist – stockend laut vorliest:

On constata sur les deux fronts que les positions aban-
données offraient tous les caracteres d'un depart precipité
et définitif ; beaucoup d'objets abandonnes sur place, sans
etre detruits, et plusieurs papiers importants ont pu etre
säisis. A Adji-Bitouma, notamment, on trouva des lettres
destinées à des officiers d'Alembe,et qui n'avaient pas ete
envoyées, faute de temps. L'une d'elles, datée du 27 decem-
bre, annoncait l'evacuation prochaine de l'ambulance
d'Akonolinga ; une autre annonce la mort d'un camarade
et exprime l'espoir que ce sera la derniere victime de cette
horrible guerre ; un document recommande de relever les
lignes telegraphiques et d'emporter les fils et les appareils.
Enfin, une longue et interessante lettre émanait d'un
officier ...blablabla....
Cette lettre etait emaillée d'appréciations
très dures sur l'incapacité du haut commanderment et don-

nait une fâcheuse idée de la discipline actuelle des officiers
allemands du Cameroun.

Ein Faux raccord. Der falsche Zusammenschnitt.
Wie Rathenau, Erzberger..

Eine einsame Kutsche rattert über das Pflaster mit wildwehenden
Gardinen. Menschenleer, noch, die Turmstrasse. Damenhüte
flattern am Bildesrand. In Zivil tritt der ehemalige Berliner Stadt-
kommandant... hinaus, auf die Strasse vor dem Moabiter Gericht.
(Der unsichtbare Film wird von einem unsichtbaren Darsteller
aufs Wunderbarste zu seiner Apotheose gebracht.)
«Det is ja n Schwuler....!» «Halt die Klappe..»

Schnitt. Berlin.
Die einsame Bierkutsche rattert übers Pflaster.
Stop, ruft jemand.

Liebe – da ist die physische Bedingung des Rassismus. Die andere ist die medizinische Versorgung. Also MEDIZINISCHE
VERSORGUNG in any cases.... Ein Kabelsteher, Kabelhalter,
der sich ein Zubrot verdient hat, zwei drei idee zu dem absurden
Geschehen vor ihm, aber noch kann er sie nicht geldbringend
platzieren. Muss Kabel halten. Also im Fall von Syphilis, im Fall
einer Schwangerschaft, im Fall von trippa.....
Halt die Klappe, sagt der Oberbeleuchter, der neben ihm steht.
Seit der Gefängnisgeschichte unten im Kamerun sind alle n biss-
chen nervös am Set.
Law enforcement....Eigentlich der Film von den Zäunen...von
Blossstellung. Entehrung:..Soll man nich sagen, dass Weisse sich

nicht auch entblössen können.

Der irgendwann in die Hungerschauen übergeht.... Aber ein Berliner Satdtkommandant, der als schwul geoutet, vor Gericht gezerrt, und verurteilt wird, nicht, dass is nich das Gleiche wie'n anständiger Chief, der ....

Wees ick nich, sagt der Kabelhalter. Seh ick nich so, wa. Könnte das Gleiche sein.

In den Arbeitspausen entspinnt sich ein kleines Gespräch in einem Cafe am Mehringdamm über Arbeiterdemonstration in Kreuzberg, Eine kleine Bierkutsche wandert vor und zurück über den kleinen seitlichen Bildschirm der Kamera, daneben läuft noch ein Kohlenträger, auch so ein ausgestorbener Beruf.

Weeste, sagt einer mit diesem flachsartigen Haarzopf, man kennt zwar den Flachs nicht mehr, aber die Männerhaare sehen immer noch so aus, strähnig abgzwackt und in die Kurve gekloppt vom eigenen drahtigen Haarband.Weeste von dem Luegprogramm, ja so hiess der, Lueg ... aber da gabs noch n annern, den hab ick vahjessn. Die ham det hiero ausprobiert. ... den Lärm zu killen, vastehste ...Den Lärm mit seine Gegenteil zu killen. Nu hat det nich imma jeklappt. «

(Der Sprecher macht eine Kunstpause).

«Det hat geschriiillt, sag ick dir. So richtig laut ; kannste mir vetrauen, mein Opa hat damals hier jewohnt, alte Kreuzberger Famijje, der hat det oft erzählt. Also de Mann, der det jemacht hat, der hat was iibersehn, geht ja nich anders, wenns still sein soll und da is da erst recht Krach. Vamutlich hadd er vasucht, Krach durch annern Krach zu ibatönen. Vastehste. Wenns det ist, wat dir weiterhilft, schreibste meinen Namen rein, innen Abspann.“

Im Bild rollt die Kutsche sachte aus, fast schwerelos scheinen die Ackergäule sich trotz der Sichtblenden vor und rückwärts zu bewegen. Fast im Zeitlupentempo springen die Bierfässer gestochen scharf gegen die festgezurrten Seile.

Notiert sich der Exredschiee, der unfähige. Die Bierkutsche rollt nur in den minutenschweren Gedanken des noch sitzendenMannes. Wie ein Videogame nich unrealisiert, aber täuschend echt, täuschend traumhaft.

Vision eines Filmplakates irgendwo hinterm Kotti....Dönerfotos auf Imbissanschlägen wetteifern mit Drogis. .ein B-b- bi – picture Kino... Der Redschiiie und sein amateurhaftes filmteam wurscht-eln im Ungewissen. Sein subsubsubparodie..Im ballhaus nanuyn läuft ein Stück, das Deutsche Männer parodiert, die glauben, sie seien keine Rassisten WEIL sie afrikanische Frauen lieben.. Also nicht auf SexsellsBasis, sagt der exredschie, der noch schlechter als noch vor kurzem aussieht, auf DeutscheArt :liebe.
Ein afrikanisches Dienstmädchen in Paris soll nu Frau von ELBE verfilmen.

Und den grossen Penis des Berliner Stadtkommandanten. Dafür kriegt sie eine Reise nach Berlin geschenkt. WENN sie den hmhm in der Hand hält.

Aktion, ruft das Megaphon. Verhandlung der Kaufleute mit dem Bezirkshauptmann.

Bezirkshauptmann: Von der Regierung seien jetzt 2 Beamtenhäuser entworfen worden, wobei die Jungenräume sich im Unterstock befinden. Man gehe hierbei davon aus, durch Einbeziehen der Jungenräume in das Wohnhaus des Weissen Gartenflächen aus dem Baugrundstück zu gewinnen und das Herumlungern und Lärmen der Jungen zwischen Nebengebäuden und Hauptgebäuden zu vermeiden. Das tropische Musterhaus sei noch nicht gefunden – in allen Kolonien seien die Wohnbauprinzipien noch im Fluss; es handle sich hier bei den beiden Entwürfen, die ausgeführt würden, um einen Versuch.

Rechtsanwalt Dr. Kern führt im Namen der Kaufmannschaft von Duala aus, dass die Verordnung ein Eingreifen in die persönlichen Rechte der Weissen sei. Er werde sich schwerlich ein Europäer finden, der seine Dienerschaft in der Nichteingeborenenstadt verringert. Die Regierung mit Anträgen auf belassen der Dienerschaft überhäuft.

Im Kreise der Kaufmannschaft sei die Ansicht vertreten, dass die Unterbringung der farbigen Angestellten in die Neustadt die Entwicklung des Handels und des Gewerbes behindern, dafür müssten die Arbeiter zurückbehalten werden. Er erinnere an den Postschluss und die Ankunft der Dampfer, wobei es dann nicht möglich wäre, die in kilometer Entfernung wohnenden Arbeiter gleic h bei der Hand zu haben. Auch würden nächtlichen Kontrollen über die in der Stadt belassenen Eingeborenen von den weissen Dienstherrn lästig empfunden werden. Die Befugnisse der Polizei werden durch die Entwurfsbestimmungen überschritten.

Der Bezirkshauptmann:gibt seinem Erstaunen darüber Ausdruck, dass die Kaufmannschaft eine derartige ablehnende Haltung einnehme, nach dem bereits viele Firmen Anträge auf Überweisung von Grundstücken in der Neustadt für Wohnzwecke ihrer Arbeiter gestellt haben. Zustände, wie er bei R.&W.King in der Einrichtung

....

Schnitt. Notariat. Der Deutsche und der Franzose steigen über Aktenstapel. Akten überall. Der deutsche Staatsbürger muss einiges an Formalitäten erfüllen, kaum Wert draufzugucken, aber doch unabdingbar. Gerade Formalitäten seien in einem Land, in dem die Bureaukratie so unberechenbar, sehr wichtig und dürften auf keinen Fall vernachlässigt werden.

Pire qu'en france, sagt kichernd der Franzose. Die déclaration der sincerité. Ja, kichert der Franzose, es ist so albern, aber wir vertrauen Ihnen aufs Wort, Sie müssen nur sagen:

„Je, soussigné...., je déclare ....“

Es ist soviel einfacher, als sich durch umständlich beglaubigte Umschichtungen der Besitzansprüche durchzuarbeiten....

Sie können mich jetzt nicht hängen lassen, sagt der Franzose. Es bedeutet mir sehr viel, mit Ihnen zu arbeiten. Sie sind ein wunderbarer Geschäftsmann und Ihr Französisch ist hervorragend.

Bureau Inneres. Über die Möglichkeiten einer Schenkung einer Übertragung. Der Holzbaufirma. Der Notar, während der vertrag Satz um Satz geprüft und von allen Anwesenden gebilligt - wird, verliest einen alten Text, in dem das Wort „Assessorismus“ vorkommt.

Was eigentlich meinen die, wenn sie...? Getuschel links. Der (Kameruner) Anwalt und der Deutsche sprechen über die Verwendung des Wortes "Assessorismus". Es meint (sagt der Anwalt): Nutzniesser zu sein im fernen Europa. Zwischen Gardinen und Aktenschränken. Pflanzenkübeln steht ein untersetzter älterer Herr, mit Koteletten und dicker Brille, bescheiden freundlich, aber geldgewichtig. Weitere Anwesende gesellen sich dazu. Es treten ein:

Herr
Monsieur

Herr
Monsieur

Es wird gebeten, Platz zu nehmen.
„Stadtplanung", sagt verächtlich der Deutsche. Man kann mit nichts ....Man kann doch nicht mit nichts anfangen
Das berühmte leere Casino in der Wüste. Im Nirgendwo. Ohne ein GPS-Signal...? Dass muss doch kartografiert worden sein..?
An wen fielen denn die ihrer Doualaschen Besitzern beraubten Grundstücke ? Na, an den deutschen Staat... Na, an den deutschn Staad, äfft ihn der andere nach, und dann ?

Die Antwort reicht ja nicht w eit, die hielt drei Jahre lang und das war schon vor siebzig Jahren.
Wie in Berlin eben.. 40 Jahre totes Land einer geteilten Stadt...
Man könne VIELLEICHT den Sanitätskordon mit dem To-
desstreifen der Berliner Mauer vergleichen aus dem - PHÖNIX
- der Potsdamer Platz entsprang, die Grundstücke, die vierzig Jahre lang unbenutzbar brachlagen, den Minen Wachhunden und Scharfschützen zum Auslauf dienten und für die es den jüdischen Nachlassverwalter ein gewisser Abschlag gezahlt wurde ... nach dem Mauerfall...? Wie war das ? Ein Abschlag ..?
Die Jewish Agency hat drauf verzichtet - gegen eine Abschlags-zahlung ...?

Köpfe senken sich. Eine Frage zuviel, der Herr rechterhand beugt sich vor und bespricht sich leise mits einem Nebenmann. Der Anwalt sucht sofort in medias res deutschen Rückhalt. Sie wissen doch, wir benötigen Ihre Unterstützung. Sie wissen garnicht, welchen unschätzbaren Dienst Sie uns erweisen, einfach nur durch Ihre Anwesenheit. Aber nein, beunruhigen Sie sich nicht, nichts, garnichts werden Sie vor Gericht aussagen müssen, je ruhiger Sie sind, je mehr Sie in sich ruhen, desto mehr wird Ihre Anwesenheit von Gewicht sein.

Dreamland statt housing problems . Die Erschliessung der abgeholzten, nun sumpfgrünen Wüste als Touristenparadies..
In einer leeren Hütte, lachte einer, Holzschlag und Waffenschmuggel und
DIE GROSSE Fiktion NUMMER 5.

Schnitt. Edea. Vor dem Amtsgericht. Das niedrige, das dreistöckige Gebäude stammt noch aus deutscher Kolonialzeit.
Zoom auf den unbekannten Mann mit dem Schweizer Akzent, der nun hinzutritt, hinzu an die Gruppe, die draussen eine letzte Zigarette raucht. Man hatte gedacht, unter Europäern und Deutschsprachigen wäre eine Verständigung leichter zu erziehlen. Da taucht schwimmt ein alter Mann vor die Linse, der als verrückt dargestellt wird, weil er behauptet, noch als Schreibkraft für die Deutschen gearbeitet zu haben, oder sein Vater.
(Man plant ein Arbeitslager nicht, sagt er, man nimmt eine Peitsche und deutet damit auf einen Punkt in der Landschaft einen Busch, es sollte kein Fluss durch ein geplantes Lager hindurch gehen, ein Feld würde reichen, doch gehört ein Feld einem Bauern, dann, ja.....)

Und es wäre zu überlegen: Müsste man eine Umsiedlung der Bonabéris einleiten, als Massnahme anti-émeute ? Als polizeiliche Massnahme ?
Und die Schaffung eines 3 km breiten Korridors zu Hygienezwecken. Im Focus der Strassenbaupläne steht jedoch die Unterbringung der Arbeiter und die Einrichtung eines Arbeitslagers.

Man könnte sich, sagt sich der deutsche Strohmann, chien de paille, den alten Rolls vorstellen, noch fabrikneu, auf den frischen geraden Strassen und dann mitten auf dem Feld hält er an, sie steigen aus, legen die Zylinder ab und verschwinden im Busch, aufgesogen von der schmalen Linie Stacheldraht.

Filmentwurf:
Grobskizze des ARBEITSLAGERS.
Die bürgerlichen Fürsten, die eben noch im Rolls Royce über die asphaltierte Chaussee fuhren,
die naiv noch europäische Standards erreichen wollten -
werden in den Arbeitsalltag „gepeitscht".
In Yaounde. Nahaufnahme Bureau. Es sieht sauber aus und riecht nach Ledersesseln und Zigarren.
Ledersessel haben einen eigentümlichen Geruch. Auf dem Bureau viel Papier, das nun geordnet und zusammengehftet wird. Dabei wird der ganez Vertrag nochmal den Unterzeichnenden langsam und deutlich vorgetragen. Unter den Papieren jedoch, schnell beiseitegeschoben, eine Bilanz der Cholera - Epidemie 2011.
Rocco, Hans-Dieter, deutscher Staatsangehöriger verpflichtet sich ... ohne es begriffen zu haben, weil es unter Paragraph 16.4 verlesen wurde: „ Ist vom Käufer und Unterzeichner für die eaux usées zu sorgen.. Diese Anlage muss neu gemacht werden." Er

hatte das mit einem Kopfnicken gegengezeichnet. Er wusste wohl nicht, dass es Yaoundé heute noch keine Kanalisation gibt. Aber einer muss ja damit endlich anfangen. Draussen auf der Strasse, später, gibt der ältliche Mann ein Statement zu den „Bennes et les ordures menagèeres". Les routes, le porte-à-porte n'est pas possible en Afrique, pour les camions, vous comprenez. Mais: L'affaire a trouvé entrepreneur.

Schnitt. Eine Verfolgungsjagd. Sehr amerikanisches Motiv. Eine wilde Verfolgungsjagd durch den Souk den Bazar die engen Gässchen, die malerischen Leute, die Krempel, aufgehäuft am Strassenrand, hoch durch die Lüfte fliegen lässt.

Kreischende Frauen wie Papageien. Als wäres ein Thriller aus den 70er Jahren nach einem Polar von Chester Himes. Eine Sketch von Thomas Ngijol. Was soll man auch anders damit machen, als einen durchrennen zu lassen.

Schwer schnaufend. Aus der Verfolgungjagd in die Rückblende. Zoom auf wütend geschüttelte Hände, die nach oben zu greifen scheinen.

Helle Handflächen, aber irgendwie vom Schmutz undeutlicher Hautfarbe. Flashback in der Erinnerung eines Alfred Bell, der als ergrauter würdiger Herr nun im Wohnzimmer der Familie Bell sitzt, damals aber, als junger Schnösel, wie er kichernd sagt, den Leuten dort in der Firma starr ins Gesicht sah. Ein Afrikaner, der Arbeiterrechte verteidigt.

Storyboard, unausgeführt. Wütenden Arbeiter, unzufrieden, Plakate gibt's keine, dafür sehr plakativ geballte Fäuste in dicken schmutzigen Pullovern. Berlin, Lichtenberg.

Pressekonferenz. Mine de rien, ganz unversehens hat sich eine informelle Pressekonferenz im Hotel entwickelt. Die Gerüchte gingen um. Der Antillenmensch, l'homme des Caraibes hatte sich dicht zu einem der Reporter gesetzt, der ihn eifrig winkend zu sich herangezogen hatte, als alle noch begierig und eilfertig in den kleinen Raum geströmt waren. „En fait," sagt er. „En fait, imaginez: ROME... Ville Eternelle. Rom Ewige Stadt.

Pourquoi pas en Afrique. La naissance de la civilisation citadine LÀ. ICI: et puis LE massacre.

Ein epochaler Augenblick.

Zeitenwende.

ROME sous NERO :

Brûler une ville pour un spectacle, vous comprenez."

Wir brennen eine ganze Stadt für ein einziges Spektakel ab.. Die ganze Holzstadt der deutschen Vorstufe zum KZ, die bauen wir auf. Dann brennen wir sie ab. Damit wir dann mit dem französischen Kolonialismus eine neue Debatte beginnen können oder finden Sie nicht ? Der deutsche Kolonialismus ist UNDER ZERO ist vorher . .. Vielleicht, denke ich, ist der französische Kolonialismus so sehr Teil unseres Denkens, das wir diesen Zwirn nicht mehr aufdröseln können, verstehen Sie ? Es ist oft schwierig, unsere Sprache zu durchkämmen, um zu sehen, wo der Fehler sitzt. Ich dachte oft, voyez vous, ils maîtrisent si mal le français, et moi, je n'ai jamais compris, pourquoi les allemands n'arrivent pas à

parler correctement; et puis j'ai compris: c'est pareil au même...."
Le système éducatif français que j'ai connu aux Antilles avec ces
erreurs ses injustices tout est agrandi dans le système allemand,
perverti dans leur optique à eux, et là j'ai pu comprendre le fascisme... Vous voyez..?

Aber der Faschismus, Menschen in Todeszonen sperren, No-
go-Areas errichten, kilometerbreite Schneisen anlegen zwischen
den einzelnen Vierteln Korridore in den Sperrzonen sind, Militâr-
fahrzeuge patrollieren, das ist..." (er räuspert sich).
Unter Null, das ist der bestialische Abgrund.

GOEBBELS, sagt er mit Nachdruck und schaut dunkel nach
vorne. Oui, c'est ça.
Vorne aber abgeschweift woanders rausgekommen aus dem Geflecht seiner Synthax, sagt der bärtige gedrungene Mann:
Wir versuchen das System der Indoktrination umzudrehen, die
Assimilation nicht als Soldatendrill und Deutsches Gebrüll darzustellen. Sondern durch Infiltration. Um den Kampf der Häuptlinge
zu verstehen, müssen wir ihn aus europäischer Sicht zeigen. Ich
würde ja gerne die Beratungen der Bonabele und der Bamikele
am Lagerfeuer spielen lassen ..die Palaver unterm grossen Baum...
doch das ist zuu kompliziert. Führt in die Irre." Pensons-nous à
La grande Illusion: Im europäischen Adel, unter adligen Offiziere, die sowohl deutsch wie französisch wie englisch parlierten,
galten die gleichen KONVENTIONEN, den gleichen Codex
an Gesten, Ideen...
In der Gefangenschaft, in einem Gefangenenlager bezeichnet "Hu-
manität" "Kultur". Wir alle sind Teil dieses Wahrnehmungsprozes-
ses: Wir entscheiden, was gesehen werden soll und manchmal muss
man eine Auswahl treffen. Man muss pointieren. Überspitzen.

Verschärfen. Die Extreme herausstellen. Um dann – ungeschickt!
– , wie er später zugeben wird – hinzuzufügen:

"Ruben um Nyobe bekämpft den Assimilations-Gewinnler DMB 2"

Der Widerstand gegen das Empire aus dem niedrigsten schäbigs-
ten Busch heraus DAS ist aber auch Widerstand gegen unsere
... europäische Wahrnehmung - und das sollten wir doch zeigen."
Eine Poetin meldet sich zu Wort...oder sie schreibts leise in ihr
Notizbuch.
"On comprend ce que vous dites, c'est très intéressant.
Mais nous, nous avons besoin de l'aide... Vos projets,nos projets
doivent être réalisés ici. Vous devez amener des investisseurs ici.
Nous ne pouvons plus rester dans cette misère ici."

"I told you that you have to develop your own business", entgegnet
ihr, so schnell wie krass, die Pressesprecherin. Es entwickelt sich
ein starker Gegensatz zwischen Podium und Untenimsaal.
„Trouverznous des sponsors. Nous sommes l'avenir, je vous le jure:
L'avenir de l'afrique inspirera le monde, mais on ne tiendra plus
longtemps tout seul.." Oben setzt man auf konsequente Präsentation: „Maschinist Alfred Bell vereidigt den Ngondo." Oder:
„Verteidigt vor dem Ngondo"..die Aufständischen. Das wäre mein
Wunschthema..aber wer wird das in Deutschland verstehen ?
Machen wir den Film für ein deutsches Publikum, das vergessen
hat, jemals eine Kolonie in Afrika gehabt zu haben ?

Die Poetin in der dritten Reihe schüttelt den Kopf.
Das von Afrika nur die Hungerbäuche kennt... Plakatwände voll
mit aufgeblähten Bäuchen und fliegenverkrusteter Kinderaugen?

„Il faut que vous soutenez la mdecine traditionelle. je vous supplie"
Der Man vorne rechts, ist aufgestanden. Hält Objekte hoch. „Angela Jolie, die Negerkinder adoptiert...?" fragt jetzt jemand, der zwei Stühle neben ihm sitzt, doch die Wasserkaraffen, die die Leute unten im Saal nicht zur Verfügung haben, versperren dem Podiumsredner die Sicht auf die Identität des Sprechers.

Schnitt. Man sieht Mr Ndo .....vor dem Cinema. Er stützt sich gegen den Regen, den Sturzbach einer nicht enden wollenden Dusche, die das Bild eines schützenden Daches eines tröstenden Daches unglaubhaft wirken lässt. Sein kurzer Arm macht mit seinem Handstrunk Gesten, die wenig viel bedeuten können, ein italienisches „was willst du?" Oder ein „Warte mal!" in Damaskus. In diesem Regen, schräg, vor ockerbraunen Welten, die einst so etwas wie ein vernünftiges Dach über dem Kopf darstellten, nun ein erzgrau grünspankupferhaftes Leuchten, das in schwerem, schlammartigen Regen versinkt.

Pressekonferenz, inoffiziell, Portauprince versucht, mit der Intelligentija des Landes ins Gespräch zu kommen. Vielstimmigkeit. Ist seine Devise. Auch wenn er davon abweicht (manchmal).
"Aber dann wenigstens den Gewerkschaftsführer AVANT l'heure,..das kann man zeigen, die Leute, die Macht zu nutzen wissen, aufstrebsame Anpassungsfähige... da liegt doch die Tragik drin, bei den europäisch Assimilierten egal - ob sie nun Rudolf DUALLA Manga Bell heissen oder BRIODY oder ATANGANA .."

Kämpfer gegen atavistische überholte Strukturen.... Ein Anarchist, der sich die geheimen politischen Systeme einer unterworfenen Kolonie vorstellt, den Ngondo einen geheimen Rat, möge er so oder anders sein.

Unter den Anwesenden sind Schauspieler, Journalisten, Verleger, Dichter, brotlose Studenten. Das Interesse scheint gross, die Hoffnung, auch. Unklar welche Hoffnungen.

"Der Rat der Chiefs, dies sich regelmässig treffen, ich nenn das jetzt mal den Ngondo... "

""Mais il n'est pas comme ça..." Ce n'est pas là la question."

Das ist aber JETZT nicht das Problem. "Mais si si, c'est là!"

"Das ist doch falsch." Wie sah das traditionelle Herrschaftssystem aus, das die verschiedenen ligneages miteinander verband. Manche nennen es ein Oberhäuptlingssystem, aber so nennt man etwas nur in der Politikwissenschaft - ich für meinen Teil kann mir da wenig drunter vorstellen, so verstehe ich jedenfalls keine Gruppierung, die politischen Einfluss hat, die gemeinsam Entschlüsse trifft. Und überhaupt: Zum Thema des Oberhäuptlingssystems, wie Sie vielleicht wissen, stellt man sich da bei uns so einige Fragen: Wo zum Beispiel ist hier das Haus des Ngondo ?"

Fragt und redet die deutsche Assistentin, die mit dem herzensguten Lachen, die sich bisher im Hintergrund hielt, laut dazwischen.

Das Publikum wirkt konsterniert.

Je eisiger die Stille im Saal, desto eifriger die deplazierte Stimme vorne, man sieht, man hört nur Mikropfeifen.

Filmausschnitt als Storyboard.

Die Anschuldigung einer Parallel-Wirtschaft, eines Schwarzmarktsystems gegen die Douala-Chiefs.

Häuptling Ndumbe versucht aufzustehen. Hinten im Saal winkt RDMB mit den gesammelten Zeugenaussagen, den Anklagen gegen eine übermächtige, igrnorante Besatzermacht, die mit Gewehrkolben, Diebstahl und Plünderung ihren Willen durchsetzte 1885 wie heute.

Drinnen im Inneren spricht der Ankläger weiter, es ist der Amtsmann: „Der Hauptanklagepunkt einer Steuerhinterziehung ist ganz klar dadurch ergeben, dass die Häuptlinge eine Doppelbesteuerung vornehmen. Ein ZWEITES Besteuerungssystem, welches die Häuptlinge eingeführt haben, die unseren Steuerfahndern nichts geben, die keine Steuern zahlen WOLLEN, aber selbst Steuern erheben von ihren Eingeborenen.

Einer, der weiss, was ihm geschuldet wird, weiss doch schliesslich auch, wieviele ihm was schulden, nicht wahr?"

Triumphierend schreit der Staatswalt dies heraus und dreht sich majestätisch sicher um zum hohen Gericht, dh zum Gouverneur. Und wer weis, wieviele ihm Abgaben zu zahlen haben, kann auch der ihm vorgesetzten Behörde darüber Auskunft geben.

Aber die Häuptlinge tun so, als wüssten sie nicht, wer ihnen wann was schulde....Schon die Vorladungen, endlich genaue Besiedlungspläne herauszugeben...die Eingeboren halten sich einfach nicht an behördliche Anweisungen und sie respektieren auch nicht einmal vorgeschriebene Planungsabläufe, man muss doch festsetzen können, wem welches Land gehört..."

Aus dem Off, und fast subliminal und kaum dem ersten Hören verständlich ertönt Motorgeräusch, Hupen, Strassenlärm inmitten des Klanggemenges fragt HD einen stumm und unsichtbar bleibenden, wie dasjetzteigentlichhierist.

Unklar ob in der Nähe des Tribunals von EDEA gedreht wird, oder aber sich die Staatsanwaltschaft von selbst auf dem Plateau eingeladen hat. Irgendwie beides.

Ein Kameruner Staatsanwalt braucht sich aber nicht die Aufnahmen von der Pariser Friedenskonferenz anzuschauen.

Noch die von der Ermordung ERZBERGERS. Das tut ein französisches Gericht, nur mit Einschränkung. 1951 oder 1956.

Es verweist nämlich an die deutschen republikanischen Instanzen zurück. Erzberger in BRD/ RFA reloaded.

Ein Kameruner Staatsanwalt, schaut sich im Vorbeigehen, freundlich und cinephil, FIKTIVE Pseudohistorische Aufnahmen von den Vernehmungen im Parlamentarischen Kontrollausschuss des kaiserlichen...sic... der Einfachheit halber ...: Reichstages an. Fast spöttisch erklärt er dem Antillenregisseur, dass hier einiges anders läuft ...

Aber es sei nicht der Mühe wert.

Zoom auf die verdreckte Windschutzscheibe, die von einzelnen, dann stärker und heftig prasselnden Regentropfen erst schmierig, klebrig, streifig, strähnig sauber wird, dann aber geben die Wischer den Geist auf, mit dem sprudelnden Wasser, das über sie hinwegstürzt.

Überblende

Im Regen durch die Baustelle.

Die Schlammflut wie von einem verseuchten Aluminiumwerk in Ungarn, aber das ist weit weg.

Die Kornkammer etc usw.

Die Konstruktion des Knastes, der von Weiten unnahbar grausam und ungemütlich aussieht, aber wenigstens nicht nass, nur das trügt Durch strömenden regen huscht eine Gestalt.

Beschreibung der Strasse zwischen Knast und Kino. Der Boulevard de la Liberté ... approximativ....muss man halt darstellerisch irgendwie hinkriegen. Drüben das ehemalige Cinema WOURI,

das nun übergegangen ist in die Hände einer NEW BORN Sekte. Vor einem Haus auf der Strasse findet wieder eine Beerdigung statt, ein Menschenauflauf, Boutique und daneben ein verlassenes verfallenes Cinema.
Ein Mann spricht in die Kamera eines vorbeifahrenden Wagens.

Der Architekt spricht hinein in den strömenden Regen, die Hose klebt, die helle Leinenhose, das Hemd saugt sich an seiner Brust fest. Ein rührendes Bild des Widerstand gegen den Untergang.

Cut. Faux raccord. Falscher Anschluss

Schnitt.
Auf einem kleinen alten VHS Band schaut sich der Antillenmensch nochmal den Filmausschnitt einer deutschen Parlamentsdebatte an. Irgendwie ist er sich unschlüssig.. Schneiden bedeutet doch eine harten Sprung machen. Er war eigentlich immer sehr für den Kompromiss. Aber hier weiss er nicht, wie er das unterbringen soll. Er versteht einfach nicht, was sie sagen. Da auf dem kleinen Bildschirm. Grau in Grau bewegen sich die Männchen. Vor und rückwärts wies dem Betrachter gerade gefällt. Anmutiger werden die eckigen Gesten nicht. Unwillkürlich zuckt er zusammen. Da in seinem Kabuff, man sollte die Suite verlegen, er war ja unkompliziert, aber er konnte es nicht ausstehen, wenn **die** Umgebung zu billig war, Anspruchlos zu sein war wichtig, aber um einen gewissen Stil bemüht. Das ist wichtig, auf Selbstachtung zu achten. Et qu'on le voie.

Die Schatten der Wahrnehmung beginnen, seinen Augen Streiche zu spielen. Immer im Augenwinkel jemanden sehen, der garnicht da ist.Erste Anzeichen einer Verblödung, oder, viel beunruhigender : eines drohenden Hirnschlags.

Es klopft. Die Tür des kleinen Bureaus, das eher einem engen stickigen Kabuff ähnelt als einem Montageraum einer internationalen Produktion (id s a pidii, sagt sich Portauprinsse) öffnet sich ein wenig und Aufregung dringt herein, laustarke Aufregungen um Denunziationen, Anzeigen könnten ausgelöst werden..

Es sind noch andere betroffen... Et alors? Fallait bien regler ça avant. Qu'ils partent ... Qui ?

Tous qui ne sont pas dans une situation claire... Ils doivent s'expliquer... Qu'on évite d'être soumis à un chantage...

Kino 3
Rachel singt alleine. Hinter ihr das wohlproportionierte Gesicht.

FILMSEQUENZ RDMB, der die Stufen hochsteigt.
Rudolf Duala Manga Bell.
Und drüber der strahlende Himmel

Thats the point.
Wir sind drin, im Herzen der Geschichte. Der Gecshichte vom Hänge-Peter. Schrieb der Filmemacher. Und dann die Augen von dem Typen, strahlend, bereits in Apotheose, macht er den nächsten Schritt:
Oben die Bajonette, die Gewehre, drunter die Stufen des Reichtages.

Jemand erzählt, einfach so, unmittelbar, hat die Geschichte schon begonnen, bevor der Zuhörer sie aufnimmt.

Die Geschichte von den Berliner Pflasterklopfern in Neukölln, die schweigend im Kanon Steine klopfen. Glashämmern im Rhythmus klöppelnd, brandet an den Häuserfluchten auf und bricht sich in der Strassenmitte. Ist kein ethnologisches Konzept. Die Beschreibung einer afrikanischen Baustellen (traditionell) mit Lichtern und Gesängen ... was für eine ERFINDUNG.

Sein breiter Rücken zittert. Der Makoussa Mann improvisiert. 'Türlich ist das Häuserbauen eine Kunst. 'Türlich singt man Lieder und nicht unwichtig welche. Türlich baut man den Geist der alten Lieder mit hinein.

Wir wollen doch hoffen, dass es kein revolutionäres Kampflied war, sagt einer, die blödeste Geschichte die ich je gehört habe. Pflasterklopfer in Neukölln haben ein musikalisches Arbeitsgefühl, ha ! Haha!

Es fehlt was,
Sagt der Architekt.
Der Umweg fehlt,
Der Traum von WOANDERS fehlt -

Abbild des Grosstadtlärms.

Geruchsproben vom urbanen Grossraum dringen durch die Lobby des Hotels hinaus in die heisse Luft. Die europäische Bauweise, selbst in ihrer heruntergekommenen Schäbigkeit, strömt einen moderigen Geruch aus, vielleicht ist das auch abgewaschen die verbrannte Luft von weiter drüben, wo wieder mehr Holzbuden stehen.

Der Architekt fährt fort: „Durchsichtigkeit, gepaart mit dem Wunsch, die Sonne einzuschliessen, Transparenz ... und der Wille, die arbeitende Bevölkerung in geräumige überschaubare Einheiten einzuschliessen und die arme Schicht, durch neugeordnete Verhältnisse zu Sauberkeit und Arbeit zu bewegen..

Kurz also: Statt der unendlich vielen Fenster ging es darum, Die absolute TRANSPARENZ ermöglichen. In gewisser Weise. Aber leider, wie in Casablanca, Rabat, leider kam es zu Schwierigkeiten. Denn, leider, hat diese Transparenz zu einem unerträglichen und letztlich unmenschlichen Temperaturanstieg im Innern des Hauses geführt, man muss sich vorstellen: drinnen schmölze das Glas selbst von den Fenstern.

das ist auch eine Art ARBEITER zu entsorgen, aber das wollten w ir doch nicht. Unsere Arbeiter sollten schön wohnen, es gemütlich haben, dann würden diese dauernden Beschwerden aufhlören. ....Nein?

Die besondere Charakteristik der NEUEN Kolonialstadt ist es LICHT zus ein für den Arbeiter. Nicht?

Filmausschnitt. In einer mächtigen Druckerei.

Zeitungen werden gesetzt. Die Setzer quatschen und machen Scheiss, Während SIE LÄSSIG UND IN UNGEHEURER SCHNELLIGKEIT BUCHSTABEN BLEISÄTZE in ihren Kasten stecken. Hinter den Setzern wandern zwei Herren in bescheidener Eile und innigem Gespräch vorbei.

Harden und sein Freund Rathenau unterhalten sich, nicht dass der eine viel Zeit hätte.

Druckereirotationen donnern nun übers Bild. Aus dem wahllos auftauchenden Zeitungen Zeitungsnamen taucht bescheiden ein kleines Provinzblatt auf.

Nun. Sagt der deutsche Gouverneur lächelnd, nach dem er ENDLICH gegen 19 Uhr die Verhandlung vertagen konnte.

Eigentlich war ja alles bereits entschieden, aber die Schreibarbeiten dauerten so lange. Der Staatsanwalt oder was er ist, schaut ihn sarkastisch an. Man möchte sich die Arbeitsweise genauer anschauen. Vorallem um den Vorkommnissen... ein klareres Bild zu haben, mehr nicht. Sich EIGENE Ideen zu machen

(der Staatsanwalt als PRIVATMAN) what a pity. Auch ein Staatsanwalt kann Interesse zeigen. Persönliches Interesse, er kann sogar literarische Interessen haben, nicht. Sympathie. Nicht. Er lächelt sarkastisch.

Schnitt. Enge Menschenmenge gedrängt. Man wartet noch draussen.. Schliesslich gibt sich der Blick frei auf eine hölzerne Barriere. Das Tribunal de Grande Instance de (architektonische Beschreibung nach dem Handbuch von Dr.phil Schmiddübler. Auflage Berlin Gütersloh 1936)

Das Tribunbal, das darauf besteht, den alten Offiziers vorladen zu lassen. Der Wagen des Obersten fährt vor, es sind im Grunde drei Wagen, nur halten die anderen weiter weg, der Bescheidenheit wegen, die es zu demonstrieren gilt.

Weil Leute zu Tode kamen, weil Dinge dort verschwunden sind. Hiess es zuerst.

Aufnahme unter den Wartenden, die aber hier nicht zu warten haben (es st eine alte amerikanische Aufnahmeauffassung, schwierig zu erklâren, warum die hier nicht gilt, unauffällig wird sich hier niemand vor einem Tribunal aufhalten können. Und wie zeigt man das ? Am besten mit einer unauffällig leeren Strasse. Natürlich sind die Unsichtbaren trotzdem da.)

Aus irgendeinem unerfindlichen Grund, ist heute morgen die Anklageschrift anders, sie wurde geändert. Offensichtlich darf MAN das, sagt der Sekretär draufgängerisch und wippt auf den Zehen. Der Anwalt macht ein höchst bedenkliches Gesicht. Der Oberst ist grau und schwankt ein wenig, sein Fahrer und Leibwächter stützt ihn vorsichtig. Eh ben oui, einer aus dem Gefolge des alten Mannes erhebt sich und gebietet Einhalt. Man müsse doch die Verdienste sehen, die beispiellosen, der Dienst am Staat. Aber wir sprachen nie darüber.

Jemand weiter vorne beantragt, dass die Seance verschoben werden muss, weil man .. Wie?

Weil man die Trauerperiode nicht beachtet hat. In den vielen, lauten Stimmen wird dies in Frage gestellt: „Ausserdem waren da die zu Tode gekommen." „Aus eigener Schuld: sie waren gekommen mit Sabotageabsichten." „Nein, ganz gewiss nicht.." „Man hatte nicht richtig auf sie aufgepasst. Die Sicherheitsmassnahmen wurden nicht respektiert, weil unerträglicher Schluderian herrschte."

„Der alte Vorarbeiter, der von den Deutschen her übernommen wurde, der hatte..."

Schnitt. Pathologie. Nebendran sitzend lässt der Ami das tape in seinem Aufnahmegerät durchlaufen.
Ansonsten Stille. Nichts zu hören ausser dem knirschenden Laut des Spulens. „Die Enthüllungen von BIBI Ngota... ahhhhbababab." Le procès de la fausse révélation et la disparition d'un journaliste. Sagt der Amerikaner. Blutbahn. Sagt der Pathologe.

Grave digger, schliesslich sind wir alle grave digger. Ruft der deutsche HD. Geschichten von der gesunden Stadt. Gesunden Stadt.... Wir sind alles grave digger, widerholt der schmale Herr Ndo, der durch strömenden Regen läuft, irgendwo weit hinter ihm oder unten im Bild eingeblendet steht Lamourante in einem chinesisch anmutenden Kleid und hält selbst ihren Regenschirm.

Filmausschnitt. Das abgeholzte Land als Malariabrutstätte (neu und frisch angelegt von den alles plündernden Kolonialbehörden). Ein unter Wert deklariertes Grundstück, mit einem Haus drauf. Kann abgerissen werden. Beschlagnahmt. Planiert werden. Man wird dem bisherigen Eigentümer eine winzige Entschädigungssumme auszahlen.

In der Pathologie sollte es kühler sein, als draussen. Der modrige, sumpfige Geruch bleibt. Das, das ändert sich nicht, nirgendwo auf der Welt. Modriger Geruch bleibt überall gleich. Das wissenschaftliche Problem der ANALOGIE. Das Problem des VERGLEICHS, sehen Sie, Vergleiche hinken, nicht wahr. Darum haben wir vorsichtshalber, und ich sage "vorsichthalber" Rückschlüsse gezogen. Vom Erreger auf die Wirtspopulation. Darunter ist nun die menschliche zu verstehen. Ein merkwürdiges ... Fehlschlussverhalten.

Sagt,

Grossaufnahme, aber über die Schulter, sagt der Pathologe, der sich den Schweiss aus den Augen wischen muss, zum Amerikaner.

"Le fleuve pourri" ((the poison'd river)) *„ in its bath of bay leaves, its forests tossing with fever, the dry cattle"* Who wrote this?

"On enlève l'obscenité mais la putrefraction reste".

Zoom. Im unteren Bildrahmen erscheint eine Kleinapotheke die gleichzeitig Fotolabor ist, Chemikalien obligent.

Es harrt noch seiner Endlösung das Problem des Nährbodens, auf dem sich Würmer, Protozooen oder Viren schneller ausbreiten können. Auch hier ein Agens, das nicht rein mit dem Krankheitserreger zusammenfällt; es kommt noch eine andere SUBSTANZ und eine Potentialität hinzu... Schlechte sanitäre Bedingungen, bei schlechter Ernährung bei ungesunder Lebensführung.

Die Entfernung der ungesunden Lebensweise.. Wenn sich die Europäer aus dem ungesunden Klima entfernen. Wird ihr Zustand besser. Warum also nicht anders rum. Man gesundet das Klima von Douala. Indem man ungesunde Bezirke anlegt. Es ist schwierig, unlogische Gedankengänge logisch fasslich darzustellen.Die deutschen Behörden reissen a) die europäisierten Hauser abverbieten b) den Bau von europäisierten Hausern für die Eingeborenen und verordnen zwingend c) den Bau von Häusern im europâischen Stil für die Distrikte von .....Vom Wouri nach östlichen südlichen Viertel im Uhrzeigersinn.Die Holzbaracken beherbergen aber die Fotostudios und Apotheken der Kameruner von heute. Flash forward.. Im Müll also in die Behelfsapotheken. Schon mal dort was gekauft ? Bloss nicht. Im Dreck die pellicules. Die Filmrollen bleierner Fluss. On cree le mal que l'on prétend eradiquer !

Schnitt. Storyboard (nicht realisierte Sequenz): Hafenanlage Douala .

Die riesigen Speicher in neogotischem Stil Hamburgs. Die repräsentativen Kontorhäuser ......Nach den Photographien ...Hier ein Blick in eines davon.

Aus dem Off wird eingelesen, was in der Zeitung steht, dies soll suggerieren, dass der Betrachter im Film halblaut murmelnd mitliest. Dann betritt der Zeitzeuge mit Gegenlichtweichzeichnung und einer strahlend goldgelben Abenddämmerung den dunkelgetäfelten Laden. Eine Türglocke - Sie wissen schon - kreischt. Über eine schräge Holztreppe hinauf zu den verarbeitenden Ateliers. Der Zugang zu der Fabrik ist backsteinrot gemauert. Der Kaufmann Woermann gibt eine Zusammenfassung vor laufenden Kameras zur Erfolgsbilanz der Berlinreise zweier rivalisierender Douala Chiefs in Berlin.

Alternativ:
Der Missionar in seiner Holzbude in Eseka schlägt ein Kreuz.

Das Auge des Louxors innen. Mit einem schepperndem Krachen fällt die Eisentür zu. Ein undefinierbares Eisengestänge, das ein hirnloser Mensch hinter die Tür gezwängt hatte, war umgefallen. Ein Blatt Papier flog hinterher.

„Unser Dreamlandarchitekt ...", sagt MonsieurleFils spöttsch, als er George erkennt. Son allemand s'est amélioré depuis.

Der sitzt im Halbdunkel und wirkt noch unsauberer als sonst.

Das war voll Scheisse, die Aktion, sagt er.

Woher willst du das wissen ?

Deprived personaliyty. Multiple choice personnality RDMB. Had you'really thought it might have worked out for him, for me? They sent me to prison. Asshole. Finally thats the whole story... the real story behind all your mystery tour.

Exklamation des Monsieurlefils : Have YOU ever been demonstrated against ??

Die Tennisschuhe latschen mitten durch die Scherben der verfallen Kronleuchterimitate aus den siebziger Jahren...
die Jungs üben wie diese Geschichte mit dem Jungen Juden, dem Telephonverkäufer, den die aus dem Senegal.
Das schizophrene Ich, ein depersonalisiertes rdmb-EGO.
How do you do? Do you recognize me?
Il est con, il n'est même pas rien. Il est tellement absent qu'on ne puisse même pas dire qu'il a faché les allemands... Il passe inaperçu.
Ein schizophrener Rudolf fuckfuck. Tschaktschaktschak.
Do ye think I Am this guy. Do ye really think I look like mentally insane person? Do you rreaaly think I AM to be per-traying...? Moi, je suis LE fils de mon Père.
Mais je suis pas mort. Juppjupp jumping thats my....

Darstellung des Kronprinzen Manga Bell, der sich auf seine HEIMKEHR vorbereitet
La decision de RENTRER. (silence).

Rudolf Tha black star dying in a vaste of time, dying in gigantic explosion. Rudolf being appletree's bleeding hope. Black hole. He is me but I'm not him. I'm not willing to play that shit.
Im nächsten Moment absoluter Stille beginnt Monsieurlefils zu beten.

Schnitt. Die Konstruktion einer Strasse in Afrika, der die Erstellung von Strassenbauplänen vorausgeht. Die Konstruktion von Strassen erzwingt die Anhäufung von Aufhäufungen. Pflastersteine in Afrika werden aufgehäuft, dem blossen Auge einen vorläufigen Verlauf signalisierend. Sonst keine Pfosten. Selbst Erde wird angehäuft.

Die Einrichtung eines Arbeitslagers neben einer modernen Stadt. Während er seinen Drehplan nochmals studiert, reisst er plötzlich den Kopf hoch: "Dis donc ?!", sagt derAntillais. .Sich einen RollsRoyce vorzustellen, mit dem die verbürgerlichten Fürsten... Insupportable. ....On ne sait jamais, s'ils se moquent de moi, de ma geule ou non? C'est de la polémique, c'est violent. Ici c'est noté: les princes vont avec chauffeurs au camp de travail camp de... bürgerlichen Fürsten, die eben noch im Rolls Royce über die asphaltierte Chaussee fuhren, die naiv noch europäische Standards erreichen wollten, werden in den Arbeitsalltag gepeitscht.

Angehalten, aus dem Wagen gezogen.

Rückblicke in den Alltag der Barbaren.
Errichtung eines Ghettos.

Filmausschnitt. Ein schwarzer Rolls.
Stoppt sanft auf roter Erde; in den fade wehenden Staub sieht man schwere Stiefel, viele schwere Stiefel treten.

Schnitt. Das Tribunal, kurz vor Mittag..
Irgendeine obskure Geschichte zwischen Parrain und Offizier wegen der beschlagnahmten, exbeschlagnahmten Grundstücke wird verhandelt. Dass ZEIT stehen bleibt, ist schlimm, schlimmer aber noch, die Folgen einer aus den Fugen geratenen Zeit beseiti-

gen zu wollen INDEM man der allzu menschlichen Rechtslage und Rechtssprechung treu bleibt: In dem kleinen Raum, der eher klein wirkt durch die Menge Leute, die sich drin ansammelt, herrscht angespanntes Schweigen; eine Reihe von Offizieren zu einer Seite tuschelt leise.

Das Tribunal stellt fest, dass der Angeklagte eine Trauerfrist zu berücksichtigen hätte. Darum wird die Entscheidung vertagt. Durch die kleine Holztür zwängt sich die Kamera nach draussen.

Schnitt. Das Reichskolonialamt sieht sich täglich mit neuen Beschwerden über Misshandlungen konfrontiert, der Berg Arbeit wird stündlich grösser, man weiss kaum noch, welche Lügen erfinden (schnaufend ehrlich, manchmal hinter seiner kleinen Burokratenstirn der Regierungsrat Dts der keinen Hinderungsgrund sähe, auch OHNE juristische Handreichung mit Polizeigewalt durchzugreifen, um die auf ihr Recht Wartenden plausible zu vertrösten und mundtot zu machen, WEIL (so schnauft er) die Fürsten von Tag zu Tag frecher werden - und offensichtlich sogar einen politisch jusristischen Erfolg gegen das Amt feiern.....Es MUSS behördlicherseits auf effizientere Methoden gesonnen werden, die unliebsame Bevölkerungsschichten unsichtbar zu machen.

Einblendung. Eine lautstarke, nun richtig in Fahrt kommende Debatte der Budgetkommision verhandelt die explodierenden Kosten des Afrikaabenteuers.»Dies ist altbekannt« die Stimme überschlägt sich, dahinter hört man Blätterrauschen, Stimmen. Die Abgeordneten rechts aussen rufen dazwischen.

Kalkhof, Abgeordneter, Berichterstatter Dienstag 20.März 1906
"Der Antrag, den die Kommision zu Ziffer 1 stellt, verlangt im

allgemeinen auf dem Gebiete des Strafrechst, des Strafprozesses und der Disziplinargewalt die Schaffung erhöhter Rechtsgarantien. Meine Herren, die Regelung der Frage, betreffend der Schaffung dieser Rechtsgarantien, wird allerdings voraussichtlich längere Zeit in Anspruch nehmen. Es war daher absolut notwendig, dass man zunächst eine Frage sofort regelte, due auch tatsächlich sofort geregelt werden konnte. Das ist nämlich die Frage: Wie sollen diejenigen Leute behandelt werden, die in Untersuchungshaft genommen worden sind? Diese Frage war akut eigentlich dadurch, dass, wie feststeht, noch eine Anzahl von Häuptlingen in der Untersuchungshaft sitzen. Um nun schon jetzt den betreffenden Behörden die Möglichkeit zu geben, hier im Interesse des Schutzes der Verhafteten wohltätig und bessernd einzugreifen, schien es angezeigt, diesen Punkt II herauszunehmen aus der Ziffer I und formell in eine eigene Partie des Antrages einzuordnen....

Portauprince sieht sich dans Ganze mit immer grösser werdendem Überdruss an. Nebendran telephoniert die Skripse. Irgendwann packt ihn die Wut: «Du telefonierst ja immer noch! Kannst Du nicht endlich mal mir zur Verfügung stehen. ?» Er seufzt.
Das Problem der Zuständigkeit. Und des persönlichen Regiments. Hinter ihm leuchtet der Reichstag und die flammenden STUMMEN Reden. Die Sozialdemokraten schreien sich den Hals heiser.

Schnitt. Die Strasse vor dem Moabiter Gerichtsgebäude, davor eine Berliner Warteschlange.
Die Leute lachen, rempeln sich an, albern herum. Viele der anwesenden Damen wirken verschämt und leicht errötet, nichtsdestotrotz amüsiert man sich bestens.

Schnitt. Yaoundé. Ein Ministerialbüro.

Der Amerikaner und sein ominöser Vorgesetzterstreiten sich über das was in einem dunklen Raum wahrzunehmen ist. Irgendwas zwischen cia und Grosshandelsunternehmen oilcompany security services. Sie besprechen Phänomene....

Der Amerikaner und sein Vorgesetzter besichtigen, nichtdasrichtigeWort: sie ANALYSIEREN Fotos:

Welche Mauer, welches Fundstück, Grundstück ? Die Mauer. Geschehnisse in einer der leeren Hütten... der entkernten....so entkernt wie Menschenleiber.

Das Gespräch stockt. Die einäugige Ewigkeit zoomt.

Fondu enchaîné in ein europäisch geführtes Restaurant, mit seiner wohltemperierten Bar von klaustrophobischen gekühlten.

Im Hintergrund ertönt ein chanson, sehr gefühlvoll, aber nur in Duala.

Einblende. Eigentlich ein Bild, ein Foto, ein Zeitungsartikel. Ein Kolonialbau. Ein Tribunal. Dahinter ein zweites. Nein? Ist dasselbe, nur mit verschiedener Zugehörigkeit? Gibts das ?

Tribunal eins beschäftigt sich mit diesen Genehmigungen der Kolonialzeit aus heutiger Sicht. Und stösst dabei auf Tribunal zwei, das damals die Vorgänge nicht untersuchte.

„Wait I will take you back in one second." Der Amerikaner zwischen Handy und Handy versucht, mit mehreren gleichzeitig zu sprechen. **Schnitt**. Dahinter die Barrikaden. Ein Kolonialbau. Im charakteristischen müden Licht weiss überstrichen, erstrahlt im abbröckelnden Glanz. "Bonsoir, mesdames, messieurs schmeichelt die geschmeidige Stimme vorne. Was ist geschichtlicher Rückblick, asks the americain. Und sitzt, erstaunt, stumm, als hätte es ihm die Sprache verschlagen allein im allgemeinen Trubel an seinem Tisch. Nach der Introduction und einem kleinen Lied unterbricht sich die Sängerin und kommt kurz herüber an den Tisch. Grande dame. Setzt sich hinzu, nimmt Glückwünsche entgegen. Später wird sie eine Geschichte erzählen zum „laisse tomber": "Personal Geschichte you see, as if he was ….. fictional narrating history. Falsified history. " Einer am Tisch kichert, erzählt von seinem Grossvater. Der erblindete. Unnn'doch DER Schrecken war aller Familienmitglieder: der Chef der Familie, der alles sah, OHNE zu sehen.

"You really belief that - even if the german had won the First World War ? - they would have lost Cameroun ?
What a huge question mark! It's interesting. ?"
„I' m giving credit to the evidence that the germans started an Apartheid system right from the beginning of the 20th century. They decided to eradicate the local populations. They started their final solutions as prototype-procedure."…Silence.
Wunderkerzenübergang.
„Sparkling..", sagt der Amerikaner zum garçon. Sparkling water.
An einem der Tischchen ist lautstark die Diskussion mit dem Schwarzen New Yorker Intellektuellen über das SUJET zu hören. Man hört von hinten eine kleinen Trommelwirbel. "You know…. Rudolf dualla Manga Bell as if " Am den Nebentischchen ist eine Bemerkung zu hören: "Herrenloses Land, ist das für die, neben leerstehenden Häusern", sagt ihre Tischnachbarin.
„Die Mieter wohnen da illegal, im Grunde sind das gar keine Mieter, das sind Hausbesetzer. Barackenflüchtlinge. " - Selbst Google earth sah nichts, zeigte an der Steelle nichts als Wölkchen überm grünen Wald –
die weiten Plantagen, ganze Döfer umgruppiert durch den Erlass

von 1896 sind Produkt deutscher Herrschaft.
„Falsified history. Die fictive history … das war, glaub ich,
der Gegenstand der letzten Diskussion."

Zwischenblick auf die Musiker zum Thema Vater, Père de la nation,
Vater der Nation, man macht Vorschläge zum Arrangement. Leo-
parden-song, zwischendrin. Erwähnung der Sprechtrommel, die
nicht mehr eingesetzt werden.
All das ist verschwunden. "Früher war das noch so. Heute existiert
das nicht mehr." Sagt ein Musiker.
Die Musiker beginnen die Instrumentalisierung, sie setzen das
Thema vom Vater der Nation ab, fügen das Thema vom Leopard
hinzu. Eine Szene von fast unausgesprochener Konzentration;
angedeutetes
„Tu fais ça … ‚écoute …."
Musicien 2, en fait le bassiste eructe:
„On marche un après l'autre … „
Tout le monde rit.
Die Sängerin, deren Pause es ist, fordert EIN ANFANGEN ein.
Ein ANFANGEN der SCHULDERKLÄRUNG.

Voix / Stimme / Voice :
"We only see the colonial war as a preparation, an exercising for
the Holocaust…"
"I think that's too easy. Perhaps the germans - they could not
fight Togo Namibie and Camerourn at the same time…There were
almost every tribe in rebellion. But for german self-perception it is
an easy ground to see the past as from the eye of an war-criminal
rather than to imagine a deshonored past. Do you really think
germans after their defeat and nearly destruction in 1918 would

be able to accept they had already been humiliated by africans. even before the war had started? ..By something called: negros..."
That the Germans, after having faced a pull out of Russia and Poland, lost Alsacien parts ...were capable to reconsider the fact that the-ay had being spit on by .....black people?

Aus dem Lärm der Stille ertönt im Rauschen das Restaurantgeplänkel eine „Jack Teagarden on the trompet" -Stimme eine einzige körperlose Radiostimme. Die Toilettenkameraeinstellung Google earth zeigt Hühner auf dem Hof.
In einer leeren Villa, ein lautes Radio.
Während ein spätes Nachtessen gerichtet wird,
irgendwo über den Hügeln,
lauert die Stille, das Zirpen, das ununterbrochen.

Frühmorgens auf der Strasse. On the way. Frühmorgends, on the way back, schlafen drei Musiker tief hinten im Wagen, während vorn der Bandleader (der selber hundemüde halb einschlafend) das Steuer lenkt. Das Bild, schwarz weiss der Autoroute im Süden von Paris, den HLM nicht unähnlich, die gähnend frümorgens mit dem ersten grauen Saum am Himmel stehen und in deren Küchen hie und da ein Licht brennt. 'S Erzählt die Sängerin abends im Hotel, besser, genauer am tieffrühen Morgen. Nach dem Auftritt im Restaurant und VOR der Arbeit im Cinema, zu der sie nicht mehr antreten wird.' S war einfach. Frühmorgens auf der Bordsteinkante sitzend, zusammengekrümmt, drüben laufen immer noch welche ohne Unterlass durch die nächtliche Nacht. Ein abstrakt hingewispertes Theorem in den müden Augen, die sich noch einmal eine Zigarette anzünden, erscheinen DIE KOLONNEN DER ARBEITER NACHTS, DIE IHRE DREISSIG

VIERZIG KILOMETER eben mal kurz ZWISCHEN zwei und vier Uhr morgens DURCHziehen, damit sie um fünf richtig zu arbeiten anfangen können.

Die Geschichte des EWONDO sollte man denen erzählen.
Der durch die Mauern gehen konnte.
Vielleicht könnte ein kleiner Junge draussen die Geschichte des diebischen ONKELS erzählen...ein Kind, das in der Dunkelheit der Strasse von der zu hellen Lampe erschreckt und gleichzeitig angezogen wie die Motte vom Licht, mit grossen dunkelglühenden Augen, Kinderaugen jedoch, während er sich gähnend die schweren Lider reibt...
Siss nix besonderes. „Ewondo ist nichts anderes als der Onkel."Sagt einer der Guitarristen zum Toningenieur.
„Tu vois", sagt der Bassist mit kraxiger Stimme und schmieriger Stirn....on est où là-dedans?.......Der durch Mauern gehen konnte.
In den dunklen Staub tief gebückt um eines Hauses schrägabfallendes Sandgekehrtes Platz, kein Platz von vielen Regengüssen verwaschen nun reingekämmtes terrain zieht sich Ewondo nun in den Schatten zurück eines schmierigen Bretterverschlags durch dessen Ritzen -

Refrain Des Kühnen Dika Mpondo, gesungen von Zwei Nimmermüden, aber Gähnenden:
La celebre histoire des Camrioleurs Bellois EDONDO
Alias ndumbe Mpondo
Qui vola impunément 60 000 Marks à une banque de Douala.
Et qui poussa au suicide un fonctionnaire.

Die Aufnahme einer Strasse aus dem Telephongeschäft, in dem Handys gekauft werden.Die Aufnahme eines Platzes durch VIELE Handys. Es ist als wäre der Platz von vielen Mini-Kameras durchleuchtet, aber achten Füsse auf den Weg? Münder auf die Luft, die sie atmen? Durch die Holzbretter hindurch. Den Blick auf die Nutte, die auf einem Stuhl sitzend, den vor ihr stehenden Kunden freimacht .

, K- *(buka)* das Übertreffen,
'; le fait dc surpasser, victoire;

Ming, victory, *eyal' ebuke* Sie-
rort, *ndedi Jie ebuks* omoJi a
yja Gnade ist der Sieg liber
HaB, *bobe boo bo ta ebuks s-e*
Gerechtigkeit behielt die Ober-
l

inte, *be- [buka)* Übertreffen,
•winden; le fait de surpasser,
ere; surpassing, overcoming,

inering, *ni ggum Jie nde eb-* wo
13 dieser Starke siegt immer
he- {buka) der Siegreiche; le
irieux; the victorious, fig:

Name Gottes: d Unuberwind-
; sumorn de Dieu: l'invincible;

name of God: the invincible one,
kande a timbiny ebuk' a ndutu
ibet wurde er zum Überwinder
hummers

iamb6 **ma loba,** *be- {buka)*
erwindet die Schicksalsschia-
ui surmonte les epreuves du
i; it overcomes fate's blows,
[ame e-s Helden im Märchen;

dun heros de conte; name of
o in a fairy tale

ie- *{bula)* Ubertretung, Ver-
;egen die Rangordnung, Fre-
Aissetat; transgression, delit
e l'ordre de la hierarchie, me-
trespass, offence against or-
f rank, crime, malefaction,

nof-o eb- j-n wegen Frevels m

; belegen, *ko eb-* freveln, e-r
! verfallen, *ts eb-* ein Ver-
feststellen, j-n büßen lassen,
si masuba bekokisedi Frevel

Strassensperre 1

Die Pathologie. Aus dem Off, dem bilderlosen, dröhnen noch die Hupen, claxons herüber, all der Taxis, Autos, Lieferwagen, die sich angestaut, hinüber, dröhnt hinüber, in den weissen Raum voller verkalkter, in Kalk konservierter Leichen (quelle absurdité). Ils ont payés? Der Pathologie der Polyclinique von Yaoundé...In Yaoundé – die Leichen wurden aus dem Norden des Landes runtergebracht zum Untersuchen. Nebendran liegt die Swimmingpool Leiche, leuchtendweiss, nein, sie wurde bereits weggebracht. Es ist nur das Reinigungstuch. Merkwürdigerweise. Am Fenster, am FLURFenster, steht der Amerikaner, will nicht weitermachen, sagt er zumindest in sein Handy ... während er die Stufen hinaufgeht. Was weitermachen ? Er stösst am Ende des Flures auf ein

Treppenhaus. Daneben einen Aufzug. Whow. In Yaoundé. Der
Ami fährt hinunter. In den Fernsehnachrichten, die auch hier
wimmern, durchgehend, bringt man Neues. Neues zum TOD
der Francafrique. „Endlich", sagt der obduzierende Arzt. „Darauf
warten wir schon seit langem."

Ein Holländer oder Belgier fungiert als Pathologe ... das sei von
aussengesehn, so gut wie das Gleiche, sagt sich der Amerikaner,
aber man hatte ihm gesagt, dass es besser sei, darin – in solchen
Vergleichen – grössere Sorgfalt walten zu lassen. Gewisse Vergleiche
zwischen Europäern passen nicht. Verletzten regionale. Gefühle.
„Schon mal auf die Idee gekommen, das mühsame Geflecht von
Nepotismus, Tribalismus und Korruption mit den unheimlich
schwierig zu beschreibenden Entwicklungen im Leben eines Malaria-Erregers zu vergleichen? Wohl gemerkt, Holla!, ich rede nicht
vom Krankheitsverlauf, ich rede von dem winzigen Vorstufen
dieser aparten Kreation. " Der Amerikaner hebt den Kopf, apart.
Fremdheit, wieviel Fremdheit verträgt ein Gemeinwesen, um mal
ein plebejisches Beispiel zu zitieren. Der Magen ist die gesunde
Mitte des Bauches. Ein infizierter Magen hingegen, ein infizierter
Darminhalt, den wir auf unser vorhin gewähltes Thema adaptie-
ren wollen. Destroys every-thing. Er sitzt daneben und hört sein
Diktaphon ab. Schreibt, spricht mit Satellitenfunk mit seinen
Vorgesetzten, während er versucht, jemanden von Den Haag per
mail zu erreichen. Weißt du, sagt er zum Arzt, Geheimnisse kann
man euch doch hier am besten anvertrauen..

Der Amerikaner spricht mit dem Pathologen. Mit dem ....engli-
schen Kollegen in der Pathologie über das Paralleluniversum des
Internationalen Gerichtshofes. RDMB ist sozusagen unsichtbar.

Die traditionelle Machtstruktur Der Aufgefressene der in kleine Stücke geschnittene. Ist in der französischen Sprache nicht oder nur unzulänglich wiederzugegeben. Gewisse gedankliche Strukturen passen einfach nicht in ein logisches System. Ein zufällig alte, zerlesene Dokumente enthaltendes Blatt sagt einiges über eine Anfrage aus, die aus dem französischen Gesundheitsministerium stammt. Die unhaltbare Situation in den deutschen Kolonien muss dringendst reformiert werden. Die Massnahmen, die in Angriff genommen werden sollten, um eine angemessene medizinische Versorgung der indigenen Population zu gewährleisten, sahen Folgendes vor ..

Schnitt. Herr Ndo erklärt was zum Zirkel der Macht, das meint natürlich den inneren Zirkel. To get in there. You need a very particuliar transition. Initiation in den Inneren......syten Machtzirkel T'es mort.. „Alors," zögernd sagte er das, langsam.

Grossaufnahme von Moltke,
Kuno von
Sein Radetzkymarsch verklingt. Herr von Moltke schreitet, fast unwirklich tänzelnd langsam im Gehrock, die wenigen Schritte zum ...... Gerichtsgebäude.

„On n'y touche pas." Sagt der Bassist und Arrangeur.
Fallait voir les choses différemment, sagt grunzend der Oberst. Compris, tout le monde? „Compris" Sagt der Tonmeister im Taxi in sein Oreillettes-Set. Grossaufnahme Moltke im Gehrock.

Filmausschnitt
Schmerzhafter ohrenbetäubender Lärm einer mächtigen Druckerei. Das Bild wandert von den Bändern zu den Setzerräumen; Zeitungen werden noch gesetzt. Damals.
Die Setzer quatschen und machen Scheiss, Während SIE LÂSSIG UND IN UNGEHEURER SCHNELLIGKEIT BUCHSTABEN BLEISÂTZE in ihren Kasten stecken. Das auf dem kopfstehende Schriftbild macht ihnen keine Kopfschmerzen, halb schräg, hinter den Setzern, wandern zwei Herren in bescheidener Eile und innigem Gespräch vorbei. Harden und sein Freund Rathenau unterhalten sich mit wenigen Gesten, nicht dass der eine viel Zeit hätte.
Druckereirotationen. Aus dem wahllos auftauchenden Zeitungen Zeitungsnamen taucht bescheiden ein kleines Provinzblatt auf.

Und wie in einer Geldspielmaschine stoppt das Glücksrad,
den Zeitungsschreierischen Rausch und wirbelt sich zitternd ein
auf den nun erscheinenden Titel
statt der drei Herzbuben oooder Karos oder Zitronen: Bling:
Hardens „Zukunft".

Humanismus habe, so es Puttkamer und Peters bewiesen, nichts
in den Kolonialgebieten verloren.

Schnitt. Im Cinema. Im Halbschatten einer Bretterbude, Internetcafe. Rauch sozusagen. Der Mittelsmann hat Baustellenprobleme. Leiharbieter oder solche, die arbeitslos gemeldet sind. Solche
Leute, die falsche Deklarationen gemacht haben. Solche, die von
Beschlagnahmung bedroht sind. Schwarzarbeit. Kurzum. Betrug.
Contre-champ. Sagt der Deutsche wie betrunken im gelben
Scheinwerferlicht in einer kleinen schäbigen Hütte, die bereits
auf die Gangsta deutet, die billige Mafia manufakturiert. Sagt
HD auf dem Zementsack, c'est la verité Ihi mais quand conté
gentil mais pensa sosiho pense quandmaija- quiho ma delité. Mit
der Waffe am Kopf sagt der junge Deutsche: Als einer, der zu dem
Herrn Ebermayer wird. Man wird auch was auf der deutschen
Seite. Man steigt auf. Das war ja der Grund, warum man aus dem
Württembergischen kommen solche Strapatzen eines Abenteuers
im Dschungel auf sich nahm. N kleiner Hanswurst konnte ganz
gross rauskommen. Ein Bezirksamtmann werden.
Blende. Stimmen, die sich aus dem Lichterschattenhandgemenge
herauszu-schälen scheinen, es kommt nur drauf an, wem Sie mehr

Vertrauen schenken, die höhrere Glaubwürdigkeit. Das Auge hat dem Ohr doch längst den Rang abgelaufen .

Storyboard, animiert. Löwenskulpturen fallen lautlos ins Zerbrochene, fast so surreal, als hätte ein chinesischer Bildhauer einen chinesischen kleinen Strassenpolizisten in den Staub gekloppt, dem im Heulen die Augenlider zu dicken sackartigen Schlitzen verklumpten. Surreale Zeitsprünge, die nur ein elfjähriger Schüler, dens im bildende Kunstunterricht zu sehr langweilt, aufs Papier malen könnte.

Stimme: Möglicherweise das Grab Gravenreuth. Jedenfalls entspricht es meinem Foto.

Der SchreiUnmenschliches Bebrüll eines soldatenDas >Maschinengewehrfeuer in zeitlupe schrillesBrüllenEines IRRENs FieberkrankenStehengeblieben wie das Gebrüll seiner steinernen Löwen. Dahinter einTonbandquäkende. PortauPée führt ein Interview. Dekonstruierte Narration verpflichtet PortAUPrince zur Frage: «Was verstehen Sie unter barbarisch ?
Das scheint Sie zu stören, ja ? » lässt der Antillenmensch durch die Übersetzerin fragen. „Das interessiert mich doch jetzt: Die Deutschen waren ...Ihrer Meinung nach.. mehr oder weniger barbarisch? War ihr Koloniales Streben von humanitären Gesichtspunkten geprägt, ja oder nein? Il faut savoir donner une réponse. Das lässt sich doch einfach beantworten.. Alors, la faute de la premiere guerre mondiale à qui? Die Deutschen hatten, meinen Sie, nicht den Weltkrieg angezettelt? Wer hatte denn dann die Schuld am Weltkrieg ? Qui a alors déclenché la première guerre mondiale ? Irgendjemand muss sie ja haben. Nein? Finden Sie nicht ? Das

scheint mir ein wichtiger Punkt. Alors les allemands ne sont pas les résponsables de la guerre ?" PortauPrince wird agressiv und bedrängend.

Gravenreuth. Wenigstens einer, der aufgefressen -
Rachel schlägt sich an den Kopf und sucht zitternd in ihrem Gesangsbuch nach dem angegebenen Stundengebet.
Et des lions. En pierre.

Schnitt. Es folgt ein Filmausschnitt des NEUEN, nun definitiven Szenarios „La biographie authentique de Rudolf Bell".
Vision de la famille Douala.

Rudolf rentre de l'Allemagne et commence à travailler pour l'administration allemande.
Sous-titre (copyant les ancients coutumes des films muets...) englobant une large vision du port.
Plonge dans la foule attendant, jubilatoire à quai.
L'accueil à l'européenne.
Rudolf Bell tient un discours à l'américaine.
Il developpe de theses sur la monogamie et ne soutient pas l'idée du grand-empire des Doualas.

Schnitt. Airport- Aufnahmen im Stil der sechziger Jahre, Stil

und Chic und Colour und ...Beschreibungen eines sozialistisch angehauchten Flughafenpersonals, misstrauisch.
Zumindest im Stile von Empfangskomitees, in grossen Halbbögen aufgestellt. Man versteht, dass HIER selten ungeordnetes Publikum herumläuft. Durch die grossen blau oder ockergetönten Scheiben
sieht man hinaus aufs Rollfeld.

In dessen weisses Licht steigt Rudolf aus dem Linienflugzeug
statt 1912 statt 1896
in Douala die Gangway hinunter, bescheiden, arbeitsam.

Die Dicken sind die gleichen geblieben,
der Stoff nur hat sich um weniges verändert.
Die braunen Sardinenbüchse, die sich als das Chorgestühl entpuppt, bietet knapp 80 Sängern Platz. Das freundliche Rosa der Sängerrücken harmoniert mit dem Gelb der Blumengestecke. Drüben auf der Empore ist auch kein Durchkommen mehr. Würde man sich über die Brüstung beugen können, sähe man unten die Europäerstadt und ihre dunklen Fürsten .....dies aber ist einer omnipotenten Kamera vorbehalten.
Die Stimme des Vortragenden hört Frau S...glasklar von weit oben herab in das Kirchenschiff (was sonst nicht der Fall ist, wie sie ihrer Nachbarin M... zuflüstert).
Versetzt dahinter in den Reihen der Tribüne die Jazzcombo, die nicht auf der Bühne steht, aber artig und im Sonntagsanzügen mit glattem Haarscheitel in den Bänken sitzt. Ein Nachzügler quetscht sich in die hinteren Reihen und schlägt knapp über seine Hosenbeine.

Gegenüber im Europäerviertel, unter der weissen Kirchengängerklientel wird gezischelt und geflüstert was Europäerstimmen, die sich von der Kanzel abwenden, nur so zischeln
"Das aufmüpfige Douala, das aber vergessen hat."
Nein.
"UND die aber vergessen haben..." Dochdochdoch. "Die nicht einkalkuliert haben, dass sie die modernistisch eingestellten Kreise in Deutschland überschätzen könnten, die ...Macht der Reaktion.. die Reaktion der Macht..."

Dreamland never sleeps –
Der Slogan, sagt einer.

Überblendung der Rotationspressen, die donnernd über den Reichstag hinwegrotieren. Bebel schreit stehend mit hocherhobenen Fäusten, die aber hilflos neben seinem grösser werdenden Mund von Zeitungen überblendet
Die Illusion der Zeit. Im Clinch der Kulturen.
Die Illusion der Zeit an einem runden Konferenztisch mit afrikanischen, asiatischen Gesprächspartnern.
Wie lange darf man Nachdenken, ohne sich eine Blösse zu geben, Zeit zu handeln, Zeit zu träumen, die sich in dem zutraulichen Grinsen aller Business-Partner am glänzend runden Tisch wiederspiegelt.

Dreamland never sleeps
Import europäischer NEW CITIES (mit Bebilderung durch Postkarten exposition coloniale aux bords de la seine) Au champs de

mars die Brauerei VETZEL auf der PAGODE. Die Faszination dex Exotischen, die am Anfang des neunzehnten Jahrhunderts die Menschen erfasste, des Japonisme zum Beispiel, man kann das garnicht richtig auf Deutsch ausdrücken, was für eine ungeheure Beeindruckung das gewesen war.

Das Investmentprogramm Dreamland... eigentlich ist nur der Spitzname. Der Arbeitstiel ist ein anderer.
Beschreibung des abzuholzenden Landes. Des zu bebauenden Landes.
La société des Bois.
Endlich sind wir im Herzen der Geschichte.

Rudolf Duala Manga Bells Artischockenherz.

Schnitt. Die Zeit in einem Parking, Zeit zu warten, besseres deutsch: die Wartezeit, die ein farblich nicht zu identifizierbarer Mann in seinem Auto zubringt, um auf seinen „Geschäftsmann" zu warten. Irgendwo in der Einfahrt taucht die Silhouette des Amerikaners auf.

Filmausschnitt.
Auf der Hauptstrasse von Douala treffen sich zwei, um über mögliche Modernisierungsprojekte im afrikanisch traditionellen Stil zu sprechen. Das Treffen von Prinz Mpundo und Rudolf: Zwei Deutschlandveteranen treffen sich und diskutieren über neue Familienpolitik.
Zoom (wie auf einen Classeur, Dokumentenordner, gefüllt mit Zeitungsausschnitte, Plakaten (zusammengefaltet und Postkarten, Metrotickets, Busfahrtkarten Zeichnungen etc). Die Darstellung

des europäischen Traumes in den Augen eines afrikanischen BIL-
DUNGSTOURISTEN. Eines angehenden Harvard-Studenten.
Die Runde der in würdigen europïschen Anzügen dasitzenden
Herren verständigt sich über das Zu Erhaltende und das Neu zu
Schaffende. Einer der Anwesenden stellt dem Heimkehrern in
Kürze und aufs Gröbste die Züge eines degenerierten Systems
dar, die unhaltbaren Missstände, selbst für deutsche Verhältnisse,
der deutschen Kolonialpolitik. ER müsste Stunden weiterreden,
doch die Zeit drängt.
Von Politik - kann - eigentlich - streng genommen - keine Rede
sein. Politik setzt ja voraus, dass Dinge verhandelbar sind, Politik
braucht Gespräche, Verhandlungen, zähes verbales Ringen. Palaver. Und es braucht den geschützen Raum für Palaver.
Daher hat der Baum seinen Namen: Unter dem Palaverbaum.
Das ist kein gefällter Baum.
Filmausschnitt.
Mpundo sagt, auf der Exposition coloniale habe er keine Gefängnisse gesehen.
Ja, er wäre dort gewesen und hätte sich die Hereros angesehen,
die dort meinten, sie könnten auf diese Weise ihre .... er zögert...
Lebensweise und Geschichte den Weissen nahebringen und sie
würden, es sei, trotz der schändlichen Realität sei an IDEALEN
festzuhalten. Vermeintlich euphorisch wird die Diskussion fort-
gesetzt.

Warum aber werden wir hier andauernd bestraft ? fragt Kingman
Ewele.

Und als wäre die Stimmung nicht bestürzend genug, die auf dieser
Familienversammlung der Chefs herrscht, bei der die gewichti-

gen Herren beieinandersitzen, es wird der Heimkehrer nun mit der realen Situation vertraut gemacht. Die Konfrontation des Heimkehrers mit den ZUSTÄNDEN vor Ort, den Auswüchsen ist heftig.

Doch es melden sich auch andere Stimmen zu Wort.

In der Wut und Enttäuschung gibt es auch andere Stimmen, die von Hoffnungen sprechen und dran erinnern, dass bereits hoffnungsvolle Gespräche geführt wurden, die Bauplanung betreffend, der Häuser Akwa und Bell.

Stadtplanung. STADTPLANUNG mit dem erklärten Ziel, eine Europäisierung der Stadt zu erreichen TROTZ der deutschen Übergriffe, der eindeutigen Fehlentwicklung des Kolonialstaates. Es gäbe sogar Überlegungen einer Haussmanisierung von Duala –

Doch nimmt die Diskussion wieder überhand, die erneuten Protest formulieren will, in welchen Formen gegen

Die Misswirtschaft

Die Misshandlungen

Die Misstände und die Missachtung althergebrachter

Schnitt. Yaoundé. Beschreibung des Raumes der Pathologie, abblätternd. Die Worte sind wie das Holz plus der Beschreibung der Wanduhr und ein Fiktives Porträt eines Nicht an der Wand hängenden Präsidenten (in der Pathologie von Yaoundé 2), abblätternd. Der geschädigte schwarze Präsident istgleich: Der angeschlagene „Demente", die angeschlagene Präsidentschaft, der angeschlagene „Clemente" und was noch an Stichworten, um mögliche Erklärungsansätze für die aktuale und passive Misswirtschaft zu ….ff….nden.

„S'unklar", der Belgier dreht sich gerade vom Müll, -Hah - „Müll -! So nennen Sie das also"! zurück, dem er sich gerade, sich vorbeugend hingewandt hatte, und wischte sich die Hände an der Schürze ab. „Sist nicht nachvollziehbar, wie Sie hier von „Demenz" oder „clemens" reden können... Nachsicht... Aber Sie haben mir eine Frage nach Atangana gestellt."

Stattdessen also Atangana, der versucht mit den faschistischen Deutschen das Schlafkrankheitsprogramm auf die Beine zu stellen. Atangana, der begriffen hatte, dass das Konzept „Stadt", das Konzept „afrikanische Stadt" nur mit Leuten zu machen war, die was begriffen hatten. Als hätten die Fürsten Akwa und Bell nichts begriffen. ((Sist absurd, zu meinen. Traurig, eigentlich)). „Hah" sagte der Belgier zu sich. Die Tatsache, dass Atangana irgendetwas vorhatte, nämlich Krankheiten zu bekämpfen, hiess ja nicht, dass er n ausgeklügeltes System hatte. Aber kann man den Tod bekämpfen?

Systeme waren sowas wie Spuren des Malaria-Erregers. Was war zuerst da. Der Wirtsorganismus und die merkwürdigen Anpassungsstrategien...aber egal. Er war müde. Atangana war nicht müde gewesen, er war klarsichtig gewesen und falls Atanaga vorgehabt hatte, mit den Deutschen Behörden ein Schädlingsbekämpfungsprogramm durchzuziehen irgendwann neunzehnhundert, dann konnte er genauso gut versucht haben, es neunzehnhundert plus x mit den Franzosen und den französischen Behörden durchzuziehen - und wenn er irgendwas anderes vorgehabt hatte, was sagte das schon aus, über das was dann draus wurde.

Sic. Hic.

Und die Korrpution, sagt einer der Assistenten, die nun in den Raum kamen, eigentlich richtete sich seine Frage nach hinten raus, in den Nebenraum, aus dem er gekommen war, aber seine Töne seine Satzmelodie drangen mit seinen Schritten in die kalte Halle ein, der Belgier oder Holländer schniefte und sagte: „Das Paralleluniversum, in dem es kein 9/11 gab... Denn in der Welt des 9/11 war George W.Bush PräsidentIn unserer Serie aber konnte es daher nur einen Präsidenten geben, der Barklet hiess und .... Der DER idealtypische Präsident gewesen war...

„Gabs denn sowas?"

((Das heisst, in der Pathologie hatten sie gestern abend und eben gerade noch einen Film angeguckt, aus dem Internet runtergeladen, oder eine Schwarzmarktkopie erstanden oder sonst irgendwie von jemandem mitgebracht, der eben...einen anderen amerikanischen Präsidenten Irgendein Komplott zum .....ema hatte) Ema war soviel wie THEMA, but in fact it didn't matter. Das Paralleluniversum eines schwarzen Präsidenten, es gab Fragestellungen bei denen schon durch eine unglückliche Wortwahl Ideen entstanden liess wie Bastarde, die Dinge sagten, andeuteten, zu erkennen gaben, die ach ganz andere waren)). Schlurfende Schritte kommen zurück. Flatschendsaugend wischt klatscht der Wedel wieder. Für einen Raum voller Toten gabs viel zu tun. Manchmal, aber das wurde dem Ami erst später klar, manchmal mussten die Leute ihre Angehörigen unaufgeräumt wieder mitnehmen, das ist eine Unterstellung, sagte er sich, eine böswillige, aber das Leben ist böswillig und die Bezahlmethoden in der Pathologie auch, wenn mans nich zahlen kann, warum soll man alles wieder zurücklegen und ordentlich zumachen? Wer nich zahlen kann hat keinen

ordentlichen Toten. Basta. Keinen halbwegs anständig ausschau-
enden Vorfahren.

Flatschendsaugend wischt klatscht der Wedel. Die Putzfrau hält
den Kopf gesenkt, als wüsste sie von nichts. Pour les veuves....il
fallait y penser.Das Paralleluniversum apré la mort. Past death...
Grave-diggers, Die Hemmnisse einer cradle to grave Recycling-
struktur. Man kann sichs kaum vorstellen, dass die Frauen des
Chiefs im Puff landeten, früher wurden die aufgehängt. Nein?
Nonnonnon, Mi'sieur. On les a mariés. Même de tous jeunes
garcons ont du prendre une. Les femmes du pouvoir. Witwen
des Fortschritts .... La mort, disaient tous les anciens, la mort a de
la couleur... Stille. Durch die ein nasser Besen klatcchscht.In der
Pathologie und mit einem eigentümlich erdigenem Kalkgeruch.
Der Amerikaner schlurft über den Flur.

Roderich Fieck wird einst Des Führers Architekt. Linz, sein Be-
tätigungsfeld. Einstweilen, trommelt seine Reitgerte gegen die
wuchtigen Hosenbeine. Ungeduldig.

Schnitt. Maschendraht – Schnitt an einem afrikanischem Flug-
platz. Der niedrige Himmel einer Reklame.
Drunter hängt ein kleiner Flieger. Vorne der Amerikaner, der
Oberst- vielmehr sein Vertreter, der Sekretär.
Der eigentlich sein Sohn ist, aber egal.

Müllkippen, verseuchtes Terrain, man könnte versucht sein zu sagen, vermint. (hier ein backlash zur Biografie des americain, but not very incisive).

„Architektur hat was mit Wahrnehmung zu tun. Gruppierter Wahrnehmung" , konstatiert vorneweg PortauPrince.
(Klein, gerade ausgestiegen, am Terminal – noch am Eingang stehend und auf den grossen Jeep wartend – falsche Perspektivverhältnisse). **Schnitt** Yaounde. Strahlender Morgen. So jedenfalls nach der Laune des Wiederzurtruppe Gestossenen.... Den erstaunten Gesichtern erklärt sich der Antillenmensch allein, der ander kommt nicht mehr. Sagt er, was muss man da auch erklären. Die Dinge haben sich geklärt. Selbstsicher und verschwiegen präsentiert er sich.

Schnitt. Nachts. Auf dem Heimweg. Das Dinner beendet. Fieck weilt nun bei sich zuHause. In Douala. Es ist ein Zimmerchen in der.. Mission.. In der Handelsniederlassung ...Das ihm von der Bonabela Family vermietete Haus.
"Natürlich", sagt Fieck jetzt direkt in die Kamera. "Erwarten Sie, dass ich NICHT der Einladung gefolgt bin. Mit Eingeborenen zu Abendessen, aber warum nicht, man muss ja wissen, für wen man baut und was aus den Nachbarn wird, nicht, wie wir es schaffen werden, den erbärmlichen Negerdreck zu beseitigen. Es ist...." Er schneuzt sich.
Der Entwurf der GERADEN LINIE... Vom Hafen...
Eigentlich müsste man den Hafen... ins Landesinnere hineinverlängern, dorthin, wo Puttkamer die Eisenbahnliniengezogen..
Die Philosophie der DEUTLICHKEIT. Sumpfviertel werden in klaren Gesten umzeichnet und abgeschnitten. Am Reissbett

braucht man den Menschen nicht, ob man nun Commercials oder Parkbuchten entwirft, Kornspeicher oder Bushaltestellen, wer wollte denn in einer Bushaltestelle wohnen, nicht, für die Eingebornenhütten reichen kleine Quadrate, aber die machen wir zum Schluss.

Kleines Fehlerhaftes. Das ist Zeichen der Dummen, Unkultivierten, Zurückgebliebenen. Undeutliche Zeichen sind wie hosenniggerdeutschj. Deutschja. Sagt Fieck Dazu muss er gar nicht Joseph Conrad kennen. Das macht er auch so aus dem Effeff.

Demonstration de force 1.

Die Karikatur des Niggers der winkt und johlt, seine kleine Statur verrät den wild begeisterten Kindskopf.

eines Wilden beim Eisenbahnfahren in fleckigem Schwarz -Weiss einer Comiczeichnung, die der zwanziger Jahre.

Dominik lacht schallend... endlich auf seinem Pommerschen Hof angelangt. Im Hintergrund soll eine Gruppe Frauen tanzen. Eine betrunkene Frau kann nicht tanzen.

Afrikanische Ausgelassenheit ist nicht betrunken darstellbar.

Aber das interessiert Dominik nicht. Keine Bohne.

Sie fällt hin. Wie vom Blitz getroffen, mit offenen nach oben verdrehten Augen.

Schnitt. Lamourante nuschelt was mit geschlossenen Augen, was vom geschlossenen Wasserkreislauf. Totes und lebendes Wasser. Sisn Vergleichfür geschlossene und offene Gesellschaften miteinander. Cut, abbruch, mitten im Wort. Wiederaufnahme später (nach dem Werbeblock).

Schnitt. Auf dem Heimweg.. Nachhauseweg. In der tiefsten Dunkelheit. Der Wagen leuchtet .. die Nachtsgeher an. Eine endlose Kolonne stumm Dahinwandernder, die zwischen dem hüfthohen Gras, schmalen, schattenhaften Bäumchen dahinziehen. Im Wagen fährt die Mourante dran vorbei. Sie träumt den TRAUM der Mourante während sie an Menschen, an Ameisenstrassen entlang nach Hause fährt (gefahren wird vom Schwager des Herrn Ndo...der auch noch vorne sitzt). Von der Stadtverschmutzung la Bollutiong. Die Stadt als Dioxinverbrennungort, Afrika eine gigantische Müllverbrennungshalde.... Im grössten Schutthaufen, der sich andauernd von selbst entzündet.
Die Müllhalde als der geheime Versammlungsort des .....
Na, des, du weißt schon, des... Zwitschert die Stimme der Mournate wie ein verflattertes Vögelchen, das sich im Luftzug am Fenster verheddert hat. Herr Ndo... nickt. Sein Nacken sieht ernst und trostlos still aus. Als hätte er an was anderes gedacht. Aber wie kann ein Nacken denken, fragt sich die Mourante und zieht ihren Schal fester.

Schnitt. Madame Ndo schlägt hinter der Mourante die Wagentür zu. Die geht langsam schleppend ins Haus. Häuschen.
Drinnen wirft sie ihre Tasche wütend in die Ecke und lässt sich langsam an einer Wand runterrutschen. Neben ihr liegt zwischen den verstreuten Gegenständen ein Buch, das sie wahllos aufschlägt und – da ihr französisch heute nicht gut ist – stockend laut vorliest:

„On constata sur les deux fronts que les positions abandonnées offraient tous les caracteres d'un depart precipité
et definitif; beaucoup d'objets abandonnes sur place, sans etre detruits,
et plusieurs papiers importants ont pu etre

*säisis. A Adji-Bitouma, notamment, on trouva des lettres
destinées à des officiers d'Alembe, et qui n'avaient pas ete envoyées,
faute de temps. L'une d'elles, datée du 27 decem-
bre, annoncait l'evacuation prochaine de l'ambulance d'Akonolinga
; une autre annonce la mort d'un camarade
et exprime l'espoir que ce sera la derniere victime de cette horrible
guerre ; un document recommande de relever les
lignes telegraphiques et d'emporter les fils et les appareils. Enfin, une
longue et interessante lettre émanait d'un
officier qui, ayant et6 d'abord dirigé sur Akouafim, avait recu contre-ordre en cours de route, et cet officier ajoutait
que ce contre-ordre malencontreux, en privant les troupes d'investis-
sement de cette place d'un renfort attendu, avait
seul permis au capitaine Haye^, qui y etait cerné, de s'échap-
per sain et sauf. Cette lettre etait emaillée d'appréciations très dures
sur l'incapacité du haut commanderment et don-
nait une fâcheuse idée de la discipline actuelle des officiers allemands
du Cameroun."*

Zoom. Der Nebel. Gibt es Nebel oben am Kamerunberg ? So wie
es Nebel gibt am Grand Ballon. Oder am Hartmannsweilerkopf...
Die Figur des Urbanisten FIEK und Städteplaners entsteht wie
aus dem Nebel am Reissbrett...
Fiek und Hausmann, die beiden berühmten Urbanisten sind allerdings nur in alphabetischer Nähe in einem Atemzug zu nennen.
Vielleicht, um nicht einem Unrecht zuviel oder zu wenig zu tun,
lassen sich Ähnlichkeiten erkennen im Strassenabstand, den sie
gezogen haben.

„Man konnte auf beide Fronten deutlich sehen, dass die verlassenen Gefechtspositionen (der Deutschen...sagt Lamourante, aber das war doch längst klar), „die Zeichen eines überstürzten und endgültigen Aufbruchs aufwiesen. Viele zurückgelassene Gegenstände, die nicht vernichtet worden waren, darunter mehrere wichtige Papiere konnten sichergestellt werden; In Adji-Bitouma fand man bemerkenswerterweise Briefe die an Offiziere in Alembe gerichtet waren und die nicht abgeschickt worden waren, weil die Zeit ihnen davonlief. Einer unter ihnen, auf den 27 Dezember datiert, kündigte die bevorstehende Evakuierung der Ambulanz von Akonolinga an, ein anderer verkündete den Tod eines Kameraden und enthält die Hoffnung, dass sei nun das letzte Opfer dieses schrecklichen Krieges...“

Schnitt. Paris. Das Concert vor der Assemblée Nationale. Das Mega Hiphop Konzert auf Platz der Bastille, unnnich in Saint Denis... camersoiréree im Videotakt der tac, der Takt kackt ab, der Taktstock gigantisch tackt kakt auf leerer Bühne um drei uhr morgens ..; die Zeit, die europäische, ist hinten sitzen geblieben, d'solé, geht nicht, sagt der junge Mann, irgendeines von diesen impro slam session à la hiphop tu rêves...La chanson militaire comme du chant du 1er zuave gerapt oder so oder du capitaine biancamaria.. c'est pas mortel c'est la merde unübersetzbar das moving lights und die Lichterjunge versteh doch mama, siss scheisse, ist uralte Vergangenheit sollich hier die annefrank des schwarzen busches machen
la lettre au prési, mamachérie...

Zoom verwackelt. Fieck in Grossaufnahme. Es ist unlogisch. Da bauen diese Unzivilisierten ohne die Hilfe eines Architekten.. Sein Gesicht verwischt, verzerrt sich mehr als das der johlenden

Negerleins auf seinem Schreibtisch. Gähnendes Nichtverstehen angesicht der eingebornenen Baustelle.
Ein pagodenähnliches Gebilde.

Der Pagodenbau des RDMB.

Holzfachwerk wo es vorher nur meterdicke Schnitzereien gab, deren Symbolgehalt nur primitivste Avantgarde..zum Glück kennt Fieck das Wort Avantgarde nicht. Das scheint natürlicher, dem Umland angemessener.
Eine kleine Enklave Europas im nichtenden Umland. Der zukünftige Stararchitekt wird das Gebilde noch früh genug einreissen lassen. Singen sie wohlgar dabei?
Tropenholz und Fichten. Kannste Gift drauf nehmen.

Filmausschnitt. Rückblende. Völlig aus dem Zusammenhang gerissen. Beginnt mit: Strasse...Doch diese ist nur Fassade – entkernte historische Dekoration sozusagen. In einer Landschaft.
Das hundertmeterlange Fresko auf der Fassade eines .... Palastes Der ansonsten eingestürzt. Das Fresko auf der stehengebliebnen Fassade. Als Drehkulisse, man sagt, das sei der Regierungssitz.
„Und die Klappenbeschriftung - Diesmal aber ordentlich !)“, betont Portoopéé mit einer zerrupftem Taschentuch in der linken Hand.
Das Bild des abgebrannten Reichstags. Im Zimmer der Mourante neben einem christo-Postkärtchen Das Bild des Tribunals als abgerissenes Zeitungsfoto....Die verlorenen Kamerunwahlen.
Die verbrannten Reden der Sozialisten. Davon bleibt übrig die Darstellung der Sozialisten in einem Verbots-film der Nazis .
Vorladung vor die Untersuchungskommission des Reichstages.
Die Mourante soll spielen, wie sie die Vorladung erhält, oder sie

solls vor der Kamera erzählen als Fiktive ZeitzeuginAls eine der
Protagonisten vor Ort, deutscher Kolonisatoren, die
Zoom (genauer: Untertitelung und ....)Lamourante spricht über
das „humanitäre Engagement". Warum die Bells und die Familie
Bonamanga einiges dazugetan habe, ihre eigene fortschrittliche
Politik zu desavouieren.. Sind so lamoursche Thesen zu Alfred
Bell undsoweiter.

ARBEITERRECHTE

und den Sanatorien auf den Schiffen und Lamourante regt sich auf.
„Krebsleiden, das halten alle für eine Strafe der Vorfahren. Eine
Strafe für die Vergehen der Vorfahren. Le Mal d'une génération
antérieure est encore sur scène et règne sur terre.... Mais si j'allais
dire... Würd ich beispielsweise sagen: le cancer égale des election
annulés....Unn ne Gleichung aufstelle: „Krebsleiden = annulation
der Wahlen", was dann, hm ?...? Ja, hmhmhm ?? On ne pourrait
pas dire que des éléctions ont été interdites – par exemple qu'ils
ont été annülle par la mauvaise volonté d'un ancien chef mort. „

Film zwei

Stimme: Cut. Klappe. Nochmal!

Schnitt. Überblende ins TRIBUNAL, irgendwo im Kamerun.
Der Untersuchungsausschuss in Berlin Mitte. Tiergarten.Fehlt.
Statt dem Prozess von Puttkamer, sollte der Prozess Ndumbé
gezeigt werden.. Selbst Bebel, den ein Brief erreicht, in dem man
ihm lapidar den Tod des Chefs mitgeteilt hat, wird angesichts
der drohenden bedrohlichen Lage für die deutschen Sozialde-

mokratie im Jahre 1905 und angesichts der bitteren Wahrheit einer ganz realen Wahlniederlage nichts anderes übrig bleiben, als die Angelegenheiten eines juristischen Ausgleichs zwischen den kamerunischen Tribunal XX und dem Berliner Tribunal.... erst einmal ruhen zu lassen.

Filmausschnitt. Reichtagsanhörung. Das braune Bilderbändchen rattert. Die Gesichter der ehrwürdigen Abgeordneten sind unscharf. Peters zittert, aber es ist ja auch Hans Albers...Peters wie Puttkamer. Jesko von Puttkamer hat nicht den gleichen grausamen Ruf, der Peters vorauseilt. Sein ebenso strahlendes wie sadistisches Lächeln blitzt grauweisslich von der Wand.

Schnitt. Die abgeso …...ene Leiche des...fehlt leider am Obduktionstisch. Die abgesoffene Leiche, wollte hey sagen, aber es war leider nur noch etwas wie abeg..sogene...aääh. Die ist schon woanders hin verschoben worden. Weisse werden nicht VON Afrikanern seziert. Prothesen. Anverpflanzung. Greffe. Weisse Hand an schwarzen Arm. Das is so wie mit authentischem Deutsch versus authentisches Französisch, hm?

Schnitt. Hellgünliches Wasser leuchtet einladend in einem in grosszügiger Weite geschwungenen Swimmingpool .... Das Golfhotel verstrahlt seinen siebziger Jahre Glanz weithin an den Hügeln Yaoundes. Das Wasser des Pools, sein miefig-mooriges Wasser, das dennoch den Luxus selbst an den Bassinrand schlabbert, schläft im Morgendunst. Drüber, wie auf Gleisen, an der Poolkante entlang, schlurft „Dieste – pardon, die Gesten", sagt der Producer,

"Ssagt Chris Marker irgendwo, die Geste die Revolutionen und Postrevolutionen in einem Moment verbänden die Tränen eines hochdekorierten Generals mit dem Moment des Niedergangs, zwei Epochen in einem Augenblick, und sein stiller Triumph fünf Jahre später, als der ihn in diesem Augenblick Dekorierende bereits auf der Flucht und ausser Landes sein wird. " Die Träne eines um sein Land verdienten, sich verdient gemacht habenden General, die....

Überm Wasser schlurft in Tongs und Flip-Flops der kürzlich herübergekommene Producer.   „Eine grosse Firma hatte Ansprüche durch....den Staat wegen ihr verloren. Es war die Verurteilung des Staates", sagt der Rechtsanwalt. „notwendig geworden." "Faut être prudent, qui l'on accuse. Porter plainte en France contre l'état français ou camerounais me semble difficile. Bien-sur , on ne laisse pas croupir les gens 24 mois en détention provisoire."

Cut.

ebwan, be- (bwd) Mord, Totschlag; meurtre, homicide; murder, manslaughter; mot' ebwan Mörder; meurtrier; murderer; ndm' ebwan

Baubtier; animal feroce; beast of
prey

ebwea,6e- hundert; cent; a hundred,
bebwea ba band belalo nd mwabd
nd balalo 323 Kinder

ebwedi, be- (bwd) Art des Tötens,
Schlacht, Niederlage; façon de
tuer, bataille, defaite; method of
killing, battle, defeat, ba bo bdsi-
ygedl eb- endene sie brachten den
Feinden e-e groBe Niederlage bei,
mwems n' epukepuke ba ben nde ndi
eb- ps (S) Fliegender Hund u Fleder-
maus sterben in ähnlicher Weise

La prison. Das Gefängnis, qui ne fait pas partie de l'historie. Die
Rechtsanwältin, die sich in 12m2 grossen Zelle befindet, weil sie
den Kameruner Staat zu einer Strafzahlung hat zwingen wollen,
wegen nicht gezahlter Holzschlag..Kompensationszahlungen.
Schnitt. Grossaufnahme ihrer Augen wieder im Spiegel. Ein Auge

sieht kaum was. Aus nicht dargelegte Gründen ist es zugeschwollen. Faut pas demander à un mari, dit-elle, en plaisantant. Ihre Zunge war kaum von der Gaumendecke abgeploppt, als sie

schnell ihre Sonnenbrille wieder aufsetzte.Sonnenbrille also im schmalen Spiegel über der Kasse. Die Apothekerin ist so professionell, dass sie einen richtigen Laden ihr eigen nennen kann. Aber, sagt Rachel und dreht sich zum Publikum um, faut pas penser des bêtises.. Si nous, nous n'abattons pas les arbres, on crèvera de faim. On est trop pauvres. C'est pas juste. La deforêstation, même moi, qui vient de la montagne, je vous jure, il faut abbattre les arbres. Pour nous, les camerounais, pour nous les peuples. il faut. Tout simplement. Il y a des avocats qui ont appris en Europe qu'on peut porter plainte contre tout le monde, mais lá, je ne suis pas d'accord. Même une femme avocate dois savoir quand elle trouve plus fort."

„Les violences aux femmes, le déséquilibre dans la présumé parité hommes-femmes pèse beaucoup plus lourd qu'une petite claque qu'un amant réserve à sa Dulcinée."„Machin-là?", fragt die Apothekerin, die überraschenderweise nicht dieser Ansicht ist, es aber nicht zeigt.

Ihr Mund lacht nicht. Dies verdeutlicht die gravité der Situation, landläufiger Meinung nach. Rachels Sonnenbrille zeigt eine andere Vision der Stadt. Jemanden „den Rücken zudrehen" ist nicht allein ein Tun, ein Geschehen, oder auch nur ein Ding, das man oder vielmehr frau angucken, lange aufmerksam betrachten kann,"Tourner le dos" ist auch eine feststehende Redewendung, die bedeutet, bedeuten kann, wie das so mit redeWENDUNGEN ist.. also dass eine Frau den Mann nicht mehr an sich ranlässt.

"Et comment voulez-vous qu'on gange notre argent?" Die europäischen Firmen verklagen, ok, aber Kahlschlag, solange noch was zu holen ist, scheint der Blick der Apothekerin zu sagen. Kahlschlag.

Rachel se fâche encore plus. Die Frauen, die nach Europa gehen, um dort sich zu prostituieren...... warum soll das ein Thema sein ?Die Schande ? Alles zu billig. Il faut qu'on arrête de raconter tout le malheur de tout le monde.! Et on va en finir quand et où? .... Die kleine Nutte, vielleicht schaffts sies doch zu einem kleinen Musicalstar, dann ist sie aus dem Schneider. Überblende. Rachel beim Obersten.Er überlasst es ihr. Die Entscheidung..über das, was sie zurückzahlen kann...oder will. Il lui laisse le choix. De ce qu'elle veut...oui, ou peut rembourser. Quoi ?Lacht Rachel, Hm, c'est très bien...Tu sais ce que tu racontes, hein ? Rachel erfährt, dass Kunst als Investition ihren Preis hat.

« Unter Lastwagen rausgezogen. Den Baudezernenten. «

"No", dit Rachel und lacht überzeugend, "Non, non. Ça ne s'est pas passé comme ça. Au moins, on ne me l'a pas raconté comme ça. "

Filmausschnitt. Evrona als Studentischer Guerilleros, der versucht im Grasland, oben nördlich von den ....Bamileke. Langer Übergang in Schwarz. Tunnelhaft. Tunnelartig. Bamilekes Provisorium.

Schnitt. Der Oberst, der den Amerikaner im Würgegriff hat. Bildlich gesprochen. Metaphern könnten sich in diesen Sonnenbrillen spiegeln, wenns Metaphern wirklich gäbe, so wie schlechte Wortspiele einfach nur schlecht sind und dann in etwas enden, das "misstrauisches Schweigen" heisst. Faux consellors.Die abgewetzte Auszeichnung schimmert bescheiden an der linken Brust des alten, schwerfälligen Mannes. (Die Sicht auf einen Präsidenten, sagen wir: Hitler von hinten, vor dem Eiffelturm). Das Bild von hinten, nicht, suggeriert uns die Idee, dass wir, wollten wir um ihn herumgehen, um Hitler VOR dem Eiffelturm zu sehen, um ihn zeigen zu können, Hitler ANDÄCHTIG VOR dem Eiffelturm, müssten wir uns den Blick der Propaganda-Einheit zu eigen machen, mehr noch, wir müssten Hitler sagen, dass er sich umdrehen soll. Das ist, glaube ich, das eigentliche Problem. Sagt der Oberst. Hitler, der der Kamera den Rücken zudreht, wie er in sein persönliches, kleines Hohngelächter vertieft ist vor dem Eiffelturm. Nicht wahr.

Ein faux candidat à la présidentielle, ça se venge. Ca se paie.. ...
Peut-être c'est faux de voir les noirs d'afrique en éternelles victimes Comme Rudolf peut-être même RUDOLF savait mieux que tout ce que lui voulaient les prêtres donner il savait PLUS beaucoup plus que les blancbienpensants voulaient lui concéder.
RUDOLF IS THE FUTURE.
Et peut-être (dans les yeux des allemands) Rudolf était un peu bête mais surtout pas son oncle. Son oncle savait plus que lui. En plus un héros national bête. Seulement un allemand pouvait imaginer cela. Fallait y penser.
„Waffenschmuggel, warum nicht. Wir sehen in afrikanischen Krisenherden immer nur die Waffenhändler am Zug, die mit der unvermeindlichen Idiotie der Männer gutes Geschäft machen. Aber wir fragen uns überhaupt nicht......" Merkwürdige Amerikanisierung der Waffenschmuggler.. Die vom Treptower Park. Von den Ausstellungshallen der Hereros, sich durchschmuggeln ins Scheunenviertel und den rotwelschen jiddischen Halunken

eins abschmusen... Von Namibia bis Liberia...

Die Hauptschwierigkeit aber ist, denkt bedrückt der Ami. Dass Sätze in unlogische Formen gebracht mit zu grossen Pausen, vielleicht weil derjenige, der so sprach, lange Pausen machte, oder weil er mit anderem, ihn anstrengendem bedrückendem Tun beschäftigt war, dass also diese Sätze ihren inhaltlichen Zusammenhang verlieren. Vielleicht verlieren sie ihren Sinn auch deswegen, weil der andere, der ihn ebenso bedrängt, anhören muss, keuchend, vielleicht den Sinn nicht frei hat, die schwebenden Zwischenstände zu erfassen; Das Nichtgesagte, aber das steht ja nicht auf dem Papier, von dem Menschen ihre Reden ablesen.

En plus ils peuvent même pas y aller. Ausserdem können sie noch nicht mal hingehen.

Eine Stadt in ihrer Machbarkeit, auf dem Reißbrett also, definiert sich doch auch als Leere, in Bahntrassen, Häuserschluchten Gehwegschneisen, Autobahnen, Autobahnenzubringer, Strassenbahnhaltestellensignalköpfe und Bushaltestellen, in Square-Platzgrösse domestizierter Leere   Selbst ein Haus beginnt seine Existenz mit Leere. Mit Auszuschachtendem. Ein Haus beginnt man damit, dass man seine Leere bezeichnet. Nicht damit, dass man sein Herz, den Herd einzeichnet. Verstehen Sie mich bitte richtig, ja? Wachen salutieren. Anständig. Ephemer und elegant der Architekt, der Rollbahnen, Flugfeldbahnen abschreitet. Hinter ihm denkt der Maschendraht.

Frau Ndo...Ngo...Schleppt sich die staubigen Strassen entlang. Madame Ndo .... ist unterwegs um Kanülen einzusammeln. Im Gegenlicht, das dämmerig Schatten wirft auf den Kopf des nun unvermittelt Sprechenden, Frau Ndo... beugt sich noch über ihn, sie ist noch ganz in der Bewegung der Herbeieilenden, aber eigentlich sind sie beide ganz woanders, nun eben im Bildrahmen zusammengezwungen. Im Gegenlicht sieht die Verletzung düsterer aus, definitiver, als sie tatsächlich ist. Man sieht hier nun Madame Ndo als Mater dolorosa, verdunkelnd. (Hier sollte der Originalmonolog der Frau Ndo stehen... wird leider zensiert. Nicht abdruckbar.. Es stechen dem aufmerksamen Beobachter zwei Worte aus dem graubraunen Gebrumm heraus, das sind die Namen ihrer Söhne...)

Einschub Bauprinzipien. Strategien der Architektur. Architekturformen, die sich dem Hunger beugen. Geträumt im müden Hirn einer schwer kranken Frau. Frau Ndo vergisst trotzdem die Pflicht der Nächstenliebe nicht. Auch wenn sie dem Verbrannten kaum Hilfe bieten kann. Selbst das Hinknien fällt ihr, unter der Last ihrer Verwundung, schwer.

Würde man eine Stadtplanung wie die von Reißbrettstädten vergleichen mit dem Schmerz der Vernachlässigung, dem müden Stechen im Kopf, dem brennenden Schmerzen in den Füssen und dem quälenden Krampf in der Magengrube - aber warum sollte ein Architekt über hungernde Kinder nachdenken.Ein Architekt muss noch nicht mal über seine eigenen hungernden Kinder nachdenken, vielleicht sind die einfach zu dick. Dicke Kinder entstehen nicht durch falsche Architektur. Dann solln sie eben einfach zu essen aufhören! Schlanke Menschen in schlanken Gebäuden in eleganten Stilmöbeln. Dicke Kinder entstehen durch Dummheit, Faulheit. Dicke Kinder, die im Jahr, sagen wir 2014, immer nur auf dem Canape herumlungern, weil es ihnen zu gut, einfach zu gut geht, denen rationiert man das Abendessen. Und wenns nicht hilft, dann gehen sie eben hungrig ins Bett.

Ein wichtiger Bau-ansatz, ein MODUL der Stadtplaung, könnte die Plebejer-Geschichte sein, könnten Vorratskammen sein, und der .....

Schnitt. Hopital oder vielmehr nur auf dem Weg dahin, schleppt sich die Episode der Frau Ndo. Kaum könnt sie selbst sagen, was schwerer wiegt, die Last der fehlenden, ihr fehlenden Kinder oder das tiefe Stechen zwischen den Beinen, den Leisten, dem Rücken, dem Rückgrat... Aschgrau sind die afrikanischen Frauen, die iher Kinder zurückliessen und schwer trägt eine jede von ihnen. Auf dem Gang zum Markt, auf dem Weg zum toubib. Ein Herdplatz, aber überall in Afrika lehrt uns das Beispiel der Strasse, dass jeder Mensch hinterm Haus auf zwei Backsteinen kochen kann. Daran ist keine Energieersparnis, kein Fettgewinn, nichts, man muss nicht mal über den Rauchabzug sich Gedanken machen.Das müsste man im Eis, bei starken Minustemperaturen, da könnte man sich überlegen ob man das Haus, die Schlafräume um den Kamin herum anlegt.

Das hätte der Architekt wissen können aus der Zeit – als er noch nicht blind war –1934 das war beinahe 1921Montevideo. Frau Ndo hat aber mal studiert. So ähnlich. War Holzschnitzerin, Künstlerin, in ihren bescheidenen freien Stunden gewesen und als solche eingeladen worden, an einem internationalen Campus…en fait, sie hätte ne Berühmtheit …aber egal…Frauen sind Frauen und Blut kommt überall aus ihnen heraus…Niemeyer hatte noch nicht BRASILIA entworfen, wielleicht so zwei drei Schubladenthesen, Bleistift- Skizzen im Koffer: Da war er durch die Strassen gegangen und nichts zu essen in der Tasche habend, ging er …..

Madame Ndo sieht einen Fussgängerübergang...Besonderheit. Ein Wort. Denkt sie für eine Art Viehschranke für „Leprakranke". Dann einen Tunnel für „Malaria-kranke", dann.. Modelle der Internierung kranker Krankheitskeime tragender...Kurz: Phantastische Raumplanungen, doch immer gekrönt von einer Linie schneeweissen Aerosols, die zwangsläufig zu einem hübschen Quadrat anwächst verschiedener Aerosol-Geraden im dunstigen Himmel. In ihrem niedrigen Horizont, wie ihr Mann und La-Mourante nun giftig bemerken würden, der eine in des anderen Augen, geduckt unter der Wucht des eigenen Gewichts und der klaffenden Leere zwischen den Beinen, da wo

Aufnahme Pathologie. Videostill. Der schäbige OP, schmutzig grau gelb und der noch bescheidenere OPTisch. . . Behandlungs- und Beratungszimmer in einem...Es folgt die Beschreibung der ausgesprochen ärmlichen Arbeitsbedingungen in der Parthologie „(dictaphon): kein Wegwerfbesteck keine Bajonettsäge, kein......... .... Der belgische oder englische Pathologie, irgendwie sehen sie gleich aus, der eine kommt vom Kongo manchmal aushilfsweise rübergeflogen, in einer sehr stümperhaften Pathologieaufzeichnung (SIC) sagt, das Diktiergerät baumelt ihm um den Hals, aber eigentlich sollte er sich um die Lebenden kümmern, hier kommt das doch aufs Gleiche raus. Der Amerikaner sitzt gelangweilt daneben und wartet. Vielleicht liest der Amerikaner auch in seinen Unterlagen und blättert dann zurück zu den Briefen des RDMB, die er ganz hinten in seine Classeur gestopft hat (aber so heisst das doch im Deutschen nicht).

„Being on the other side of existence" Gott nahe...Wie in einem amerikanischen Science-Fiction, in dem die Laborassistentin das

Zustandekommen der Schnittwundentiefe plus Peitschenhiebla-
ceration Machetengriffabdruck nanometergenau beschreiben und
ERKLÄREN kann, mischen sich Zitate aus den Verlaufsformen
der Malaria tropica darunter. Und die „seelsorgerischen" Wohl-
taten einer modernen Pathologie, sagt wer, der Belgier - muss
wohl, dem Überbringer, schwarz und indigène, ist eine solche
tiefschürfende Bemerkung nicht zuzutrauen, ausserdem schlurft
er gerade eben wieder aus dem Raum. **Schnitt**. Als Wiederholung.
Die gleichen Episode von vorhin, nur diesmal leicht abgewandelt.

Extrait du film RDMB dans sa maison.
Flashback dans sa jeunesse, le jeune Rudolf maltraité, lit, en
cachette,dans un journal un article sur l'exposition universelle...
Peut-être il lit quelque chose sur l'exposition coloniale également
Rudolf erleidet den Alltag in der Schreibstube Buea
Quelque chose qui le pousse dans une rêverie exotique à lui, dit
la Mourante. Seufzend. Man sieht RDMB. Rückblende in seine
Schulzeit. In seine Weltausstellungsträume. Seine ihm gehören-
den Exotenträume. Sagt die Mourante Man sieht RDMB vor
den Planungen ...einer Pagode...er hat sich eingehends mit einer
Chinoiserie im Hause der Oesterleins auseinandergesetzt.

Strassensperre. Immer noch.

Die Musiker verstehen langsam, dass es auf den Deutschen ankommt. Der sitzt hinten drin, verschüchtert. Vielleicht im Glauben, seine 8 Millionen Euros seien aus einem Armeefonds entwendet worden. Oder Teil des Staatshaushaltes, der nun, da diese 8 Millionen fehlen, nicht mehr ordnungsgemäss funktionieren kann.

Pleite wie ein platter Reifen, in dem das Schussprojektil noch steckt. Was man an der Zahl ACHT ja bereits sehen kann. Die Jungs vorne auf Fahrerseite drehen sich breitgrinsend zu ihm um. Diese Geschichte wird das Warten wert sein und der Moment, da man sie erzählen kann, wird kommen. Dessen sind sie sicher. Es hilft dem Deutschen nicht, zu wissen, dass er selbst schon auf der Seite der Patroullierenden Kontrollierenden stand. Ganz im Gegenteil, er weiss genau, wie nervös man da sein kann. Vorallem, wenn sich eine Situation so eternisiert wie diese hier. Sind schon Leute unterm Arm eines kontrollierendne Blauhelms weg erschossen worden. Einfach so in'nen Wagen geknallt und der Offizier konnte nur noch bedauernd die Papiere zurückgeben.

Gute Weiterfahrt denn..! Das Gesicht des Offiziers, das sich von oben bis nach hinten ins Wageninnere stiert, gibt keinen Mucks von sich. Hiergeblieben. Offizier .... gibt ein Statement ab, vor, vielmehr direkt (auf Augenhöhe ! Bisschen drunter, please)) in die Kamera (die er gleich drauf mit der Hand abdeckt):Wiederholung gibt es nicht in einem Drama. In einem Theaterstück, in dem sich Szenen wiederholen, ist ja keins... nach der Poetologie von .... gibt es Wiederholung im Gedicht als Aus-druck wiederkehrender Stimmung eines subjektiven lyrischen Ichs den Refrain

Anders die sprunghafte Wahrnehmung einer militärischen Beobachtung, warum sprunghaft - aus dem Einsatz heraus. Hinter ihm, an seiner Schultertresse abgleitend, abrutschend läuft der Deutsche, verschwindet im Bild ... warum ... verwackelt ..? Zielgerichtet aus der Perspektive, läuft er schneller, wird aber vom Blickrahmen nicht mehr eingefangen.

Eine Sicherheitskamera an einer erbärmlich aussehenden Mauer dreht sich. Überblende. Von dem Mauerstück, das sich überlappt vom Stoffärmel des Arztes zu dem Kordeln auf der Uniform des Offiziers.Intervention (Endlich) des Musikers) beim Strassensperrenoffizier. HD Rocco läuft wird dem Amerikaner hinterher. Weg von Musikern. Weg von ernst blickenden Offizieren, die ernst und eindringlich, aufnahmewechselnd, ins Autofenster schauen. Weg noch von afrikanischen Hochzeiten.
Les coupeurs de route. Erzeugen. Eigenmächtig, wie Tristram Shandy, eine Landkarte der Abweichungen, Umgehungen. Les coupeurs de routes, die dies tun, um Hochzeiten zu feiern wären ENDLICH ein willkommener Anlass, die Lebensfreude, die Improvisierkunst, den Charme und das herzerfrischende breite Lächeln einer jungen Frau zu zeigen. Hier Josphina. Ein tiefer Blick und ihre Hand wischt das Bild beiseite. Nun, sagt Josephinas breites Lächeln hinter ihrer hohlen Hand, die Ehe, die Ehe ist auch nich ne Strassensperre.

In literaturphilosophischen Abhandlungen ist heute...20nochwas... viel von "queer" zu lesen, dabei sind Philosophen nichts weniger als geneigt, eine "queeren" Satzbau zu akzeptieren, schon allein der engen Logik wegen, die Philosophen heute noch betreiben, kopfnagelnd und zugenäht, wobei man auch bedenken sollte, dass Kameruner nichts weniger als ausgerechnet "queer" sein möchten. Rechtsanwälte, die anderer Ansicht sind, sollten ein

Notkölfferchen bereitstehen haben. Doch von der Liebe sollte man nicht reden, nicht von der Hoffnung und dem glücklichen Ende - in einer Geschichte, die mit Hängen endet.

Schnitt. Immernoch kniend Frau Ndo, ursprünglich mit dem Vorhaben losgezogen, einen Auftrag mit der ihr eigenen Kennerschaft zu erledigen, sollte für LaMourante irgendeine besonderes afrikanische „homöopathisches" Medikament besorgen. Im Hospital oder vor diesem. Tatsäxlich davor in einer schmal zusammengezimmerten Bude. In gewissen Fållen finden sich Viertel mit den ihnen eigenen beruflichen Charakteristika, wo ein Institut neben dem anderen und dieses neben einem Labor zu finden ist. So weist die Adresse schon eine gewissse berufliche Verbundenheit zu. Hier wertet die Adresse die Strassenapotheke auf, die einige Grobderivate der handelsüblichen Medikamente... auf ihrer schmalen ausgebleichten Theke liegen hat.

Filmausschnitt 1906 - 08 Der Entwurf des Architekten Zur Neugestaltung Dualas. Mit dem Entwurf der SAUBEREN Stadt.

„Wie Sie sehen können, meine Herren – und Damen," er zwinkert kurz und dicht über seinem karierten aufgekrempelten Hemd und der gebräunten blondhaarigen Haut ins Bild, -„im übrigen ist das im Einklang mit der hiesigen Bevölkerung geschehen, die in den Beratungsprozess um den Bebauungsplan miteinbezogen wurde. Doch leider muss man festhalten, dass es schwierig ist, mit sich widerstreitenden Angaben auch nur eine annähernde Vorlage für den Kataster zu erheben... eine Art Vorbebauungsplan. Was ich Ihnen nun vorstellen möchte, ist in grossen Zügen das Herz des neuen Wohnungsbauprojektes und einige Details

Erstens. Ausweitung der EUROPÄERVIERTEL, statt einer beschränkten Enklave, von besonderen Wachmannschaften kontrollierten und geschützen WOHNGEHEGES für Weisse ..."

„Aber darf ich wiedersprechen," sagt Kaufmannsgattin .....

"Warum sollten Sie widersprechen wollen, meine liebe Frau... Wenn ich meinen Vortrag beendet haben werde, bin ich für jede Anregung dankbar, die die Umsetzung des Projektes erleichtern wird. Sie werden nicht widersprechen wollen, weil Sie überhaupt keinen Grund dazu haben werden."

Reanimation des Traumas. Filmausschnitt. Wochenschauen mit Bildern verhungernder Namas. Direktaufnahmen. Zwischen dem „zufälligen" Hunger der Hungersnot wie in Biafra. 70er Jahre, auch, Ecke Kamerun, Nigeria, auch. Und dem Stacheldraht generierten, dem Srom und der Stromerzeugung unterworfenen Stacheldrahtkombinate, die einen erheblichen Unterschied zwischen concentration camp und „Aushungerungsstelle."

Bei der Konzeption der Modellhäuser war es wichtig, an Balkone zu denken, an Terrassen, auf denen sich frühmorgens und spätabens die erschöpften Mönche, Missionarsleuten und Beamten ERGEHEN konnten, Abkühlung heischend. Da war es besser die Afrikaner nicht zu nahe herabkommen zu lassen. Die Adaption eines, sagen wir mittelständischen, mitteldeutschen Wohnhauses. Wir haben uns für die modernisierte Variante: Eines Schwarzwaldhauses entscheiden. Doch sollte dieses SCHWARZWALD-HAUS-Modell an die hiesigen athmosphärischen Verhältnisse angepasst werden..Leider hat niemand daran gedacht, dass bei nicht gründlicher Planung ein Schwarzwaldhaus nie fertig wird. Selbst unter Palmen kann das ein Problem darstellen. UNORDENT-LICHE Planung schafft die ungünstigen Voraussetzungen für ein irritierendes Unwohlgefühl, zur Unsicherheit der Bewohner, die, je ungeradliniger der Aufbau ist, desto brüchiger wird als Boden des sozialen Vertrauens....äh..Nochmals, weil dies, sagt er, wichtig ist. Verdreckte Strassen verschärfen das Gefühl an UNSICHERHEIT

Filmmontage. Darstellung des Gefängnisses. Alexander Ndumbe. Darstellung des Ndumbé als kranker Mann. Porträt des Ndumbe. Bricht ab.

Pathologie. Der Amerikaner alleingelassen in diesem von Neonröhren erhellten Raum Der Amerikaner, wie im Traum, in einem weissen sterilen Raum studiert die Akten. Hört sich die Bescheibung (dictaphon) über die Sodomisierungen der Chiefs an. Die Vergewaltigungen (((Der Bericht über den Fall BEMBA, Kongo))))) der Flugzeugabsturz der Maschine, die von Youndé aus gestartet war, mit dem australischen Milliardâr an Bord.

(((Im Schnelldurchlauf durchgesehen, durchgestrichen Katalog und Broschüren vom neuentstandenen Businesscentre: La déclinaison du thème de la NATURE (Pressetext), dahinter ein sturer Analystenphrasé von HBC oder UBS über das Traumland als wiederzuerrichtendem Paradies. Das Zweitens Platz lässt für die Prachtentfaltung der aufstrebenden Mittelschicht.Drittens durch ihr nimmermüdes Profitdenken die Quadratmeterpreise ansteigen lässt. Einblendung TEXTEXTEXT: Zitat eines LONDONER INVESTMENTSFONDS, die ENDLICH bereit sind. In Afrika zu investieren.

Der Amerikaner fragt ganz leise, ob denn der Vergleich mit Gott nicht ein wenig übertrieben? Er habe schon manches gesehen und ausserdem hatte er mal Gelegenheit gehabt, in die miltärischen Laboratoires der ...Streitkräfte.. N Kumpel von ihm arbeitete da.. **Schnitt**. Oben drüber im dritten Stock... Ausnahmsweise. Normalerweise haben sie – die Exilkongolesen – dort keinen Zugang. Nicht dass es so viele davon gäbe, aber es ist gut, die Bestimmungen rechtzeitig und genau zu beachten, wie man sieht. **Schnitt**. Im Halbdunkel eines Flures eilt der Blick auf ein Grüppchen zu: Herr Ndo und Lamourante sitzen draussen im Vorraum: Lamourante hatte es für wichtig gehalten, mitzukommen, um Präsenz zu zeigen. Natürlich nicht ohne längeres Palaver, wie sie sagte. Herr Ndo sitzt zusammengesunken auf der Bank und murmelt ohnUnterlass: «Et ils font la guerre sept jours la semaine. Le sixième jour nous sommes allés nous cacher dans la forêt.. Le septème jour nous sommes revenus.... «

La mourante dit: „C'est pas vrai. Ne parle pas comme un prêtre." „On ne vit pas dans un cimetière nous ne vivons pas dans un cime- tièere."„Non, cette f ois je te donne raison," dit Lamourante," Mais presque."

Schnitt. Pathologie. Man spült das wenige Besteck. Die Leere wird aufgeräumt. Der Blick gleitet über das spärliche Mobiliar, verweilt lange. Der Amerikaner, alleingelassen in diesem von Neonröhren erhellten Raum der Nichtberichterstattung. Der Amerikaner in einem weissen sterilen Raum studiert die Akten wie imTraum.

Filmausschnitt. Ndumbé. Wie er vom Steinbruch kommt. Der einzelne Gefangene geht in Ketten die Strasse entlang, vorbei an den Hütten, den halbabgerissenen. Ein leeres Feld. **Schnitt**. Villenviertel. Stille. Alles verbarrikadiert. Es brennen umsont einige Autoreifen, die Luft hängt staubig und voll Gestank. Gestank macht Wolken aus Plastik und Dioxin.

Zweite Einblendung im Applaus der Reichstagsabgeordneten „Der Abgeordnete Lebedour hat das Wort.

„...haben sich „verschworen", haben eine Beschwerde aufgesetzt, haben sie verschwörermässig unterschrieben und an den Reichstag ge-schickt."

Seine Worte werden überschrien, als beginnt er von neuem:

„Es ist gewiss charakteristisch für unsere kolonialfreundlichen und regierungstreuen Parteien, dass ein solcher Gedanke in ihrem Hirnkasten auftauchen kann, dass er allen Ernstes vorgebracht und gewissermassen der Rat gegeben wird: Ihr Herren in der Kolonial-verwaltung draussen, wenn ihr künftig Beschwerdeführer totmachen wollt, dann seid nicht so unvorsichtig, ohne weiteres Strafantrag zu stellen, sondern seid so schlau und stellt sie wegen Verschwörung vors Gericht; das geht leichter und besser aus! Meine Herren, dass wir selbstverständlich gegen diesen charakteristischen Auswuchs des preussischen Verwaltungsapparates Front machen- ist von uns Sozialdemokraten ja begreiflich. Wir haben hier im Lande so sehr gegen dies scheussliche Verfolgungssystem zu kämpfen,, dass unsere Augen dafür geschärft sind, die der anderen Parteien leider nicht. "

Schnitt. EdeaTribunal, kleines. Der Parkplatz desselben. Der Oberst gestützt auf seinen Stock, wartet darauf, dass ihm sein Sekretär Zeichen gibt, einzutreten.

Schnitt. Unmittelbar im Anschluss und sogar kurz nach dem Prozess des Herrn von Puttkamer über den Vorwurf des Amtsmissbrauchs während seiner Zeit als Gouverneur in Deutsch-Kamerun...Findet der Prozess Ndumbé statt. Vor der Verurteilung ist für Alexander Ndumbé nach der Verurteilung.

Selbst Bebel, den ein Brief erreicht, in dem man ihm lapidar den Tod des Chefs mitteilt, wird angesichts der Wahlniederlage nichts anderes übrig bleiben, als die Angelegenheiten erst einmal ruhen zu lassen.

Die sozialdemokratische Wahlniederlage. Die Hottentottenwahlen haben sich nieder-schmetter-nd für die Roten ausgewirkt. Wie kams? Wahlanalyse. Wählerversprechen. Unfaire Wahlstimmen auszählung und Proporzberechnungen. Man HAT getrickst. Das war Bismarckwürdig.

Filmausschnitt Reichtagsanhörung. Schsqais pas, sagt Portaupéé. « Le parlamentarisme allemand ne me dit rien....je vois pas du tout ce qu'on pourrait en faire...Lire.. automatiquement. On met quelqu'un devant la caméra et on le laisse lire avec une voix MONOTO-NE....une machination stupide ....On pourrait en faire un petit tribunal des prisonniers...L'image des députés la bouche grande ouverte se transformera un tribunal des petits fonctionnaires et tortionnaires....qui condamnent ...»Dira l'antillais. "On suprapose les filmes des images du vote pour la guerre...c'est assez simple.Tu vois ce que je veux dire...(truchage assez simpliste...on utilisera les images tournés par l'autre et on ajouteras les images « réels » cette fois du vote des députés socialistes pour la guerre. Comme ça nous serons à l'abri de toute difficulté.. on aurait même rendu hommage aux meilleurs des intentions allemands..) Nicht ganz sinngetreue Übersetzung: Um den die Athmosphäre des KRIEGES besser zu unterstreichen, um darauf hinzuweisen, wie massiv in Deutschland Krieg eingefordert und vorbereitet wurde, schlägt der Neue Regisseur vor, statt der Reden der Sozialdemokraten gegen die Kolonien die so zügige wie einstimmige wie geschlossene Abstimmung für den Kriegseintritt zu nehmen. Pro war.

Schnitt. Die MOBILMACHUNG plus Kriegserklärung. Was mit den bisherigen Aufnahmen machen...?Wäre schade, wenn die. Wär nicht schad...Was mit den Aufnahmen des deutschen Reichstags machen ? Quoi faire avec ? Fragt man den Antillenmenschen. Begonnen und doch nicht synchronisierbar, nicht mal postsynchronisiert... Die gewonnen -verlorenen Wahlen der Sozialdemokraten Sa on konnait depuis belle lurette. Der Menschenrechtskampagne Belgisch-Kongo...

Brief der Häuptlinge an den Deutschen Reichstag. An den allerdurchlauchtigsten allergnädigstena deutschen Reichstag Berlin.

Bonaka, Duala-Kamerun, den 19. Juni 1905.
Dem „Deutschen Reichstag' senden wir, die unterzeichneten Häuptlinge von „Bonambla Duala Kamerun", dem heutigen Berichte beiliegend, unsere Beschwerden in nummerierten Bogen, um unsere hohen Herren des „deutschen Reichstag" in Kenntnis über sämmtlichen Unfug, der durch das Kaiserliche Gouvernement von „Kamerun" unter Leitung des Herrn Gouverneur v. Puttkamer hier bei uns verübt

*wird, besonders, was er bisher an unseren „King" und Häuptlingen
und dem ganzen Volke gethan hat.*

*Da solche Behandlungen, wie die beiliegenden Blätter schildern, Un-
ruhe im Lande erregen, und dem Volke leicht Reiz zu Ungeziemtheiten
geben, und wir Häuptlinge sowie das ganze Volk dem „deutschen
Reiche" nicht abhängig oder in irgend einen bösen Zustand kommen
möchten, wie andere ungebildeten Völker es gleich gemacht hätten,
haben wir für geratener ersehen, unserem „allerdurchlauchtigsten
allergnädigsten deutschen Reichstag" die Mitteilung zu machen, damit
dortseits befohlen sein möchte, dass zur Vermeidung etwaiger Unregel-
mässigkeiten die Quälereien des hiesigen „deutschen Gouvernements"
an uns und unserem „King" ein Ende nehmen möchten. [...]*

*Uns befriedigen Vorschlag über unsere Klagen, dürfen wir aller-
unterthänigst hier, wie folgt, unserem „allerdurchlauchtigsten allergnädigsten deutschen Reichstag" eröffnen, nämlich: Den Herrn
Gouverneur v. Puttkamer, dessen Richtern, Bezirksamtmännern,
kurz seine ganze Regierungsbesatzung wollen wir nicht mehr hier
haben. [...]*

*Als Ersatz-Gouvernement bitten wir allerunterthänigst. uns Consu-
latb anstatt Assessorismusc senden zu wollen. Assessorismus wollen wir
nie wieder haben, diese verderben die Regierung, und machen die
redliche „deutsche Macht" zu einer wucherischen und gäunerischen
Macht! – Also fort mit dem Assessorismus zum Ersatze: Consulat!*

Gros plan sur les ombres de la ville
Enregistrements de la ville

Les membres de l'equipe ont du mal à élaborer
Le clivage…que les chantiers gigantesques installent dans le pays.
En dehors du champ de la caméras
On essaie de retracer la ligne de démarcation.

Dans une sorte de silence visuel qui n'est rien que le gros plan de
Douala un travelling de gauche à droit sans que l'on puisse dire
exactement où se trouve l'embochure de la caméra
On voit l'ombre de la ville ….

Voix/ Stimme / voice:
Hausmannienne ?

Voix/ Stimme / voice:
Comment est-ce qu'on peut visualiser une métropole basée sur le
principe de la ségregation de races…il faut des ghettos, et il faut
le peripehrique, les chemins d'accès de travailleurs esclaves…

Voix/ Stimme / voice:
Grossaufnahme StadtSCHATTen sozusagen das Versuchslabor
des Fernehteams, das in Duala gelandet ist …
Probleme in der Konzeption einer Apartheid-Grosstadt mit Ghettos
weit draussen. Vor weit ins Bild rauschenden Plastikbahnen
überlegt die Filmcrew sich eine rein militärische Darstellung der
Stadt. Eisenbahnschienen, die definieren Stadt nicht…
Die fehlenden Eisenbahnschienen ? Warum das denn ?

Voix/ Stimme / voice:
Le groupe de réalisateur cameraman réfléchit à la visualisation de
LA VILLe d'une optique purement militaire…
Le produceur demande si l'historien a livré une constructions des
cabanes des indigènes, un modèle.…..

Voix/ Stimme / voice:
La visibilité

Voix/ Stimme / voice:
L'historien popose un modèle des cabanes pour les familles, …
sitting again at the mahogany surface at the breakfast table, its
dark hide as polished…beignets à la citronelle chiffonées par deux
trois gribouillis wurzel Säulen in menschenform Schatten scythisch

wurzeln als cabane , als traditionelle Assemblée (Gemeinschafts-
haus) modell. Es liegen die Zeichnungen vor, es wird, völlig be-
langlos, irgendwas

Il montre les dessins (en fait ce sont des dessein d'une tribu plus
au nord du cameroun mais c'est pas grave) parmi eux, on choisit
ce qui est le plus pauvre, le plus bricolé et pour la ville allemande
il faut choisir un bâtiment pseudogothique …
Est-ce qu'il faut, ce demande le produceur qu'on trouve des machi-
ones de l'époque …. ausgewählt es wird das falsche Material, das
der Fon, des Lamidats unter dem Zeichen Nijoya. daneben stur
und quadratisch mit Fachwerk la Forêt noire – für die Filmkulisse.
Ein OPERNHAUS: HA!
Neben Bulldozer aus den Jahren 1912 in Groben Reifen S'alig-
nent les bleus suturés fanés. Müde Gesichter atmen demolition,

Abrissarbeiter formieren sich, dann wird kurzerhand Feuer gelegt.

Voix/ Stimme / voice:
La ville virtuelle comme l'utopie. Die virtuelle Stadt, die Stadt
als Utopie ...

Voix/ Stimme / voice:
„La ville virtuelle, dit le réalisateur, est une ville, qui a intégré son
réfoulement...cette ville aura rendu inexistante l'injustice... Car
elle intègre dans ses murs la mémoire..."
Die virtuelle europäische Stadt, sagt der Untertitel. Wird ihr Ver-
drängen eingeholt haben.

Schnitt Die VERSELBSTÄNDIGUNG eines gestohlenen MU-
SIKFETZENS. Eines Stückchens ZEN.

Die Stimme Wilhelms, manipuliert, geklaut geklont. Macht sich
selbständig. Das angekokelte CD Stückchen Minidisc Stückchen
auf dem sie drauf war, dient jetzt als Materiallager. Als Sandersatz
als Blendwerk. Trotzdem oder gerade deshalb ist sie immer noch
aktiv; das Recyclinggenie Afrikas ...blablabla...;wie kann einem
nur so was aus dem Mund rauskommen. Das automaton... Der
Schuldspruch im Puttkamerprozess ist ...soviel wert wie der Auf-
schrei einer gesunden deutschen Bevölkerung

Schnitt. Strasse vor dem Cinema Wouri, ein Wagen hält, den
europäischen Taxis nicht unähnlich, nämlich gelb, mit dem die
Musiker endlich eingetroffen sind. Man sieht ein altes Filmplakat
versüfft und angekokelt kakerlakenspeckig. Einer ist schon drin,
ein Musicien im Cinema, halb auf dem Piano sitzend. Zur Unter-

malung alter Stummfilme wars angeschleppt worden. „Was ist",
sagt der Bassist, der nebenher den Chor dirigiert und auch mal die
zweite Chorstimme mitsingt (mais quelquefois sa voix est fatiguée)

Fiktive Einblendung eines fiktives Wahlkampfes im fiktiven Radio. Portauprince explique: Pourquoi on a changé. Fallait TOUT
changer.

Der Friedhof. Zoom in die Gruppe verändert die Perspektive,
nicht wahr? Die Planung einer Beerdigung. Kann Tage Wochen
Monate in Anspruch nehmen. Die Planung der Beerdigung eines
Verstorbenen, weniger einesöffentlich Hingerichteten, natürlich,
das liegt in der natur der Sache, beinhaltet selbstverständlich die
Planung des Beerdigungszuges. Planungen von Begräbnissen erfor-
dern im Vergleich zu westlichen, wie wir sagen, abendländischen
Trauernden einen höheren Organisationsaufwand, Begräbnisse in
Afrika sind, und das ist auch allgemein bekannt, Musterbeispiele
hoher sozialer Komplexität. Sind nachgerade Musterbeispiele
eines atemberaubend langsamen, zeitaufwendigen, aber stetig
unaufhaltsam in den Sand der Chronologie getriebenen Willen,
dem ANGEDENKEN eine würdige Form zu verleihen.

Die Stimme aus dem Off leiert hinüber in die leere Kirche.
Statement: Zur temporären Existenz des Fiktiv-realen RDMB.
(Sozusagen der für immer wieder neu und nur für wenige Stunden
dem Gefängnis entkommener RDMB).

Dahinter die Friedhofsavenue. Grün. Ein Grüppchen bespricht
noch einmal aufgeregt, ruhig und bestimmt. Leer, die Au ahrts-
wege vorne- dran, liessen aber Platz für mehrere Limousinen.

Overtheess-houlder-Shot. Dicht dran. Man fühlt den Schweiss. Einer der Musiker spricht, flüstert den Priestern und Nonnen zu, weit vorgebeugt, dort an der Stelle, wo kurz darauf der Sarg stehen wird. Da rührt sich einiges an den Türen und die Kamera wechselt den Standort. Langsam kommt Bewegung in die Stille. Eine Limousine, ein Pickup, ein 4X4 nach dem anderen fährt heran.Vor der Kirche laufen weithin die Boulevards, die zur Kirche führen, die Anlage der grossen Strassen durch Wohnblöcke hindurch ist beindruckend. Überhaupt ist beeindruckend die Tatsache, dass man die Entstehung grosser Plätze spürt, die sich mit Grünanlagen füllen werden. Gep egten Wasserspielen. Tulpen.„Stadtplanung", sagt ein Gesichtsloser, während er nachdenklich drauf wartet, dass der Sarg endlich reingetragen wird. " ... il n'y en a pas ... jamais eu ....Ahh -!" „Le - voilà! " Dann dringt von weitem der schöne, langsam getragene Gesang ans Ohr: « A la fin de ton voyage . » Die Stimme des Predigers erschallt von neuem, der. Ein Trompetenstoss vom Zug der Karrosen und ihrem würdigen Tempo verweht verwischt über den "L'homme rude"...Petrus warn harter Mann... Petrus warn hartherziger und konsequenter Mann. Les veillées pour un chef, ausgetragen und für die Videoleinwand-schirm bestimmt, einsam die Predigt wiederholt des Priesters .... Bildeseinsamkeit feiert in eintöniger Leere die majestätische Darstellung des Grandiosen. Ancestrales play-back. Das Kamerateam, das vor dem Priester steht, steht sich selbst im Weg. In 6 auf 4 Metern ist Petrus also in dreifacher Ausführung zu sehen: Kameraman, Chief operator, und auch der Priester selbst, der nicht weiss, dass man ihn nicht sieht, gutgläubig aber meint, auch darauf verzichten zu dürfen ...auf des Kameraden Kranfahrten.

Weithin sichtbar das Gebilde der Firma Züblin.

Letztendlich wird man auch nicht auf dem Friedhof beerdigt. Das sagen die Zaunsteher, deren Rücken den Zufahrtsblick verstellt: Man wird auf seinem Grund und Boden beerdigt. Aber die herrschende Klasse hält die europäische Idee eines Friedhofs aufrecht. Pö pas autrem. Das müssen wir tun, sagen sie und nicken andächtig. Dem Kameraden mitd em offenen Auge sind gewisse Dinge unklar.. und derjenige, der sie hält, fragt verunsichert zurück. Der Garnisonsfriedhof, man wird versuchen, ein fiktives Grab dort hin zu stellen, sagt fragend zweifelnd einer von den naiven Zaunsgästen. Ein Kamerateam von Tele5 Monde hat es hierher geschafft, sie behaupten zumindest, dass sie von da kommen, aber hat man nicht schon schlechter nachgemachte Presseausweise gesehen, bloß damit ein paar Naseweise vorne mit dabei sein dürfen ? Hat, korrigiert der stämmige Rücken, wir haben dort schon vor Jahren Monaten ein würdiges Monument errichtet. Leere Grâber auf dem Friedhof sagt einer mit ganz gewichtiger Miene zu den Kameraleuten. Wer genau er ist, ist in der Dunkelheit schlecht auszumachen. Auch verschwindet er gleich wieder. Is nix drin, sagt Einer. Hier liegt garnichts, ist einfach ein Witz. Bou le eurpeän.

Schnitt. Drinnen.Eindrucksvoll in hellblauen faltenreichen Kutten liegen hingegossen 40 Nonnen hinübergesunkenIn das braune Holz des Chorgestühles und üben sich in tiefem andächtigen Schlaf. Wie in ZEITLUPE beginnt das TIEFE ATMEN dem leichten Plätschern einer unruhig werdenden See zu ähneln.

In diesem Augenblick erfasst die Kamera den Herrn Ndo ... in den bereits gut gefüllten hinteren Kirchenbänken. Herr Ndo... sagt, mit den Händen leise am Holz entlangstreichend, unsauber ist es, das Reinigungskomitee konnte leider nicht zusammenkommen und seine Arbeit tun, denn es war die Vorsitzende mehr als unpässlich. Von den sich füllenden Rängen windet sich die Kamera einen Weg nach draußen. Im Vorbeirutschen erhascht sie einen Blick auf die abfallende Strasse. Eigentlich müsste man nun wieder mit dem Helikopter tauschen, der die mächtig einfältige Kirche von weitem von oben klein und zerbrechlich scheinen lässt. (Hinten verzweigt sich der Boulevard im Ansteigen einer mächtig ausladenen Kurve). Ein Sänger, pathétique, übertönt überfliegt die Stimme des Vortragenden die man ebennoch glasklar von weit bis nach draussen hören konnte.

La maison que les chiefs construisent pour un de leurs...

„Hmmm, Ce sont en effet les chiefs qui vont bâtir la maison du chef mort." Haucht der Informant seinen dicken Rauch ins Bild. Notabeln, aber was war nochma das deutsche Wort für Notablen, Honoratioren ? ...kurz, die Wichtigen der Gesellschaft die müssen das Grab schaufeln. Nur die wichtigen Leute, nur die RICHTIGEN dürfen wissen, wo es sich befindet.Unn' selbst die dürfen nich alles wissen, damit sie sich nicht gegenseitig als Grabbeigabe mitgeben...

Hinter ihm lachen sie. Wieder was für die EuroPäê. Mais je suis pa d'ici, moi, pö leur explike...

Aha, sagt der Einäugige mit seinen drei Beinen und dreht das schwere Ding. Mit Schultergürteln und dicken Westen begurtet gleicht der Filmende einem schwerbewaffneten Mann. Aber dem wird es auch mal heiss. Langsam trägt sich hinter ihnen das schöne Kirchenlied: " A la fin de ton voyage tu seras couronné..

hé". Einer der Musiker, deren Arbeit drinnen von den Nonnen übernommen wurde, von dem jazzigen Kirchenchor und den drei extra von .. und .. angereisten, schnorrt eine Zigarette und spricht über den Tod des Kingmans der Akwa. Aber zu dem Zeitpunkt ist die Kamera schon abgestellt. Moi, je me souviens très bien. Vor dem inneren Auge des Kameramannes laufen zweidrei Sequenzen ab, vorgefertigtes, manchmal sieht man nicht mehr NEU, nicht wahr, man sieht, was man kennenlernen durfte: Godfather. Auf dem Friedhof. Das prägt das Sehen. In einer riesigen Baustelle ein winziges Grab. Der Beerdigung eines bescheidenen Hinterzimmernotabel wie in Godfather oder nem annern Film über die Chicagoer Mafia. Lange Reihen schwarz gekleideter Herren, das V der weissen Hemden zwitschert unter der dunklen Fliege trauert wie eine Krawatte, dahinter marschiert eine ganze Abteilung ebenso eleganter wie traditioneller Trachten mit grossgemusterten Porträts und Motiven. Ein schwarzgekleideter Anzugrücken verdeckt das Tageslicht. Murmellnd singend, tröge verhallend die monotone Anklage des Vortragenden, in dessen Töne es von seitwärts wispert:

" Sonnenarchitektur beruht ja auf einer MORALISCHEN Kontrolle. Indem alle alles beobachten können, kann sich niemand mehr Seitensprünge erlauben. Von dieser Idee ist natürlich das europäische Modell der Verglasung geprägt, der Offensichtlichkeit der Transparenz. Nur in dunklen Regionen reisst man riesige Fensterbreschen in die dunklen engwinkligen Häuschen. Hier reden wir allerdings von Energieplusarchitektur, nicht von reiner Solarzellenverschalung. Ener- gie-plus basiert auf einem Prinzip der ab-so-luten Sonnenlichtausbeute. Die SONNENUNTER-GÄNGE fassbar machen, das Spektakuläre, zumindest an der

Aussenhaut der Gebäude, das wär wichtig. Dann die Ecotour, die den Leuten klarmacht, dass fossile Brennstoffe echt Scheisse sind. "

Offshore Geschwätz der Mourante. Die taktilen Barrieren? Wär ein Beispiel? Statt dem solaren Bastellabor (man zeigt den kleinen Kamerunern, wie man sich mit einem Stück Draht und ein bisschen Folie selbst seine Solarzelle baut.) Solare Wegwerfgesellschaft, nicht...Dieses Israeliding... durch Druck Strassenlaternen zu anzudrehen, die die Leute eh nicht sehen, nicht umfahren... Der Sonnenuntergang als gigantische Silberlichtbeschichtung auf einer quellenden amorphen Struktur, so fett wie ein Ochsenfrosch-ei, was sag ich Ochsenfroschauge. Drüber läuft in feinen glitzernden Spiralen. In kleinen blauleuchten HieroglyphenIn Ornamentecken in grobgemalten Rauten, der Anaphabetisie-rung des grafischen Vokabulars ...

Die Predigt dringt leise herüber. Denen auf den Kirchenstufen Stehenden trotz oder gerade wegen der Ohrstöpsel. La marche funèbre hallt noch im Gehör nach. Ein Ohrwurm „à la n....de ton voyage". Der leere volle Platz. Es ergibt sich eine Stockung, drüber hallt, die Lautsprecher dröhnen durch den Stein, die Predigt, 'Vom ungesunden Leben und Vom Verrat'. Und derjenige, der streng mit dir ist, verrät dich nicht. D'être trahi, espionné.... Judas und Petrus - die kommen hier aufs Gleiche raus. Fortschrittsdenkende und Arschlöcher, die abkürzen. Hüstelt quietschend einer neben einer andächtig aufmerksamen Matrone. Draussen gibt es Verhandlungen über DIE RECHTE. Die Zulassungeberechtigung. Dann natürlich Ausweispapiere, die erneute kleine Versuche nachsichziehen, den Beamten etwas zukommen zu lassen, ihnen finanziell bei der Vollstreckung ihrer Aufgabe behilfich zu sein.

AUSWEISPAPIERE (die Leute, die nicht auf den Platz dürfen, sind irritiert, man hält sie ruhig, freundlich, aber massiv auf. Unmerklich verdichtet sich die Menschenmenge, schliesst sich massiver und dunkler die Gendarmen zusammen). Passez.... Die Stille frühmorgens. Die Stille in einem leeren Platz. Das Echo auf einem leeren Platz. Das herauszensierte Echo (von Menschenmassen). Der Toningenieur dreht sich um sich selber auf dem leeren Platz. Man brauche die Stille nicht, sagte Portaupée (en fait il avait grimpé deux gradés. Maintenant Epée....)Man brauche die kleine Stimme eines kleinen Trommelwirbels, mit dem für das Germanin geworben wird. C'est ca?

PortauPée sagt: Trop tôt. Er meinte es kopfschüttelnd. Malaria-prophylaxe. C'est trop tôt. Ne Reihe wartender kleiner Kinder die sich im Gänschenmarsch über einen eleren Platz zu einem Tische ziehen, an dem ein graubärtiger weisse Doktor sitzt. ...Wir sind NOCH bei den Franzosen... Nur die Franzosen lassen uns die reale Situation in der ausgebeuteten Kolonie sehen, das ist wie bei der Befreiung von Buchenwald, erst dann wird klar was geschehen ist... Die Stille in einem leeren Platz. Das Echo auf einem leeren Platz. Ist nicht ganz antithetisch zu verstehen. Die Entstehung der Ansprache an einem Ort, an dem nur Untergebene sind...

KLAPPE 2388
Mauer Blende Fondu

Die Beerdigungsansprache des RDMB
„Binyô Duala bia ná Edima yena e ta e songamè oteten'a Bakala na mindo, e buledi sèngè!"

(Ihr, Duala, wisst, dass die Mauer, die zwischen Weißen und Schwarzen existiert hat, heute zerstört wurde!)

Szene aufm Papier.

Rudolf Duala interveniert bei den Behörden. Hinter einer Glasscheibe steht er und axhtet auf die Verschiebung der Stadtfluchten. Die Perspektive verändert sich.

Hierarchische Perspektiven, die zu angeblich dynamischen Perspektiven und Routen werden sollen, Handelswege, Aufmarschstrassen stocken an diesen idiotischen Barrieren. Ghettoschranken. Sollen die Endlichkeit von Dynamik beweisen. Nix da. Afrika IST DYNAMIK.

Wie im Berliner Scheunenviertel und keiner wills gesehen haben..und selbst der eine, der durchläuft mit offenen Augen, sieht nichts, gar nichts... Nur den Schutt zerfallener Häuser. Häuser, die zerbrechen, sehen immer minderwertig aus. Per definitionem .. Und eine zerfalllene Perspektive... wo sind in einer Raumarchitektur Wahrnehmungen der Leere, das Perzeptionsraster: DAS muss man finden. Nicht Stacheldraht. Stattdessen wird über die Schaffung von Trabantenstädte nachgedacht: über die permanente Ausweitung von Bidonvilles

Bidonville...die dynamische Definition von Stagnation.

Wahrnehmung verschiebt sich zu den einen Garten durchquerenden Frauen. Die schale Neige der verbliebenen Filmcrew und die Soldaten des Baudezernates verschmelzen. Menschen sind beides, je nach Uhrzeit, je nach Funktion...Blickwinkelrichter. Im Büroturm steht RDMB gedankenverloren am Fenster und diktiert langsam

Protestnoten, Protestkabel, die alle, eins beschlagnahmt werden...
in kürzester Zukunft. Aber ist das Zukunft? Kann man das ZEIT
nennen? Geschichte ? Geschichte, die Europäer den Kolonien be-
messen? Als wäre es 'ne Ware, deren Metermass man abgemessen
zahlt? Geschichte, in die der afrikanische Kontinent...?

Szene Papier 2. Die Schnipsel häufen sich.
Der deutsche Aufruf, die Häuser zu verlassen, wird ins Französische
übersetzt ein Aufruf, die Häuser zu verlassen.
RDM gebietet...nein, er gibt den Rat.. ein RDMB gebietet nicht...
als urzivilisiretes Vorbild....Er bittet seine Leute darum, die Häuser
nicht zu verlassen. Faut pas laisser faire.

Abblende. Strasse Mauer Geschäft Architekturbüro. Ministerium.
Auf der Strasse rollt eine Kolonne Bulldozer. Dahinter einige
Militärwagen.
Aus einem kleinen Lautsprecher dröhnt Nina Simone
A NEW LIFE. A new world !

Schnitt. Das Phänomen der Stille 3
Rückblende Duala Militärflughafen
Aymerich 3
Der Eindruck der Leere, die sich festsetzt.

*On constata sur les deux fronts que les positions abandonnées offrai-
ent tous les caracteres d'un depart precipité et definitif ; beaucoup
d'objets abandonnes sur place, sans etre detruits, et plusieurs papiers
importants ont pu etresäisis. A Adji-Bitouma, notamment, on trouva
des lettres destinées à des officiers d'Alembe,et qui n'avaient pas eté
envoyées, faute de temps. L'une d'elles, datée du 27 decem-*

bre, annoncait l'evacuation prochaine de l'ambulance d'Akonolinga
; une autre annonce la mort d'un camarade
et exprime l'espoir que ce sera la derniere victime de cette horrible
guerre ; un document recommande de relever les
lignes telegraphiques et d'emporter les fils et les appareils.

Schnitt. Moderne Army-Jeeps rollen vor. Drei.
Von dort aus erfolgt die VERHAFTUNG des Deutschen wegen
betrügerischem Verhaltens ohne Aufsehens.

Videostill vom Wagen...vom staubigen Ersatzrad hinten in seiner
abgedeckten Plane...?

Off
Die Geschichte vom astreinen Betrug. „6 Millionen einfach so"
ernst werde die Geschichte, immerhin sei er jetzt...also, da sei er
gewarnt worden. Sektenmitglieder, die ausgebildet worden seien
und dann als Berater eingeschleust werden. This girl..."

Strassensperren aufgehoben.

Der junge Mann wird vom Amerikaner da rausgeholt. Die Afrikaner lachen. Selbst der Imbissverkäufer lacht. T'as eu chaud.
Peinlich ist es ihnen beiden. Der Deutsche schüttelt sich und
beginnt, erschüttert, mit dem Stichwort „militärischer Passivität"
ein Gespräch, das den Titel tragen könnte: "Über Wehrlosigkeit".
Oder : Meditation darüber, wie man seine Kraft nicht einsetzt.
Seine Verteidigung. Seine Reflexe gegen eine Bevölkerung, die
mit Vorschlägen überläuft, mit Petitionen, den gerichtlichen Sa-

botageaktionen, seinen juristischen Winkelzügen gegen administrative Entscheidungen. Die einfach eine vernünftige Verwaltung
sprengen. Was soll man denn machen, wenn man niemals weiss,
wer eigentlich das Sagen hat, unter den zahllosen Chefs, die un-
tereinander intriguieren ? Die sich bekriegen ...Ein Abkommen,
grad geschlossen und unterzeichnet, überquert zwei Strassen und
schon zählts nicht mehr. Eine Mediation über die Unbeweglichkeit
der Macht. So handeln, dass man ein bisschen Ruhe reinbringt
...wenn man dafür scheel angesehen wird. Man kann ja nicht,
das haben wir ja gelernt, alle Versammlungen verbieten. Das ist
Antikolonialismus. Nicht mehr Eingeborenenversammlungen
bombardieren.

Der Amerikaner, ihm den Arm um die Schultern legend, schlägt
ihm kurz die Faust in die Magengrupe, seufzt und dann, sich
lösend, erzählt er ihm einiges darüber, was Meditationen sind.
Bewusstwerdungsprozesse. Initiationen sind. Worte, die von HD
nicht verstanden werden. Eingeborenentechniken. Ja, TECHNI-
KEN..... (im Dschungel der weissen Grosstädte Guerilla-taktiken
sagt er und lacht dröhnend schallend). Angenommen, es wäre die
weisse Welt, die Welt der Weissen, wäre EINMAL nicht wichtig,
was wäre dann wichtig ?

Es folgt eine Geschichte Beti. Vom Verbot handelnd. Ein Mann
wollte das Geheimnis des Erfolgreichen Jagens kennenlernen,
bat (an einem geheimen Ort) seinen XXXX darum. Der gibt
ihm nur und einzig und allein das Verbot mit, „in seiner Seele
zu denken". Nichts weiter gibt er ihm mit als die Bitte, nicht „in
seinem Herzen zu sprechen" und da nichts weiter zu sagen ist, geht
der Mann auf die Jagd. Seine Jagd ist glücklich, sehr erfolgreich

sogar, und wie er ins Dorf zurückkommt, und allen alles erzählt, mit überreicher Beute beladen, sagt er plötzlich zu sich selber: „Et où est le chef? Und wo ist der Chef" Darauf erschrickt er, legt sich hin und stirbt auf der Stelle.

Wenn es wichtig wäre, andere Dinge um ihrer selbst zu lernen .... Der Deutsche darf seinen Anwalt sehen. Der Anwalt, Neffe des Obersten, immerhin, man lässt seine Bekannten nicht im Stich, allerdings hat er sehr viele Pflichtverteidgungen zu machen, was soll man tun, als Anwalt muss man eben einen gewissen Ehrenkodex respektieren, es ist eben ein Anwalts Verteidiger Anliegen, den Leuten zu helfen und wenn man selber mit draufgeht, was man man von dem berühmten deutschen Engagement nicht wird behaupen können, aber er wolle ja den Clou nicht weiter eintreiben in die Wunde...

Aber das hat jetzt wieder niemand verstanden. Ein Verbot übertreten zu haben, und nun die Zeche zu bezahlen, jemanden im Stich gelassen zu haben, nicht wahr, das könne man ja von den Deutschen nicht erwarten, da waren einfach gewisse Engagements, Kreditversprechen gemacht worden und nun könne man einfach die Zahlungen nicht in der Schwebe halten.. A la nigeriane nennnt man das hier. Der Deutsche muss und soll Zusatzzahlungen leisten, dann soll er eben die BOTSCHAFT alamieren.

Der Amerikaner baut Kartenhäuser. Die Kartenhäuser, der Amerikaner spielts dem jungen Deutschen vor, sind die ersten Elemente einer tropischen Musterstadt, hygienisch, ökologisch. Nein, einer Apartheid-Stadt.
Ein Haus nach dem anderen geräumt, in die Luft gesprengt, man

sammelt den Staub ein, die Scherben, das Zerborstene und die Behörden gehen über zur amtlichen Auslöschung des Besitzes, Schreiber, die man mitnimmt, schreiben alles auf, in Gegenwart der alten Eigentümer, der ehemaligen Bewohner.
Das Bankenviertel Dualas wird geschaffen

Je ne vois qu'en ésprit tout ce champ de baraques
Ces tas de chapiteaux ébauchés et de fürs,
les herbes, les gros blocs verdis par l'eau des flaques

Le Cygne, vous connaissez .. Les villes qui changent

„Sehr pathetisch" leise nölend, wieder LaMourante, die offensichtlich einen guten Tag heute hat. Das Licht geht an, wenn das Auto, ist das grosse Klasse, wenn das Auto unter dem Autobahnen durchfährt, neinenein, der Druckkontakt entsteht, wenn ein Auto über eine bestimmte Stelle am Asphalt fährt. Dreamland und seine Architektur beinhaltet ganz klar auch Behindertenzugänge, ganz wichtig, daneben die betonierten Zufahrtsrampen über die der strömende Regen rauschen wird, Wasserfälle in einer postmodernen VerkehrsUnterführung. Die enormen, um nicht zu sagen gigantischen Toilettenwege, die Autobahnserpentinen, die in den Regenwald geschlagen werden... EINS-A -VORWEGNAHME, sicher, der ZUKUNFT ! Dreamland !

Mut zur Lücke !Architektur ist letzendlich nichts anderses als das Drumrum der Lücke. Je mehr sie die Lücke vollstellt, sie, die Architektur, der Architekt ist eine Variable ihrer Funktionsgleichung , nur eine Variable im Koordinatennetz, doch nie derjenige der nur drauf schaut, kurz: umso mehr ist sie sich selbst im Weg.

Dann ist das Ding unbewohnbar. Vereinfacht gesagt, je nach dem Geist und seiner Subtilität seiner Fragrance seiner Eleganz....

Schnitt. Kamerafahrt von OBEN: der leere Platz (sandfarben) und dann die herumscharrende unruhige Menge (kahlköpfig), schliesslich die gerade wie eine Eins dastehende Menge von Kappibewehrten. Davor die Tribüne.

Das Mikrophon einsam, der Ort der Ansprache noch leer, verwaist. Ein simples Tuch flaggt lethargisch vom Pult. Das Draufgedruckte zieht Falten. Die Entstehung der Ansprache an einem Ort, an dem nur Untergebene sind.

Von den sich aufstellenden Statisten... Häuptlingen... Niederen Rängen wird nicht die Rede sein. Jedes einzelne Gesicht würdevoll, ernst und doch erzeugt die Reihendarstellung (Kamerafahrt um den Lautsprecher, der neben einem pickenden Huhn an einer grauen Stange festgemacht, oben in weiter Ferne schwebt). Dem Betrachter, der Individualität nur einzeln wahrnehmen kann und nicht in Reihen, der Fläche schlagartig zwei- di-men-sio- nal sieht - Müdigkeit. Im Stehen. Dennoch ein Gefühl von Gewicht. Die weithin hallende Stimme aus dem Lautsprecher verliest die Belobigung der Offiziere Kaiser Wilhelm zur Niederschlagung des Dahomey – Aufstands von achtzehnhundertdreiundneun...... Oder aber eben die Ansprache zur Verteidigung der Freiheit und der Abschaffung der Sklaverei durch den KAUF von Sklaven, die nun.... Im Profil, in der Profilreihe die alten Herren, die würdig - man spürt die Schwere der Zeit, die sie nun stehen und anderes sagen tun erledigen wollen, aber man lässt sie stehen und dem Wind lauschen. Wie Wind die Ansprache des Gouverneurs, wie

Knarren, wie Lärm von deutschen Autos. Aus dem knarzenden Lautsprecher bricht dann erlösend die kreischende Stimme .... verstreut folgendes im Wind:

Berlin, Schloss, den 17. Februar 1914'

Ich, WILHELM, bestimme :1. Die Niederwerfung des Dahomey-Auf- standes in Kamerun in der Zeit vom 15. bis zum 23.Dezember 1893 ist für die damaligen Besatzungen meines Schiffes Hyâne, des Gouvernementsdampfers « Nachtigal », des Hulls « Cyklop » und für das in Kamerun be ndli- che Vermessungsdetachement als ein Feldzug und Krieg anzusehen ; Für die Teilnehmer hieran ist das Jahr 1893 als ein Kriegsjahr anzu- rechnen. §§ 25 und 50 des Gesetzes, betre end die Pensionierung Und Versorgung der Militärpersonen des Reichsheeres und der Kai- serlichen Marine und so weiter vom 27.Juni 1871, §49 des Beamten- gesetzes vom 31.März 1873, § 17 des OffizierspensionsgesetzesVom 31.Mai 1906 und § 67 des Mann- schafts-Versorgungs-Gesetzes vom 31.Mai 1906.

Wâhrenddessen geht die Kamera schrittweise langsam jedes ein- zelne Gesicht durch. Das Megaphon brüllt wieder.Die Kamera, die sich immer höher steigend dem Ort des Geschehens entfernt, überfliegt den Platz, der Leere, die aufgestellte Masse Mensch, das Brüllen und die Sandwolke. Das 289. Gesicht scheint einen, zuerst geflüsterten Einwand, deutlicher zu formulieren: Aber man sähe doch, dass die deutsche Regierung nun nach fast dreissig Jahren die geschlossenen Verträge systematisch untergräbe.. Von Freikaufen und Rückerstatten war nie die Rede gewesen Häuptling A und sein Neffe C im heftigen Wortgefecht

313

Sinn dieser Versammlung, sei es nun endlich die Reise nach Berlin durchzusetzen, und nicht von Betriebsjubiläen zu reden.

ICH, WILHELM

Habachtstellung der frontalen Linien.Die Leute stehen und hören was man an sie hinbrüllt und more geometrico rollt das Bild an ihnen vorbei.LANG-WEI-LIG.„Falschfalsch falsch." Brüllt ein Megaphon.Das erweckt ein Protestgemurmel seitens (! UNTER!) der (DEN!) Aufgestellten, all den alten Männern, altgewordenen Wartenden, ihre Unruhe unterbricht der Gouverneur, indem er kurz in sein altes Mikro brüllt, dass er danach noch anderes sagen wird. "Das einmarschierende Corps." Verweht es ....Stellvertretend für alle Veteranen, die schon längst nach Deutschland verschifft wurden und dort ein klägliches Ruhegeld erhalten...In die entstandene Unruhe der Männer bricht eine zweite ein, verursacht durch die Wagenkolonne, die demonstrativ vor der Masse zum Stehen kommt und Habachthaltung ausfällt wie ein chemische Kettenreaktion. Vor den Männern montiert, ein schneidiger Offizier. Er weist an, dass während der Zeremonie „Die Häuser der ..., ja?" und „der ..." angezündet werden. Welches zu tun von Schergen gebückten, von Tiefe und Eile verzerrten, in der Hast zu krummen, wurzelfüssigen Kreaturen verbrannten Soldaten, ausgeführt wird. Vorne beginnt von neuem, nach dem sich der Sand der Staub der abfahrenden Kolonne beruhigt hat, das stundenlange Stillstehen.

Aufnahme der Benzinkanister. Aufnahme der wartenden Jeeps. Aufnahme einer "Kreischenden Frauenstimme". Stimmen. Lichterloh brennen. Dahinter steht schweigend RDMB in der Tür und sieht nach drüben. Typ A der Schläger schlägt und Typ B notiert in sein mitgebrachtes

Schnitt. Strasse (vom Platz abgehend). beeindruckende Kulisse ein Offizier, der durch die Gasse der Stehenden geht. Das Bild flimmert. Amöbenhaft verschwommen. Ein Sandkorn, ein Stück Unsauberkeit, die diesem tadellos gekleideten Offizier schemenhaft macht. Das sich schliessende Auge vermag es kaum, den Eindringling zu vertreiben. **Schnitt**. Lamourante steht in wehenden dünnen Sommerkleidchen, die ihre Beine aufs deutlichste bis in den Schritt durchscheinen lassen. Am Rande. Die Kluft der zwanziger Jahre, dafür hatte sie sich entschieden. Ein Kleid, ein Kostüm ist eben auch ein Statement, schien sie achselzuckend zu sagen.

Tsougouni, nur diesen Namen nennt der Amerikaner. Sist schliesslich heiss. Mittags sollte man nicht über einen sonnenverbrannten Platz traben, geschweige denn stehen müssen. Bei 40 Grad im Schatten ists eine undankbare Aufgabe. Denkt dran, Kinder, hatte man ihnen eingebleut, denkt dran, aber wer dachte hier schon dran. Wohingegen, könnte man fortfahren, dem Baudezernat Evrona was andres fehlt... dem geht ein Gefühl für die Leere der Bedeutung ab. Die fehlende Symbolik eines Platzes - da zuckt er die Schulter. Ent- weder - oder es geht ihm .... ab, das Gefühl der notwendigen Leere - das ist das Problem. Will er Bauherr sein, so dann muss er wie ein Vordenker des afrikanischen Symbolismus..

Mveng ist kein Symboliker...
Der Soldat geht stolz die staubige Tuilerienstrasse hinab, eine Tüllerienstrasse à la Françafrique, aber das war schon wieder

Provokation.Der Aufstieg der deutschen Kolonialsoldaten, ein verdummtes Soldatenhirn geht stolz seine SEINE Prachtstrasse entlang...oder das was seine deutschfranzösischen europäischen Vorgesetzten davon übriggelassen haben.

Inmitten steht Martin Zampa, eingezwängt in die tadellosen Reihe der Zuschauer, Atangana ....nicht weit weg von dem Potentaten, der stolz die Parade zum 14.Juli abnimmt. Sozusagen in der Ferne der Kirche die Lagerhallen gross. In der Ferne wirkt das dunkel. Dunkel und undeutlich während andere noch in der Sonne stehen.Wie eine Gewitterfront. Kommt wie gerufen, spöttelt die Mourante. Das Gewitter. Kaiser Willhelm verteilt seine Orden und das Gewitter kommt auf.

Zoom. Der Astrispen ritzen rosten sich ein auf den verbogenen Blütenbogen aus Aluminium. Mehreres liegt zusammengescharrt in einer Ecke. Regentropfen fallen drauf. **Schnitt**. Im tröpfelnden Regen entstehen neue Lagerhäuser für die Kompagnie Woermann, für Tippelkirch für ... Überhaupt das ganze Waren -Lagersystem überdenken.......Ein Hamburgersches Warenlagersystem eine SpeicherstadtBoston oder Philadelphia.... philantrophic studies.....

Schnitt. Die Architektur der Militärs, die Erinnerungen des ...... Die Geschichten der Militärs .... die Weisse Farbe des Paul Samba. Ertränkt jede Erinnerung. Fut fusillé en cachette près d'Ebolowa. T'es un voleur et un asasen -Orfée, fu fusil'é .... la goutte de couleur blanche, blanchissime tombe du masque qu'a porté Paul Samba. Toute la place est en proie à une véritable frénesie collective...Samba, Paul qui s'est mis de la couleur blanche sur el visage pour ressembler davantage aux morts....L'homme des

Caraibes doute en silence. Les petitsbourgeois s'écrient: „Quel francais!". Lamourante klappt ihren Regenschirm zusammen. Ihr ist übel und das hinterlässt seine Spuren auf ihrem Gesicht. Ihren Wanderstabstuhl mit Sitzklappe. Der noch eben einen Sichtschutz bot, nun sitzt sie drauf und beugt sich vor.

Der Amerikaner betrachtet ein Video. Drauf Evrona DER JUNGE Evrona steht vor dem Obersten Tsougouni, der kräftig und stämmig seine Soldaten mit einer kleinen Geste anhält.
Der Amerikaner stöpselt sich RDMB ins Ohr. Was hat der eine schon dem anderen zu sagen, und warum soll er das hören, findet die Botschafternichte; die dem Amerikaner das Material zu verkaufen sucht. Aber der hat schon verstanden. WIR WOLLEN GARNICHT WISSEN, BESSER IST ES ALTE ZUSAMMENHÄNGE ZU BEHALTEN. Der Baudezernat Evrona trommelt mit seinen Fingern auf der Tischplatte als klöppelte er Pflastersteine. Seine ihm fehlender Sinn für die Symbolik eines Platzes, in der ein Vordenker des afrikanischen Symbolismus..Mveng ist kein Symboliker... Unter der grossen Freskenbild Bischof von.... stand nun vorne und hielt eine Dankesrede. Die hellblau fliegendenden Häubchen der Nonnen von..... ogen verwegen gegen, dann die Holzbänke entlang, obwohl ihre Trägerinnen sich kaum bewegten im Schlaf.

Schnitt. Der Amerikaner. Grossaufnahme. Verlassen. Sunlight clouding,dark his face. Baumwollfetzen schwimmen durch dämpfige Luft BaumwollCottonAbest fliegt durch Ruinen Moder der sich selber aufnimmt. Um wenigstens IRGENDWAS als Erinnerung zu haben; Asbest im Mauerwerk verfliesst. Takes a picture An sich selbst.

Und DETROIT. Reflecting on how to leave a town.... Über den
VORGANG, eine Stadt zu verlassen.. Aufgegebene BÜROS. Ein
aufgegebenes TELEKOMBüro, aufgegebene Polizeiwachen, wo
die Polaroids der Verdächtigen und der Inhaftierten noch auf
dem Boden rumliegen. Zwei Strassen weiter vermodert ein ehe-
maliges POSTOFFICE. Das als SCHULBUCHLAGER diente,
dann brannte. Auf grauen Regalen schmorten sie, als würden die
Bücher in die Vergangenheit zurückgeschickt, man werde, that's
the promise , sie dort besser lesen.
Und die Bücher, die Informationen drängeln jetzt an der Tür
zum Unbewussten der
Vergangenheit.

Der SCHLAMM quillt.
Episoden aus Ghettos.

Traumrest.
Die nichtmilitärische Aktion eines „Einzelkämpfers". Der indi-
viduelle Weg einer einzelnen Bemühung um Friede, Freiheit und
Unabhängigkeit. Der persönliche Hintergrundfilm.
Dahinter, gleich hinten in der Tiefe des Strasse, gleich um die

Ecke des nächsten Zuckerrohrstrauches der massive Vormarsch der französischen Militärkolonne. Der massive, ignorante Einmarsch der Franzosen. Aymerich. O-Ton, in die Oreillettes gestöpselt, dem Amerikaner.

„Au moment où je preparais, avec Guillot, l'ordre general concernant cette Operation, notre attention fut attirée par un bruit sourd et continu comme celui d'une foule nombreuse. C'etait plus d'un millier d'indigènes qui defilaient sur la place du village ; il y avait des femmes, des enfants, des vieillards, tous häves et décharnes, appuyés sur des bâtons. Les Allemands les avaient emmenés de force loin de leurs villages et ils avaient du se sauver"

„Ils rentraient clopin-clopant dans leurs foyers, et leur defilé dura plusieurs heures."

(Quietschen)

„J'essayai vainement d'obtenir d'eux quelques renseignements sur ce qu'ils avaient vu ou entendu et aussi de leur guides pour nous conduire au coürs dela ma- noetivrepro\et6e. Mais la plupärt, malrevenus encore de leur aventure, accables par la faim et la fatigue, ne firent que des reponses yagues et incoherentes, dans lesquelles cependant les mots de Yaounde et des Anglais auraient du nous frapper."

„Malrevenus..". des Camerounais mal revenus de l'aventure coloniale allemande. So die Übersetzung (in die Oreillettes des Amerikaners). **Schnitt**. People running. Leute, die aufgefordert wurden, massenhaft ihre Häsuer zu verlassen und nun einmal auf der Strasse ... Schritte, die Treppen herunterstürzen wie Kaskaden...

Rachel, die immer noch auf Nachrichten von ihrem Herrn Sohn wartet, zuversichtlicher noch als vor drei Tagen, doch ungeduldig, das letzte Wort zu haben. Das letzte Wort, was den Monsieur le

fils angeht. Dreht an ihrer Armbanduhr. épisode der armbanduhr, ein zierliches schmuckes Ding, schon dies allein ist eine passerelle zwischen NordSüd. OstWest. Golden.
Rachel prétend que le temps va remonter, va plus vite, selon son magnétisme à elle.

Nicht gefilmte Episode. Der Amerikaner beim Verlassen des Gebäudes der Untersuchungshaft, ohne mit der Wimper zu zucken, geht er vorüber an den Zellen der Herrn Fo und ATA und Edzolo... Wird vom Wagen eines Leutnants Obersten Majors abgeholt...Die nun dreiköpfige Truppe steigt in mehrere Limousinen und der Konvoi wird mit hoher Geschwindigkeit gefahren zum.xxxxxxxx Man macht eine Schleife zur amerikanischen Botschaft. Fährt dennoch sofort weiter.

„Der Name FOTSO oder sonst wie...ist bereits in aller Munde, ebenso der von T.A..“ „Sie haben sich selbst überzeugen können.?“ Ungerührt, wieder, nickt er mit dem Kopf. Dieser Hinweis ist überflüssig. Dann bringt man ihn zum kleinen Büro des alten Obersten, der sehr ernst, sehr gerührt von der Präsenz des Majors sich wortreichst entschuldigt.
„Warum“, sagt der Amerikaner „ Kann, darf, soll man sich entschuldigen. Wenn nicht für einen schwerwiegenden Sachverhalt? “

Nichts sagt der Oberst. "Sie werden sich auch mit dem Präsidenten der Republik nicht über Filme unterhalten." Western.. Who shot.. The shame. Wär hübsch gewesen. Nicht. Wie ein Traumprotokoll. Das Problem ist ja hier, dass der Mechanismus des Traumes kaputtgegangen ist. Wenn ein Mensch.... ein menschliches System so korrumpiert ist, dass es nicht mehr träumen kann, dann braucht man vielleicht diesen Menschen auch nicht mehr. Die Metaphorik der Wunden ist etwas genuin Katholisches. Cicatrices...Vernarbungen haben hier einen anderen Stellenwert, sehen Sie..

Filmausschnitt Charles Atangana Statement (Statement zwei, hintereinandergeschaltet) Statement des Dolmetschers für den Deutschen Generalleutnant.....in guise d'une traduc'.

Charles Atangana wird vom Bezirksamtmann vom Verrat des RDMB unterrichtet. Er versucht, es so darzustellen.
Atangana willigt ein, auf Seiten der Deutschen zu kämpfen. Sein Statement hält er in gutem, verständlichem Deutsch:
Dass er noch nicht wisse könne, was er später wissen wird, aber dass es ihm im Exil in Spanien nicht gefallen wird. Dass die Zeit dort mit den deutschen Truppen, eine verlorene Zeit für sein Land sei und dass es wichtiger .. Dass er überrascht gewesen sei und verwundert festgestellt habe, dass alles, aber auch alles, was er zur notwendigen Bekämpfung der Schlafkrankheit erfahren habe, nicht angewandt worden sei.. Atangana cherche, puis se met à parler francais couramment.
Schnitt. Die Sängerin ist im Gestern angekommen.. Die Nachbarn kreischen, selbst durch geschlossene Wohnungstüren. Der übliche Ehe-fickdichdoch-Krieg. Die Verwandschaft, notamment Tante....stellt sich taub. Die Verweigerung der Nachkommen, der nach Frankreich ausgewanderten, sich um ANCESTRALES ghostly immortal assistance, the magic root, zu kümmern, indem sie den verwaisten Besitz weiter bewohnen, so dass die Ahnen, die MAIS COMMENT allein im leeren Haus sitzen. Gnädig gestimmt seien. WOZU soll das denn gut sein? Ein Vorfahre, der allein auf seinem Hof sitzt?

Was soll ein Ahn', der aus Frankreich zu Hilfe gerufen wird, in der Vorstadt Saint Denis ?

"Also meine Todesansprache". Sagt die Mourante, "da stell ich mir folgendes vor: ..." Aber darum gehts nicht, sagt PortauPée und nimmt ihre Hand, wir brauchen die von RDMB. Mais moi, je sais ce que je veux dire: Es ist wie bei einem zu Tode Verurteilten. ("Je comprends parfaitement. mais on n'a pas besoin de ca.") ("Versteh ich vollkommen, aber das brauchen wir jetzt nicht.").

Mir kommt immer Mai 1987 in den Sinn und dann Ende Sommer 1989, September Oktober November Dezember 1989, als wir alle so angenervt waren, von dem Ansturm. All die vielen Leute und keiner wollte eigentlich révolution machen, das vergessen immer alle, die heute fotografierend durch die Strassen ziehen... Allen wars peinlich, niemand wollte zum Spaziergang aufbrechen, das wars ja gewesen, wir waren spazieren gegangen, die im Westen auch, und nach dem Spaziergang war man ermattet und freute sich der kulturellen schönen Dinge die nur zu unserer Unterhaltung geschehen sollten...

Das Grauen war vorher, die Anstrengung eine geistige ZISSION aufrecht zu erhalten, mit all den grausamen Zwängen die das erforderte...Sie schläft ein.

Das System des ANTISCHALLS. Après coup sozusagen, plötzlich interessiert sich der Antillenmensch für diese Harden-Geschichte. Da sagen Leute aus, auch noch vor Gericht, die Zeitungsjungen rufen es aus: Die unappetitlichste Verfehlung im allernächsten Umkreis der Allerhöchsten Person. Diese Schwulengeschichte. Irgendwas mit viel Efeu und Wiesentau und deutsche Sexualethik.

322

On ne pouvait pas trouver un mot encore plus moche. Der Antillenmensch weiss nicht recht, was er mit dem Schweigen machen soll. Faszinierend. Sexualethik.

Quand j'ai joué ...eigentlich klingt es ein bisschen wie quand j'ai joui....mit diesem kleinen bockigen Unterton der Befriedigung und Sättigung....quand j'ai joué, j'ai réussi à capturer l'attention du public...ils me suivaient bouche bee, non, je plaisante, mais le souffle retenu und dann quatscht sie einfach rein.... „Wie kann sie sich erlauben, mein Schweigen zu unterbrechen ?"

Grollend, verstummend, hört er der Mourante zu, schnaufend röchelnd durch das Lebensende.

Filmszene. Der Totengräber schaufelt ein christliches Grab unter falschen Palmwedeln und hinter kleinen Palisadenwändchen, die unliebsame Blicke abwenden sollen.

RDMB enterre son père.

KLAPPE 2388

Mauer Blende Fondu

Die Beerdigungsansprache des RDMB

„Binyô Duala bia ná Edima yena e ta e songamè oteten'a Bakala na mindo, e buledi sèngè!" (Ihr, Duala, wisst, dass die Mauer, die zwischen Weißen und

Schwarzen existiert hat, heute zerstört wurde!)

Zuhause. Jemand sagt zu Rudolf; dass er den Thron übernehmen müsse. Eigentlich verstünde sich das von selbst.

Atangana schickt Kondolenzgaben.

Akwa schickt den Sohn zum Miteinanderschweigen.

Stimme der nun wieder erwachten Lamourante, gähnend, quiet-schend: "Es ist ehrenrührig, wie sich Nichteingeweihte solche Dinge vorstellen. Wirklich."

Flutaufnahmen.
Das Handy-Video von dem Auto, das in der Strömung mitgerissen, ein dicker plumper Fisch aus Aluminium und dickem Bauch, trudelt unkontrolliert langsam durch die schweren Massen, ziel-gerichtet auf das Strudeln beim nächsten Wagen zu.

Vielleicht drückt es ja durch die Kanalisation hoch. Denkt sich HD. Auf die Idee, dass es die garnicht gab, kam er nicht.
Drainagesysteme, in einem Land, das nur alle sechs Monate Fluten kannte. Die Spuren des Wassers und die fehlenden Auffangbecken.. irgendwie..aber er war ja kein Ingenieur. Kein Landschaftsplaner. Aber irgendwie war das doch inzwischen ALLGEMEINGUT ge-worden. Die Worte KANALISATION und AUFFANGBECKEN. Konnte ja so schwer nicht sein. Ein Wasserspeicher. Ein CHA-TEAU D'EAU: Vraimang. Toute cette peine perdue...
Am Mont Kamerun musste es doch sowas wie eine Schneeschmelze geben.

Video still. Ja, sagt die kleine Bamileke...Jaja, als ich Kind war, gab es auf unsreen Flüssen Eisberge, kleine...ouioui...

Videostill. Im eingeforenen Bild schwanken Mini-Eisberge auf den Flüssen im Norden...Gehütet von Hochgewachsnen.
Bei den MONDBERGEN...

Kichernd verlegen zu Beginn liest sie, bald vom Ernst der Worte erfasst: Auszüge aus einem Protokoll, angefertigt im Januar 1914

Der Bezirksamtmann: Aus dem Beschluss könne Duala Manga die Stellungnahme der Regierung ersehen und sie sich wohl überlegen, denn sie sei auch die Auffassung des Reichskanzlers. Es sei bedauerlich, dass Duala Manga nicht erkannt habe, dass der Bescheid des Reichskanzlers ergangen und vorhanden sei. Der Reichskanzler antworte nicht ihm, Duala Manga, sondern seinen Organen. Sämtliche Häuptlinge sollen hören: „Der Herr Reichskanzler will die Deputierten nicht empfangen d.h. er ist mit dem, was die Regierung tut, einverstanden"

Duala Manga: Er habe mit den übrigen Häuptlingen festgestellt, dass sie nach dem Vertrag beanspruchen wie Menschen   behandelt zu werden. Aus dem Bescheid des Reichskanzlers sehen sie jetzt, dass sie nicht mehr als Menschen behandelt werden. Nachdem sämtliche Regierungsorgane den Antrag abgelehnt hätten, glaube er, dass die Dualas der Regierung nichts mehr wert seien. Die Häuptlinge stelle (n) jetzt nochmals den Antrag nach Deutschland zu reisen.

Bezirkshautmann: Es bleibe bei der Entscheidung des Herrn Reichskanzlers. Sie glaubten, dass sie immer Mittel finden müssten, um den Anordnungen der Regierung entgegen zu treten. Es sei unerhört von ihnen, den Reichskanzler zwingen zu wollen, sie zu empfangen; sie hätten sich dem Willen des Reichskanzlers zu fügen. Die Deputation sei nicht nach Deutschland gegangen, dafür aber Ngoso Din. Ich frage die Häuptlinge, wo Ngoso Din ist.

Häuptling Ekwala Epee: Er wisse es nicht.

Häuptling Muduru Nkunguru: Er glaube, dass dieser in Balung sei, genau wisse er es nicht.

Häuptling Dibusi Dika: Er wisse es nicht.

Häuptling Duala Manga: Er wisse es nicht.

Bezirkshauptmann: Duala Manga wisse es genau; Ngoso Din sei der Mann, der bisher eine der Hauptrollen in der Enteignung gespielt hat und noch spielt. Jedrmann wisse, wo Ngoso Din ist, und in erster Linie Duala Manga. Für die Deputation seien Gelder gesammelt worden; es sei klar, dass Ngoso Din das Geld erhalten habe, um nach Deutschland zu reisen. Stelle es sich heraus, dass Duala Manga an dem unbefugten Weggehen des Ngoso Din beteiligt sei, so werde er nicht mit einer Geld sondern Gefängnisstrafe bestraft.

Duala Manga: Wenn er auch bestraft werde, so kann er immer nur sagen, dass er nicht wisse, wo Ngoso Din ist. Es müsse sein Scham-gefühl verletzen, ständig nach Ngoso Din befragt zu werden, dass er es nicht wisse. Er fordere denjenigen Mann aus der Versammlung hervorzutreten, der mit ihm die Reise des Ngoso Din beschlossen habe.

Schnitt. Kellergeschoss in einem Krankenhaus, genauer: Abteilung der Pathologie. „Die Pathologie" sagt der belgische Pathologe, bevor er sich wieder auf den Weg inn Kongo macht. „Die Pathologie ist Gott am nächsten. Das ist zwarn Zitat aber wahr. Wir haben mit allem zu tun, was menschliche Existenz ausmacht, ausser mit der Seele..wir erkunden sie rein deduktiv, induktiv? Indirekt jedenfalls. Und wir lesen rückwärts. Wir klettern rückwärts bis zu dem Moment der makellosen Existenz....Oder so ähnlich.Ich erinnere mich nicht mehr genau... aber dem Sinn nach, war es das, was er sagte... Wir suchen den zerstörten Köper so aufzuschlüsseln, dass wir dem Moment seiner reinen Natürlichkeit wieder am nächsten kommen. Oder so." **Schnitt**. Radio im Keller , wenns denn einen Keller gibt.

A l'heure où je te parle

Der Ami kriegts vorgespielt...von einem dicken Zigarren Rauchenden „Türlich gibt's das", sagt der Dicke kaum akzentuierend. „Längst gibt's das, doch nich aufm europäischen Markt, der wär ja schon seit langem nicht mehr wichtig, nein, komm schon, jetzt sei nicht beleidigt", ja in Lagos, aber das wüsste er sicherlich auch. Selbst hier unten in der Pathologie, wo einer jobbt, der sich sein Geld aufbessert von einem, der gore movies liebt, aber europäische die sind noch so richtig sauber, nicht so abgefuckt, aber und das ist hierd er wirklich bedeutsame Unterscheid, hier wird das Leben zusammengeschnitten, is nich wahr, hier musste zahlen, dass du den Totenschein ausgestellt kriegst, hier musst du die Leute bestechen, dass sie dich in kleinen Stücken wieder rausrücken, sonst nämlich findest du nicht unter die Erde, die Erde will dich nicht haben....

Antigona...Antigona...was haben Afrikaner mit dem hellenistischen Kulturgut zu schaffen, ich frage sie, Tote gehören an einen Platz, wenn sie dann nicht rechtzeitig hinkommen, haben ALLE ein Por- blem, nicht bloss

Antigona, sagt der Amerikaner. Leichen als Projektionshöhle. Des séances triples quadruples. Kino oder Pathologie. Schüttelt sich der Ami als hätte er Wasser im Ohr. „Is ja nich so, dass man da jemand das Schwarze ausm Auge rausschneidet". Der Ton wandert durch die Gänge, geht, verfolgt die wenigen Korridore, wandert durch dieIn die WäschereiIn den Abfall. Den Hygienischen Abfall.

Die Pressekonferenz wird aufgebaut, am frühen Morgen noch vor Sieben. Vor dem rotbacksteinigen Gebäude der Radio station... Drinnen, kaum sichtbar, Schlamm, der an den Kabels hochkriecht, leichte braune Ringe auf weisse blütenweisse Tischtücher legt. Man versucht freundlich, noch Hand an gewisse, europäische, junge Damen zu legen. Wer weiss, vor einer Abfahrt...... Während die anderen schon auf Sendung sind, stolpert... verlegen kichernd ... (nationalité allemande) in den Aufnahmeraum, plumpst tolpatsch auf den ihm eilig zugewiesenen Stuhl und quatscht unbedacht in sein Mikro.. Rotgeworden hält er danach wenigstens seine Klappe.

Pressekonferenz am frühen Morgen. Der sehr energische Baude-zernent hält eine Pressekonferenz ab. Über den Fortschritt bei der Terrassierung ungenehmigter Siedlungen in Ballungsgebieten. ER hüstelt. Will heissen: dem Bulldozerabriss Wilder. Er hüstelt. Überlassen. RAUSCHEN. Das Prinzip des Planens.

„REVOLUTION rauscht nicht", hatte der Toningenieur gesagt; „Da gibt's Leute, die ihren Namen nicht für hergeben würden. Die machen gute Arbeit und dann ist da son RAUSCHEN drin von ner Kamera oder was, also einfach krank. Schon mal von ner Revolution gehört, die rauschig rüberkommt?"„Arschloch", sagte jemand, aber traute sich nicht, sein Gesicht zu zeigen. Naja, bei

Stalin wär das noch anders rübergekommen. In die MIKROS hinein erzählt Der Antillenmensch, von seinen nächsten Filmprojekten. Mit einem hochement de la tête, einem Kopfnicken wird ihm bedeutet, dass seine Message klar, sehr klar über den Äther ging, befriedigt nimmt er seine Brille ab. Ganz amerikanische Ruhe ausstrahlend. Der Kichernde, vorhin noch gekichert habende, sagt einen Satz, nicht unähnlich dem folgenden: „Dass man nich linear erzählen kann, aber das versteht niemand in Frankreich, die kommen dann nicht mehr mit Europäische Erzählstartegien seien doch eh ÜBERFLÜSSIG" Alle nicken. „Die Dekolonialisierung ist nur eine Art von Geschichte, deren metaphorischer Wahrheitsgehalt nicht signifikant von dem realen Wahrheitsgehalt der TRÄGHEIT sich unterscheidet".

Dieses so oder ähnlich gesagt und in dem Moment, gleicht einem tiefen unverständlichen Brummen.. Draussen im Gang, als die Sendung bereits beendet, Portaupéé zündet sich seine Zigarette an und fügt, während er sich dabei überlegt, eine Pressefrau für Cannes schon jetzt einzustellen: „Die alte rassistische Europolarität....das rassistische Klischee vom DUMMEN Afrikaner... man müsse verstehen, darauf hab er keine Lust. Andererseits sei an afrikanische Literatur schliesslich die gleiche Qualitätsleiste ranzuhalten wie an alle anderen Literaturen auch.. Immer zu nörgeln: Die lernten ja gerade schreiben, ging ja nicht mehr... irgendwann an...

Den afrikanischen Menschen, das verstehe er nicht... Andererseits sei das nicht das BEDEUTENDSTE, das sei nicht die Speerspitze afrikanischer Literatur, er habe sich erkundigt, er habe schliesslich eine gute Bekannte, die mit einem Ghanaer verheiratet sei und die, obwohl selbst natürlich richtige Französin habe ihm dies bestätigt, immerhin eine Professorin, eine französische, dass hier eine Art Geschichtskonzeption promoviert werden, die ihren Höhepunkt vor 20 Jahren hatte. Immerhin, er gäbe zu bedenken..." Drinnen im Aufnahmeraum geht man über zu neuen Diagnoseformen der Medizin und der Mikrophontisch biegt sich nun nach links. Es kommt die Ethnopsychiaterin zu Wort, die über gewisse innerafrikanische

Schnitt.Man überbringt der Sängerin die Nachricht von der Schlammflut. Yon moun erzählt ihr irgendetwas von der MenschenSäule im hôpital de...Das ein Weissgeschnitztes... bei den Dreharbeiten, und dann kam die Schlammflut. D'uneavalasse.. Stimmt doch alles nicht sagt sich die Sängerin. Ist alles nicht wahr. Ces jours d'eau-là du plan pou-si-couri-vini...

Die Wege der Frauen. Es findet alles nur im Kopf statt. Das Kino und die einstürzenden Häuser. Der gefledderte chief in seinem Grab - oh mon Dieu, sagt sich die Sängerin. „Ca ne nous regarde pas", sagt der Bassist und fängt an, was unverständliches zu singen. Schnitt, ausgelöst von einer Schlammflut.Dahinter steht t'ürlich die Entscheidung, alles und das ganze Projekt auf französisch weiterzuführen. Die Sabotage des Filmes duch französisches Filmpersonal. Es erzählt .... vom MYTHOS der Schlammflut: Korruption und Grundschulbedürfnisse, Taufe und Beerdigung Rassentrennung und Stadtplanung im modernen Grosstadtghetto Der Schlamm oder der Asphalt, die (Zehn Meter hohe) Schlammwelle), die das Filmteam unter sich begräbt, die Aufbauten, den Verpflegungstross, versinkt in einer Zunahme von Braun. Brauntönen. Man war eben dabei die Razzias zu filmen. Man sah man übte schnell die Handbewegungen.. den Gewehrkolben. Den Verletzten vom Freund getragen... der weisse Soldat, der... Statement des.... vor der Kamera: Man sieht verzweifelte Schwenks

„Man sah zuerst nur
Es fing ja schon seit längerem an, nach Regen auszusehen, aber das
War nicht vorhersehbar
Angespülte Leichen, die im einsamen Strom vor sich hinreiten
die vorbeitreibenden Kühe das Zelt, das muss n Europäer Zelt
gewesen sein."

Schnitt. Regen, der über die Scheiben läuft. Zu dicht das Dach aufm Haus, hatte sie gesagt. Zu dicht draufgesetzt ermöglicht es dem Haus keine Zirkulation von Luft, stattdessen erzwingt es die Installation einer Klimaanlage, und damit wieder die von Strom. Und wenn sie nicht ausfiel.. Verstopft vielleicht.
Der Schlammüberzug verfallener Postoffice
Detroit 2
Abandoned buildings are to be signaled.

Schnitt. Das Postamt. Am staubigen Schalter steht RDMB und verlangt neue Briefmarken.
RDMB schreibt. Doch die Postbeamter boykottieren seine Demarchen. Sie haben ihre Sonderbestimmungen für schwarze Postkunden: das Apartheidsystem beginnt zu greifen.

Postsache
An den Oberhäuptling Rudolf Bell

Hier

Kaiserliches Postamt

Duala, den 21. Januar 1913

Zum Schreiben von heute
Ihre Telegramme vom 15. und 18;d.Mts. sind, da ein ordnungsgemässer, gerichtlicher Beschlagnahmebeschluss vorlag, z.ZT. dem K.
Bezirksamt ausgehändigt und von diesem erst am 20.Januar früh
freigegeben worden.

Gez. Peglow

Bonanjo, den 25.Januar 1913

An

Herrn Postdirektor Peglow

Den Empfang der Postkarte vom 21.d.M. bestätigend, erlaube ich mir
ganz ergebenst zu bemerken, dass uns bis dato ein ordnungsgemässer
Beschlagnahmebeschluss gegen die aus unseren Händen gehenden
allerlei Postsendungen nicht bekannt ist.
Ich wäre Ihnen daher sehr verbunden, wenn Sie uns darüber schrift-
lichen Aufschluss geben wollen:

1. Von wem, an Welchem Datum und aus welchen
Gründen der Beschluß erlassen wurde,

2. Inwiefern die Verspätung unserer Telegramme vom
15, und 18. d. M. unter Berücksichtigung der postgesetzlichen
Bestimmungen sich aus diesem Beschlagnahmebeschluss recht-
fertigen kann. Ist etwa eine Sonderbestiinmung für Schwarze
- vorhanden

' 3. Aus welchem Grunde uns die Verzôgerung nicht gleichzeitig ordnungsmässig, und begrûndet gemeldet wurde, wie es
sich gehört

4. Entspricht die Aushändigung unserer Privattelegramme
d.h.-die Verratung unserer Geheimnisse durch das Postamt an
fremde Hände, den postgesetziichen Bestimmungen ? Sollten
diesbezûgliche Sonderbestimmungen .vorhanden sein, so bitte
ich um Mitteilung einiger Abschriften derselben oder um Mitteilung der Titel derselben Bûcher.

Ferner wûrden wir Ihnen zum Dank verpflichten, wenn
Sie schriftlich bestätigten, dass die Telegramm-Antwort vom
20. d, Mts. No. 5 tatsachlich vom Reichstagsbüro gekommen ist.

Im Namen der Dualahâuptiinge :

gez. Dualla Manga-Rudolf Bell,
;   Oberhauptling

Parallel dazu trödelt im Bezirksamt eine Nachricht über Kabel ein: Der Übersetzer sei in Hamburg festgesetzt worden.
Der Drehbuchautor dachte sich das in zwei parallel geschnittenen Sequenzen, getrennt auf dem Bildschirm durch eine gelbe Zackenlinie.

Rettung byongedi
Das Gerettete   by
Wo verbargt ihr das Gerettete

92
für jemanden essen
déa dédi oder/ deledi

gegen jemand Umtriebe machen
deà mòtò ìtàbà

Schnitt. Der zerstörte FUHRPARK. Aymerich steht davor, in gewisser Hinsicht FASSUNGSLOS – daneben der ungerührte Sarkasmus von einem, der fest an Billancourt und die Ile de Seguin glaubt.

Schnitt. Le cauchemar de la ville étant en ruine. Selon les théorèmes urbaines d'un casque bleue. Qui voit la ville en „infrarouge", la caméra thermique. Celui qui tient la caméra, bouge lentement difficilement, l'image progresse à deux doigts. Quergeschrieben wie in einer Tagebuchaufzeichnung. Blätter von Helikopterrotorblättern durch die Luft gewirbelt. Palmwedeln, gleich, schlecht schlecht schlecht schreit ein SSS Typ. Sujektivität des Soldaten, der alleine durch Mogadischou streunt durch Brazzaville, durch Kinshasa .

Brüllen sollte man hineinbrüllen in diese tote stille leere Licht MOGADISCHOU Die Philosophie der Vorstadt, der verarmten Innenstadt. Die Leere einer weissen kolonialen Musterstadt „malfeintisée" *dés demain notre terre sera transféré en métrople, dans la célèbre citadelle de Gergovie* et remplit de beautés"

Imaginäre Stadtpläne. Der Amerikaner überlegt sich, wie man das ganze Spektakel hätte kostengünstig organisieren können. Grüne Solararchitektur, die an den Bedürfnissen vorbeibaut ... fehlende Schattenspender .... hihihihwiedreneneueversionhihihi youarefunny hihihi
leer wie von der Leere eines faschistischen Dorfplatzes erfüllt

und die Importationen einer ländlichen Schwarzwaldarchitektur.
Gedächtnisausfälle Transplantationslücken Transitionslücken-
phänomene Gedankenstrukturen
Empty man empty architecture
Without emotions Without memories Without Mit ohne
Schlamm. Schlamm, der in den Knast einsickert. Als erstes
erdrückt er die untersten Mauern. In den untersten Zellen. Vorallem im Knast. Die Hoffnung im Knast auf die fremden Truppen
von draussen;
Die Gefängnismauern, die plötzlich umfallen als wären sie Petrus
selbst und teilten Petrus'Los.

Warum sehen aufgegebene Gebäude immer so aus, als hätten
seine Bewohner Insassen es schlagartig verlassen müssen.. Es war
einfach keine Zeit mehr, die alten Schulbücher mit zu nehmen.
Keine Zeit mehr, den quietschenden Flügel aufzurichten und
auf den Lastwagen zu packen, bevor man ins neue Bürogebäude
umsiedelt..

Detroit as in 1988 1998. Everything began and everything seems
to be ending in that town, as a focal point of decline and its causes.

Nicht gefilmte Episode. Nichts sagt der Oberst. „Sie werden sich
auch mit dem Präsidenten der Republik nicht über Filme unterhalten." Western.. Who shot.. Swär hübsch gewesen. Nicht. Wie
ein Traumprotokoll. Das Problem ist ja hier, dass der Mechanismus des Traumes kaputtgegangen ist. Wenn ein Mensch....
ein menschliches System so korrumpiert ist, dass es nicht mehr
träumen kann, dann braucht man vielleicht diesen Menschen
auch nicht mehr.Die Metaphorik der Wunden ist etwas genuin

Katholisches. Cicatrices...Vernarbungen haben hier einen anderen Stellenwert, sehen Sie..Wenn ein Mensch nicht träumen kann, brauchen wir den Traum nicht mehr. Dreamland...Ist ein Wort, ersetzen wir es durch ein anderes.

PortauPrince nickt. Er kennt Antigua: so lala.

Schnitt. Der Traum von der Rettung. Wie im Kleingedruckten, der Traum von der Rettung des RDMB, „on n'y sommes pas encore sagt die Mourante, „Pas encore".
Unter Mithilfe des kleinen freundlichen deutschen Zollbeamten, der in seiner grenzenlosen Hingabe an die Deutsche Besteuerungspolitik - endlich ersäuft.

Unkorrekte Chronologie, sagt einer
„Entranje konesans", sagt ein anderer, "wenn schon unlogisch, unzutreffend, dann aber richtig."

In der Villa der Sterbenskranken
Ja, sagt der Herr Ndo...
In der Villa der

La maitrise de la mort, eine Art Phoenix. Die Mourante erzählt, warum sie Schwarze nicht mehr bei sich wohnen lässt. Die Diebstähle, die ....Die Grigris , die sie findet, die auf...Hier nüssen wir nun gegen das Gestz des Nichtauszusprechendne verstossen...die Grigris, die auf schwarze Magie hindeuten. Irgendwer hat die ja da hingemacht. Und wo die anzutreffen sind, ist böser Wille. In die kleinen Lieder hinein träumt Frau Ndo... träumt (**Schnitt**, denn schliesslich sitzt sie in der Küche auf dem Boden, zumindest sieht es so aus, mit gerade ausgestreckten Beinen) und träumt sich um die Liedecke.

Frau Ndo… kann nicht loslassen, den Kopf schüttelt sie und weigert sich, der Aufforderung der Weissen nachzukommen. Alors, vous buvez de l'eau du Robinet ...."Francais, Francaises, ceci est une journée inoubliable!" And the white, silent roar

Nichtberichterstattung. Of the old water wheel. Der Amerikaner turning upside down Smithian James, der studiert die Akten wie im Traum, in einem weissen sterilen Raum, old water wheel in the STAR-APPLE-kingdom, hört sich die alten uralten Bezichtigungen und Verleumdungen, die "ethnologischen" Beschreibungen über die „Sodomisierungen" der Chiefs an. "Somewhere, somehow", sagt er, "Lays there some truth. In allen diesen Anschuldigungen von Akten widernatürlichen Handelns steckt ein anderer Kern, aber das werden diejenigen NIE begreifen, die nicht wirklich für die Inition der Macht bestimmt sind."

„Le Gendarme? Il est comme un crabe!
Il peut courir vite, très vite
Le Gendarme? Il est comme un crabe!
Il peut marcher droit, tout en regardant de travers"

Fast mit Mitleid, sagt der INFORMANT, der der ehemalige Schwiegersohn von HMHM sein könnte, "...fast mit Mitleid nimmt ER solche Anschuldigungen zur Kenntnis..."
En fait, es sind einfach dumme Anschuldigungen

„Le Gendarme? Il est comme un crabe!
Il sait paraître respectueux tout en sachant qu'il ne l'est point!"

von Leuten, die gewisse Mysterien der Macht nicht von ihren kleinen und naiv-dummen Vorstellungen über christian values, about Eve's eye, about heretosexuality nichtunterscheiden können. La route ménant à l'oeuil unique et clandestin de la femme est pavé des fausses pistes et truffé des embuscades, pire des malentendus. Wie aber soll man Leuten, die auch nicht den HAUCH eines Wesentlichen Punktes verstanden haben, den Rest erklären? Gut, lasst sie rumschreien, aus ihren Zellen, lasst sie es ausposaunen, dass dort im Herzen der Macht Grosse schmutzige Dinge begangen werden..SO WHAT? Was wird das ändern?

Der Film über das Gefängnis.
Das Sterben des........
etabliert Dreiecksbeziehungen mit einem Unbekannten, die eigentlich bereits die eines Pentagramm sind. Le nombre est un symbole structuré, permettant d'interpréter une réalité intentionellement dissimulé.
Ainsi le monde invisible ..... boit tout frais du sang humain.
Ein junger Mann mit dem Borsalino aufm Kopf, gut glatt schnell smart aussehend, als wäre er ein Avatar aus einen Videoclip où l'absemce de tout ce qui illicite est proscrit et l'exhibe davantage...
Eigentlich brennt dieser Teil eines Szenarios bereits, da im Kabuff, der Oberst hiels eine Zigarre dran. Die Ecken hatten sich hochgebogen, darum dieser komische Anblick eines Pentagramms. War auch nicht wichtig. Sagt sich PortooPé au PRINCE. Sagt er.

Sehr wichtig. Sehr richtig, sagt der Oberst. Diese Unterscheidung habe ich begriffen.

Es sass einer ein, der hielt den Kopf hin für die anderen.

Sollte die Off Stimme sagen.

Da muss der Oberst lachen. Hinter ihm sein junger Sekretär lacht auch. Sie verstehen, sagt er ächzend, Sie verstehen, es ist mir sehr schmerzlich, hier sein zu müssen. Mein Knie verursacht mir grosse Schmerzen, aber das ist doch zu komisch.

Das zerbrechende Cinema...

Dazwischen, in einem kleinen sich permanent drehenden Mosaik Ein alter Filmausschnitt der Chronos-Media-Group, die die REchte auf alle deutschen Filmdokumente zwischen 1883 und 1918 hält. Kaiser Wilhelm hält wieder eine Truppenparade ab.. Die helmbüsche Rauschen, die Degen zittern in der Luft, die Pferde reagieren rasch und zackig auf den Sporentritt.

Filmausschnitt 4 besonders verwackelt, weil aus dem Jahre 2015 zeigt den Schriftsteller Grimm heimgerufen an die ...Front...Der Gouverneur schickt Boten los, um die Deutschen Siedler dazu aufzurufen, im Heimatland zu kämpfen ...Nach 2min 34 versinkt alles in den Transitionschatten der Perspektive.

Das Symbol der Macht, das ist der Palast...des Gouverneurs, aber der versinkt nicht, der verfällt nicht, Plantagen verfallen draussen, im Hinterland. „Pratiquer comme rituel de purification l'homosexualité, c'est une haute distinction discriminatoire",

IST ein Kampf, ausgetragen zwischen übernatürlichen Mächten. Das kreisende Mosaik, nun nur Schattengleich zeigt (Die) verlassenen Plantagen.

(Klappe 2581)

Im leeren Cinema der NewBorn-Sekte, das von den Militärs geschlossen worden war, singt eine junge Frau vor dem neu und frisch hergestellten Filmdokument zum Ngondo:
Kanoos, Ruderboote bevölkern nun die braune Leinwand, breit wie der träge dahinströmende Fluss, über den die Piroggen, die Ruderer in bunten Tropfen, die Schiffer weithin rufend ziehen.
Man sieht ein sportliches Ereignis, an Cambridge oder Oxford erinnernd, Ehre dem Boot, das siegt. Vorne dran, vor den kunstvoll geschnitzten Bootschnäbeln steht Polizei.
Das Klopfen, hart wie ein Fingerknöchel auf steinhartem Holz.
PortauPée.
Dreht am Knopf.
Risse im Holz fasern sich in den trockenen Mund.
Man stürmt den Laden. Portoopé sitzt da in seinem Kabuff. Portoopé sitzt da und denkt nach. Nicht unbedingt seine Lieblingsbeschäftigung. „Es ist ärgerlich", sagt die Herzensgute, „dass dir ausgerechnet jetzt nichts dazu einfällt. Aber die Realität holt die Fiktion ein. Das war schon immer so."

Schnitt bringt Ruhe und Stiefelschritte in das Epizentrum einer kleinen Sendung. Die von den Putschisten in ihren Besitz gebrachte Radiostation „erzittert" – aber, sagt des obersten Sekretär später, war doch nur ein Erdbeben, der Erschütterung durch einen Tadel nicht unähnlich.
„Nun,nun, doucement," sagt der alte Oberst, der mit einem schweren Stock in der Hand, den Laden betritt.
Putschisten, wenn Sie so wollen. Das kümmert uns nicht. Wir sind nichts als loyal. Wir spielen sogar in Ihrem Stück mit."

Schnitt. Bild der Strasse.

Schnitt. Bild der Radiostation.
Das Lied, das durch die Strassen dring, das Lied der Vergangenheit,
unverständlich wie Orfés Autoradio, das Nachrichten bringt, aus
dem Jenseits. Bild des Laustprechers, dessen konische Rundung
lautlos in den Himmel starrt.
Der leere Stuhl der leere Tisch, der übervolle Tisch, das Gitter im
leeren Haus, während draussen sich die Stimmen überschlagen.
Im gestürmten Kabuff, auf den kleinen Monitoren, kippt langsam
der Koffer mit dem Übertragungsgerät um.
Der Oberst besieht sich gedankenvoll von oben das noch schau-
kelnde Bild und schwingt es leise, bedächtig hin-und her, da der
Stock, der ihm als Trapezstange dient, unter seinem Gewicht
stumm zu singen beginnt.

Filmszene auf ethnographischem Niveau. Männertänze.
Man sieht ihre stampfenden Füsse? Vielleicht? Man sieht Lanzen,
bemalte Männerkörper, die im Hohlkreuz und mit vorgestreckten
Bäuchen – hätte gerade eben noch die Sekretärin gedacht. Die
Produktionsassistentin. Jetzt denkt sies nicht.
Der Oberst verschluckt ein anerkennendes Lachen; „Ce n'était
pas mal ça" sagt er und zeigt schwer mit seinem Daumen drauf
und die Männer beugen sich hinter ihm nach vorn, doch, als
hätte es das Zuviel der Aufmerksamkeit den letzten Stromhauch
aufgebraucht, springt sofort das Bild weg ins graue Rauschen.

Filmausschnitt. Der geflohene Martin Sampa versteckt sich in einer Kirche. Der Tropenhelm des Priesters verdeckt das Gebetskäppchen des Soldaten, des blonden Lieutenants, der sich bescheiden und fromm dem holzgezimmerten Allerheiligsten Ort nähert. Der Priester versucht, mit den deutschen Truppen zu verhandeln, zum Schutze des M.Sampa steht wie ein dunkler jovial grinsender Schatten vor dieser weissen hellleuchtenden Holzfläche, die in ihrer Bescheidenheit doch den Zimmermann und des Zimmermanns Sohn lobt und segnet beschwichtet mit seiner rechten Hand den schneidigen jungen Soldaten, der die Bildmitte die Lichtungskreis vor der kleinen Kapelle stürmen lassen will.

Der Tropenhelm das Gebetskäppchen des Soldaten um dessen Halsnackengeschwulst ein kleines goldenes Kettchen baumelt, kniet nieder. In dem Moment stürzt Sampa hinter dem Altar hervor, will am Soldaten vorbei

Filmausschnitt

Laut rauschend steht Sampa geduckt und schwer atmend an der grossen Pforte des kleinen Kirchleins und scheint mit weit aufgerissenen Augen hinauszuspähen. Hinter ihm am Boden liegt der Soldat auf dem Rücken, seine verkrampften Glieder zucken und seine linke Hand tastet nach der Pistole...

Fussnote. Professor Rüger, Adolf erwähnt die solide Ausbildung des Martin Samba an der kaiserlichen Militärschule Berlin, wohin ihn ausgerechnet Kurt Morgen geschickt hatte. Dokumente, die den weitreichenden Waffenhandel belegten, fanden sich später im ins einem Unterschlupf.

Schnitt. Man sucht die Grabstätte RDMB, für den Abschluss des Filmes bzw als letztes Bild. Ein überwucherte Grabplatte.
Ich stelle mir vor, sagt
Eine Betondecke unter der Pagode.
Im dürren Gras
rennt ein Gecko, gefolgt, langsamer, würdig und hagerbeinig zickzackstelzend von einem Huhn.
Oben auf den Balkonen stehen einige dürre Gesichter in schweren, karierten Hemden und schauen hinunter.

Filmausschnitt Martin Zampa. Angekettet. Zampa diktiert einem Deutschen Wachhabenen OFFIZIER, was er schreiben soll. Zampa lacht.

Tanzaufnahmen. Albinos tanzen, dicke Geldbündel in ihren Hsioentaschen, in ihren Schritt, in ihrem Hemd...dicke weisse Frauen tanzen... hingebungsvoll. „Rushes eben, Rushes", seufzt PortauPrince verhalten.
Der Oberst nickt, vielleicht erlaubte er sich eine Zigarre. PortauPrince raucht Kette. Mann, ist er enerviert. Wo er es doch liebt, das Eisen zu schmieden, solange es ROT glüht, später ist es sinnlos. Oder mühsam, was aufs Gleiche rauskommt, meint er und schnippt an seiner Asche rum.
Der Oberst nickt wieder. Sein junger Sekretär macht den Sack auf. Die externen Speicher sind ja nicht so viele.
Festplatten auch nicht. Speicherkarten, das hat in einem Nagelset Platz.
In den Nachrichten überträgt man Bilder von einem Hurricane. Dann geht es über zu den Inlandsnachrichten. Erdrutschartig strömt die Flut durch den Norden.

Off, in das Rauschen hinein: „Den Widerstand trotz angekündigter Verhaftungswelle organisieren...es gibt kein Zurück ...es werden trotzdem Gelder gesammelt"

Stimmen off
„Den Aufstand ...? „

Stimme:
„Die Reise.."

Schnitt. Villenviertel.
Stille.
Alles verbarrikadiert.
Es brennen umsont einige Autoreifen die Luft hängt staubig und voll Gestank. Gestank aus Wolken voller Plastik und Dioxin. Die Unruhen die draussen vor stummer Kulisse vorübergehen, bleiben ungesehen, ungenannt, des Jours de Folie,
Patrouillen rattern durch die Strassen.

Traum einer Besetzung einer Stadt durch ausländische Truppen. Die einrollenden Panzer und das Gefühl panischer Angst und Ohnmacht. Truppenparade. Aymerichs Truppen. Englische Truppen rollen ein.Twenty years later things hadn't changed that Much.

Abspann:

Filmfestival Berlin. Einer der beteiligten Schauspieler bereitet sich in seinem Hotelzimmer auf die Konferenz vor. Die Pressekonferenz, bien evidemment. Während er sich die Hosen zuknöpft, liest er sich nochmal durch, was er sagen wird.

Pressetext.Traduction : Interpretation : I enjoyed to make this film

L'acteur.
J'ai bien aimé de faire ce film et de participer à cette entreprise intéressante…
L'histoire de Rudolf Douala Manga Bell est magnifique et très instructive.
Bien évidemment aujourd'hui on connaît aujourd'hui quelques leaders importants noir comme Nelson Mandela, Martin Luther King et surtout Barack Obama. Cette determination du denrier, la conviction profonde du « Yes, we can » nous rapelle … répond à l'appel plus utopique purement et vaguement mobilisateur « I have a dream » .

Traduction :
Ich habe es genossen, diesen Film zu machen. Wirklich. Eine ganz erstaunliche Erfahrung.
Diese Figur des Rudolf Doualla Bell ist eine ganz wunderbare.
Natürlich ist man heute sofort versucht, an Barack Obama zu denken.
An diese Entschlossenheit, diese Selbstsicherheit des « yes we can »
Das wohl auf Martin Luthers « I have a dream » zurückgeht.

Die Selbstsicherheit, mit der Kameruner Fürsten in Berlin auf-
traten, um dort gerechte behandlung zu erstreiten, die Vehemnz,
mit der sie sich gewehrt hatten gegen deutsche Misswirtschaft
Ausbeutung und Versklavung
Das war neu für mich und es war sehr inspirierend.
Dieser Traum eines selbstbewussten Umgangs miteinander, aber es
ist ja ermüdend, manchmal, zu trâumen, immer noch zu trâumen,
meine ich, und nicht endlich anzukommen in reality.

L'acteur.
Voyez vous, quand on demande à un jeune, dans la cité, s'il connaît
5 figures emblématiques du continent noir,
il ne sait pas répondre.
On cache délibérément aux africains, que des personnalités importants noirs ont existé (et que le cours de l'histoire aurait été
différent si eux ils n'avaient pas existé) : Des missionaires noirs,
des inventeurs noirs, des génies en mathématiques, des professeurs
noirs, des écrivains...
On nous rappelle toujours le destin tragique des leaders noirs
comme Lumumba, Martin Luther King.
Mais le missionaire qui venait le premier au Cameroun était
un noir de la Jamaique et les chefs des tribus envoyaient leurs
fils – longtemps avant que les allemands ont mis le Caùmeroun
sous leur tutelle de mafieux – étudier en Angleterre. C'étaient
des gens lettrés...

Traduction:
Sehen Sie, dem schwarzen Bewusstsein wird ja verschwiegen,
es wird vor ihm verborgen gehalten, dass es wichtige schwarze
Persönlichkeiten gegeben hat. Schwarze Missionare, schwarze

Erfinder, schwarze Lehrer…
Man erinnert uns immer nur an das traurige Schicksal schwarzer
Leader an Lumumba, Martin Luther King.
Aber der erste Missionar im Kamerun war ein schwarzer Missionar
aus Jamaika, die Fürsten der verschiedenen Hâuptlingsstämme
schickten im 19.Jahrhundert, lange bevor die Deutschen ihren
mafiösen Schutz als Schutzmacht anboten, ihre Söhne nach England auf Schulen, das waren gebildete Leute
Und Rudolf ?

L'acteur :
Non, ce n'était pas mon rôle.
Ca peut-être faut-il le souligner.
Non mon part était de jouer un agent secret américain et un
ingénieur de son fou et ingénieux.. dont les chemins se croisent
à un moment...

Traduction:
Nein, ich… meine Aufgabe war es nicht, Rudolf zu spielen.
Das sollte ich vielleicht noch mal unterstreichen.
Neinnein, mein Part war der zwischen einem Secretagent und
einem Toningenieur, einem genialen, wenn ich so sagen darf.
Ohne zuviel von den verschiedenen Geschichten der Intrigue zu
enthüllen..

L'acteur:
Si je le dis avec mes mots à moi, notre projet était plus dû à une
actualisation, une modernisation d'un conflit ancien qui perdure
et qui a laissé ses traces dans notre société actuelle. Il s'agissait de
la reconstitution minutieuse d'un puzzle comme d'un événement

historique.

L'agent secret par exemple, mon rôle à moi, se veut fidèle à une idée de Jean-Luc Godard, l'agent secret téléporté quelque part dans l'histoire..

Traduction:

In dieser Adaption, Neuaktualisierung historischer Tatsachen ist dieser Sevret agent, Geheimagent.. das ist ja eine Idee ein Bild Godard gut und teuer, der secret Agent téléporté quelque part dans l'histoire...

Dessen Weg sich kreuzt mit dem des Toningenieurs, dessen Aufgabe es ist, Töne Stimme einer vergangenen Epoche einzufangen. Die Stimme des Vaters der Nation Kameruns!

L'acteur:

Oui, c'est un pu compliqué:

Je joue un personnage américain qui suit une investigation.

Des morts –

D'ailleurs ce n'est pas chose aisé de jouer un personnage criblé de morts comme on dit ailleurs criblé des balles

Trop lourd pour être vécu, trop lourd pour être rempli par une expérience personnelle, si c'est vrai qu'on puisse dire qu'in personnage littéraire puisse être rembourré par son acteur comme un ours mort...

Alors ce Secret agent américain qui es trop balèze pour être lui-même une figure mythique, qui par en mission d'investigation pour l'Onu sur le continent africain. Et par là il découvre la figure de RDMB (qui d'abord ne l'intéresse pas plus que ça) RUDOLF. Comme si c'était un homme politique moderne d'aujourd'hui Avec un objectif de modernisation, un regard formé certes par

l'Europe, mais ambitieux déterminé et porté vers l'avenir de son pays.. Un visionnaire menacé et pris en otage par les autorités allemandes qui le voulaient réduire au silence...
(pause)
Voyze vous, je viens des Antilles.

Traduction:
Sehen Sie, ich komme von den Antillen
Die Situation ist ja katastrophal dort

L'acteur:
Voyez- vous. La nation, l'idée de former une nation, ce ça qui manque aux Antillais
Et ce que le Camerounais ont réussi à mettre sur terre – la création d'une unité nationale – par le moyen du Ngondo, son système de conseil des chefs, et au-délà de celui-ci, si j'ose m'aventurier sur ce terrain de philosophie d'état…..

Traduction :
Sehen Sie: DIE NATION – das ist es …. Das ist, was den Antillen fehlt, das ist
Was dem Kamerun geglückt ist – die Schaffung der nationalen Einheit über den Ngondo hinaus
Die Nation … ist das, was dem schwarzen Bewusstsein fehlt
Dort wo ICH herkomme
Ein nationales Selbstverständnis. Ist ist nicht der fehlende Commonwealth ?

L'acteur :

Mais voyez-vous – peut-être que vous êtes au courant du fait qu'un referndum ait eu lieu sur le statut des Antilles, on leur demandait … s'il voulait une plus grande indépendance, mais ce n'étaient pas là l'interêt..

N'importe, nous sommes bien obligés d'infomierer partout, d'être des missionaires de l'info, on est obligé de faire allusion en permanence à nos petites affaires …mais le problème reste celui de la coopération, d'un developement économique qui tourne mal, le monopole du sucre par exemple.. et je ne fais que remâcher d'une manière assez monotone l'énumération habituelle..

Traduction:

Aber sehen Sie auch da…Vielleicht haben Sie das ja hier mitbekommen , dass es dort ein Referendum gegeben hat –

Ja nicht wahr, auch wir müssen missionieren, informieren immer wieder auf unsere kleinen Belange hinweisen.

Auch da ist das Problem ja das der Zusammenarbeit, der wirschaftlichen Fôrderung, der falschen wirtschaftlichen Entwicklung, der Monopolisierung der Monotonisierung

L'acteur :

Permettez moi de vous raconter une petite histoire du vieux port.. D'ailleurs je ne m'éloigne pas de mon script. Tout fait partie de l'histoire.

C'est la point de vue amusant…Imaginez nous avions dû amener nos histoires à nous dans le film, …j'avoue produire son propre texte n'est pas à la portée de chacun. Rohmer, si vous êtes au courant, si vous avez suivi le débat, Rohmer a écrit ses dialogue après des mois d'un travail de recherche vec des comédiens, après des discussions interminables. Bien evidemment, ce concept de création par acteurs n'est pas forcément....

Chose aisée, n'est pas partout et tout le monde acceptable, une scénariste qui ne maîtrise pas son scénario, n'est pas une scénariste, un auteur dramatique qui accepte qu'on lui change les vers et les tournures de ses phrases n'est pas un auteur dramatique...vous voyez ce que je veux dire.

Mais cette forme particulière d'une fiction dramatique et documentaire en même temps a mis mon ingénuosité ponctuellement à rude épreuve.

Traduction

Sehen Sie, wenn ich Ihnen da eine Geschichte erzâhlen darf Vom Hafen …

Es ist ja nichts so, dass ich hier von meinem Skript abweiche. Alles Text, alles part of the story.

Das ist ja das Witzige an dieser Arbeit !

Wir durfetn uns mit einbringen, eigenen Text zu produzieren, ist ja nicht jedermanns Sache.

Rohmer hat ja, glaube ich, wenn Sie das verfolgt haben, in seinen Nachrufen, in monatelanger Kleinarbeit in stundenlangen Diskussionen mit seienn Schauspielern seine Dialaoge zusammen erarbeitet..

Natürlich ist dieses Konzept des Sich-Miteinbringens nicht jedermanns Sache, ein Szenarist, der seinen Text nicht beherrscht, ist ja schliesslich kein Szenarist, ein Autor ein Dramatiker dem man den Text korrigiert ist ja schliesslich … sagen Sie selbst … kein Dramatiker...

Diese Art von Dramafiction von improvisierter Geschichtlichkeit von Kolonialism reloaded fordert meiner Spontanitât einiges ab

Wenn Sie mir hier den kleinen Umweg erlauben
Zum Hafen

L'acteur.
Le port de ….. Une tragédie. Une véritable. TRAGÈDIE: Imaginez....

Traduction
Ein grosser Hafen, der jahrhundertelang ein grosser ein wichtiger
umschlagplatz war und in EINER Nacht von Luft von Nichts
vom Wind ausgelöscht wird..
Und dann haben die Reeder beschlossen, dass er nicht mehr existieren wird, dass es sinnvoll ist, ihn gestorben sein zu lassen. Weil
die Schiffahrtsrouten woanderslang laufen..
Was uns zu den Schauplätzen, den Drehplätzen bringt..
Leider war es ihm nicht vergönnt, in Hamburg zu drehen.

L'acteur.
Bien-sûr j'avais rêvé d'un petit tournage première classe dans un
luxusliner.…
Oui vus avez raison…Ce n'était pas raisonnable…le voyage aurait
du se faire au fond de cale…
La production n'était pas assez riche pour nous faire les deux
tournage en cale et hébergement en première class…
Non je plaisantais - mais vous avez raison, il y a eu des difficultés
Finalement, j'ai l'impression que d'avoir tourné dans la PATHO-
LOGIE de Yaoundé.. les mort, si vous vous souvenez… l'américain
l'agent secret …

Traduction
Die Pathologie
Der Tod, wenn Sie sich erinnern…und der amerikanische Agent.

L'acteur
Oui le service de pathologie à Yaoundé, nous avons travaillé là-bas
des semaines et des semaines ….
Toujours à la recherche du mal. Pendant que l'autre groupe cher-
chait à reconstituer les voix du passé
Les voix ephemères. Peut-être pour cette raison j'ai du mal à y
mettre un grain de sel personnel dans mon discours.

Traduction
Die Wege des Geheimagenten kreuzten sich mitdem der Tonmeister, immer beschäfigt, die Stimmen der Vergangenheit, die verlo-
renengegangene Reden wieder zum Sprechen zu bringen. Nicht
nur die gesichter, nicht nur die Erinnerung an Martin Zampa,
Charles Atangana oder eben Rudolf Manga Bell.

L'acteur.
Malheureusement faut il dire, que nous avons vraiment eu des
problèmes de paiement. Excusez-moi, que je dis ça comme ça, mais
ce n'étaient pas de problèmes financiers. C'est que ça n'a pas été
correcte. Faut mettre en garde les gens contre cette escroquerie..
Il y en a qui sont déjà chez des avocats..
C'est connu que sous le prétexte des actions humanitaires on fait
des truc louches…

Traduction:
Unglücklicherweise muss ich zur Sprache bringen, dass es Schwierigkeiten mit der Bezahlung gab.
Leider muss ich den Eindruck erwecken, dass die lobenswerten
Intentionen der Produktion nicht ganz auf der Höhe der eigenen
politischen Ansprüche waren. Es ist ja traurig bekannt, dass im
Namen der schwarzen Sache
oft genug unter dem Deckmantel humanitârer Engagement - ich
will keine Namen nennen -Schindluder getrieben wird....

L'acteur
Oui, il faut quand-même que je dise que le tournage n'était pas
chose aisée.
Rarement j'étais implique dans un travail tellement riche en accidents de parcours, des difficultés

Traduction:
Dieser berühmte Unfall..

L'acteur:
Eh bien d'avoir travaillé tellement dans la Pathologie. Pendant
le film.
Ca m'a rendu plus fort. Cà m'a durci. Ca ma ...
D'ailleurs c'était peut-être ça d'où venait tout ce malheur…Mais
n'osons pas …

Traduction :
Also das hab ich jetzt nicht recht verstanden.
In der Pathologie zu drehen. ...? Das hat ihn abgehärtet.

L'acteur.
Il y a eu même de détournements de ce matériel mort.
Mais: tous ces accidents en route, toutes ces difficultés ont fait exister le projet malgré eux.

Traduction:
Es ist totes Material verschwunden… Historisches Material, meint er wohl.
Aber all diese Unglücksäälle, diese Schwierigkeiten haben das Projekt nicht umgebracht, sie haben es gerade deswegen vielleicht zum Leben gebracht.

L'acteur
Merci pour votre accueil chaleureux.
D'ailleurs j'aime bien la Forêt Noire, j'aime bien m'y promener….
Ça doit être magnifique de travailler ici…
Merci